바쁜 것이 게으른 것이다

이 책 「바쁜 것이 게으른 것이다」는 2006년에 펴낸 「이문재 산문집」의 내용을 조금 보완하고 제목을 바꿔 다시 낸 것입니다.

바쁜 것이 게으른 것이다

개정2판 1쇄 | 2022년 12월 19일
초판 1쇄 | 2006년 11월 29일

지은이 | 이문재

편집 | 조인숙, 박지웅, 홍현숙
펴낸이 | 조인숙
펴낸곳 | 호미출판사

등록 | 1997년 6월 13일(제1-1454호)

주소 | 서울시 양천구 목동서로 287 1508호
영업 | 02-322-1845
팩스 | 02-322-1846
전자우편 | homipub@naver.com

디자인 | (주)끄레 어소시에이츠
인쇄제작 | 수이북스

ISBN 979-11-966446-6-6 03810
값 | 14,000원

글 ⓒ 이문재, 2006
사진 ⓒ 강운구, 2006

한국문화예술위원회 선정 2007 우수문학도서입니다.

호미) 생명을 섬깁니다. 마음밭을 일굽니다.

바쁜 것이 게으른 것이다

호미

이문재

시인. 1959년 경기도 김포에서 태어나 경희대학교 국문과와 동 대학원을 졸업했다. 1982년 「시운동」 4집에 시를 발표하며 작품 활동을 시작했다. 김달진문학상, 시와시학 젊은시인상, 소월시문학상, 지훈문학상, 노작문학상을 수상했다. 시집으로 「내 젖은 구두 벗어 해에게 보여줄 때」, 「산책시편」, 「마음의 오지」, 「제국호텔」이 있고, 인터뷰집 「내가 만난 시와 시인」이 있다. '시사저널' 취재부장과 추계예술대학교 문예창작과 겸임 교수를 지냈으며, 현재 경희 사이버대 미디어문예창작학과 교수로 있다.

강운구

사진가. 1941년 경북 문경에서 태어나 경북대 영문과를 졸업했다. 조선일보와 동아일보 사진부 기자로 일하다가 언론 사태 때 해직되었다. '우연 또는 필연' (1994), '모든 앙금' (1998), '마을 삼부작' (2001), '저녁에' (2008) 등 네 차례 개인전을 비롯하여 여러 기획전에 참여했다. 사진집으로 「내설악 너와집」, 「경주 남산」, 「우연 또는 필연」, 「모든 앙금」, 「마을 삼부작」, 「강운구」, 「저녁에」가 있고, 산문집으로는 「시간의 빛」, 「자연기행」이 있다.

'강운구의 소나무' 사진 목록

경주 외동, 2002년 | 46쪽

영월군 서면 배일치, 1995년 | 66쪽

영일군 구룡포, 1998년| 96쪽

경주 외동, 2002년 | 124~127쪽

보성 복내, 1997년 | 162쪽

경주 패릉, 1995년 | 178쪽

서울 북한산, 1993년 | 196쪽

합천 마현, 2003년 | 216~219쪽

서울 북한산, 1993년 | 244쪽

차례

몸의 노래

미래 주의보

이 음식이 어디서 오셨는가

바쁜 것이 게으른 것이다

광화문에서 기도하자

　책 제목이 마음에 걸렸다. '이문재 산문집.' 나는 겸손한 의미를 담았다고 생각했지만, 일부 독자들은 정반대로 받아들였다. 오만해 보인다는 것이었다. 커뮤니케이션 에러였다. 초판을 펴낸 지 2년여 만에 애초의 제목으로 돌아갔다. '바쁜 것이 게으른 것이다.' 새 표지를 보니 조금 개운하다. 글 몇 편을 빼고 새로 넣었다. '게으른 것이 바쁜 것이다'라고 읽어도 무방하다.

　아이디어가 가장 잘 떠오르는 시간이 잠들기 직전이다. 어젯밤에도 엉뚱한 상상을 하느라 잠을 놓쳤다. 일자리 창출이 관건이라면, 대운하를 파거나 멀쩡한 강을 정비할 것이 아니다. 다이너마이트를 내려놓고, 포크레인의 시동을 끄고, 우리 몸으로 진짜 삽질을 해 보자. 도시 안에서 흙으로 돌아가자. 이름하여 도시 농업 프로젝트—도시 녹색화의 골자는 이렇다. 기존의 간선도로 위에 (고가도로처럼) 상판을 올려, 거기를 논밭으로 만든다. 광화문에서 숭례문에 이르는 넓은 도로 위에서 유기농 채소와 과일을 가꾸는 것이다. 도시 개간, 도시 간척, 도시 귀농이다.

　도시 농업은 모자라는 식량을 확보하는 차원에서 그치지 않는다. 공기를 정화하고 심리적 안정감을 준다. 소위 탄소 발자국을 줄이는 효과도 있다. 시멘트와 아스팔트를 자연으로 여기는 아이들이 생명에 대한 감수성을 깨

우친다. 종로 한복판에서, 테헤란로 위에서 88만원 세대가 노인들과 함께 방울토마토를 수확한다. 캐나다 밴쿠버 사례가 보여주듯, 도시 농업은 새로운 공동체를 일구어 낸다. 시민들이 자율과 자치, 배려와 공생의 문화를 가꾸어 나간다.

도시는 도로(선)이다. 도시에서 도로가 차지하는 면적은 주거지 전체 면적에 버금간다. 자동차에게 빼앗긴 도로를 되찾아야 한다. 시민들이 도시에서 땅으로 돌아갈 수 있다고 공감할 때, 시민들은 마침내 인간을 꿈꿀 것이다. 지구에 대해 미안해하고 고마워하는 원래의 인간으로 다시 태어날 것이다. 청년들이여, 삽질을 하자. 도시에서 진짜 삽질을 하자.

잠이 오지 않을 때마다 중얼거리는 구절이 있다. 인도의 정치가이자 철학자인 라다크리슈난이 남긴 경구다.

조금 알면 오만해진다.

조금 더 알면 질문을 하게 된다.

거기서 조금 더 알게 되면 기도하게 된다.

2009년 1월 초순. 이문재

바쁜 것이 게으른 것이다

 책 제목을 이렇게 달려고 했다. '바쁜 것이 게으른 것이다.' 만해의 시 '사랑의 끝판'에서 따온 것인데, 내 삶의 최근을 충분히 압축하고 있을 뿐 아니라, 요즘 세상이 돌아가는 형국을 요약하고 있는 것처럼 보였다. 나는 바빠서 내가 어디에 있는지, 내가 어디에서 와서 어디로 가고 있는지 살펴볼 겨를이 없었다. 세상은 너무 바쁘게 돌아가서, 세상의 어제와 내일이 잘 보이지 않았다. 바쁜 나와 바쁜 세상이 맞물려 대단히 바빴다. 바빠서 나를 돌아보고, 둘러보고, 내다볼 수가 없었다. 내가 사는 것이 아니고 나 비슷한 그 무엇(들)이 정신없이 살았다. 내가 그토록 바라마지 않는 나는 게을러 터져 있었고, 이런 게으름은 부도덕했다. 아름답지 않았다.

 사실상 첫 산문집이지만, 여기에 실린 글들이 품은 메시지는 1990년대 이후 내가 견지해 온 시각에서 크게 벗어나지 않는다. 어떤 글은 시작 노트 같고, 또 어떤 글은 시 해설 같기도 하다. 내게 시와 산문은 아주 가까운 혈연이다. 나는 시를 통해 이 반인간적인 문명의 급소를 발견하고, 그 급소를 건드리고 싶었다. 내 시에 내장되어 있는 문제 의식에 물을 묻혀 번지게 한 것이 이 책에 실린 글들이다. 문명은 산업 자본주의 문명이고, 그 문명의 급소는 이를테면 느림이나 단순함, 걷기, 언플러그드, 슬로 푸드, 농업 같은 것들이었다. 다르게 말하면, 롤러코스터를 타고 과잉과 결핍, 연속과 단절이라는 양 극점을 오르내리는 산업 문명의 옆모습을 포착하고 싶었다.

나는 아주 느린 편이다. 사람이나 삶, 사건이나 사고, 어떤 상황이나 국면을 한꺼번에 이해하지 못한다. 어떤 때에는 아주 사소한 것을 붙들고, 마치 그것이 핵심이거나 전부라고 우길 때가 많다. 문학도 그랬다. 문학이 죽었다는 소리가 난무할 때, 나는 '그럼에도 불구하고 문학은 죽지 않았다'고 믿었다. 시가 죽고, 인문학이 죽었다는 진단서가 나왔을 때에도 나는 '아니다, 그렇지 않다'라고 강변했다. 나는 아직도 언어의 힘, 문장의 위력을 신앙하고 있다. 디지털이 세상을 점령한 것 같지만, 내가 보기에는 아니다. 아직은 아니다. 저 뉴미디어가 실어나르는 이른바 콘텐츠를 보라. 그것은 정확하게 언어다. 이미지이고 이야기이다. 인간이 이야기를 버리지 않는 한, 문학은 남아 있으리라고, 늘 그랬듯이 위태롭게, 불화함으로써 살아남을 것이라고, 나는 확신하고 있다.

나를 지탱하고 있는 식량이나 연료는 생태학적 문제 의식이다. 나는 문학의 근황이 생태학적 상상력을 따라가지 못하고 있다고 판단한다. 「녹색평론」에 실린 기사나, 녹색평론사에서 나오는 단행본을 보라. 문학보다 훨씬 앞서 가 있다. "경제성장이 안 되면 우리는 풍요롭지 못할 것인가" (더글러스 러미스의 책 제목) 또는 "소농—누가 지구를 지켰는가"(쓰노 유킨도의 책 제목)와 같은 질문을, 문학은 거의 하지 않고 있다. 문학이 인간과 생명을 옹호하기 위한 질문하기라면, 문학이 반인간·반생명과 싸우는 부정의 정신이라면, 문학은 지금 대단히 게을러져 있다. 나는 나의 이 산만하고 하찮은 관찰이 평화를 희구하는 뭇 생명의 편에 서서 던지는 작은 질문이 되었으면 하는 바람을 갖고 있다.

일찍이 움베르토 에코는 자신이 대중 매체에 쓰는 칼럼을 일기라고 말했다. 시인은, 문인은, (자신과 무관한 일에 지대한 관심을 쏟는) 지식인은 대중 매체에 일기를 쓰는 것이다. 나는 겨우 시인이어서, 지식인이라는 자의식이 강하지 못하다. 다만 시인으로서 산문을 제법 많이 쓴 경우에 속하는데, 에코의 저 발언에 기대어, 일기를 쓰듯이 여기저기에서 들어오는 원고 청탁에 응하려고 했다. '청탁 불문'의 결과가 바로 이 산문집이다. 시인이기 이전에 나는 기자이기도 해서, 진실 이전에 사실을 보려고 애를 썼지만, 한데 모아 놓고 보니 저널리즘도 아니고 에세이도 아닌 이상한 물건이 되고 말았다. 내가 느려서, 게을러서 그렇다.

모든 글쟁이들이 입을 모아 하는 넋두리가 있다. 글쓰기는 언제나 처음이라고. 백 편의 글을 쓰면, 그만큼 글을 쓰는 노하우가 늘어야 하는데 그렇지가 않다. 시든, 산문이든, 일기든 글은 매번 첫사랑처럼 다가온다. 도무지 알은체를 하지 않는다. 매번 통사정을 해야 한다. 첫 문장 쓰기가 첫사랑에게 말을 거는 것처럼 힘들다. 그것도 갈수록 힘들어진다. 내가 제대로 게으르지 못해서 그럴 것이다.

또다른 이유를 붙이자면, 언어의 극심한 인플레이션 탓이리라. 홀로 서지 못하는 의미들이 너무 많아졌다. 사랑은 참사랑으로, 천연은 100퍼센트 순수 자연산으로, 원조는 진짜 원조로, 자유는 자유로운 자유로, 느림은 정말 느린 느림으로…. 의미가 중첩될수록 원래 의미가 사라지고 마는 '강조의 역설'이 글쓰기를 무참하게 하는 것은 아닐까. 언어는 비만인데, 정작 의미는 영양실조에 걸려 있다. 아마 나의 글쓰기도 이 강조의 역설에 수시로, 습관적으로 동참했을 것이다.

땅끝 마을에 가 본 적이 있다. 땅의 끝. 길의 끝. 거기에서 바다가 시작하고 있었다. 그런데 땅끝은 땅의 끝이 아니었다. 땅끝에서 돌아서면, 돌아선 그 자리가 바로 땅의 처음, 땅의 시작이었다. 길의 시작이었다. 이 산 만한 산문들이, 문명의 급소를 건드리지 못하는 이 어수룩한 글들이 제발 글의 끝, '글끝'이면 좋겠다. 나는 이 책에서 돌아서고 싶은 것이다.

　사진가 강운구 선생에게 누를 끼치고 말았다. 내 글의 허약함을 선생의 사진으로 벌충해 보려는 '미욱한 계산속'을 선생께서 모른 척 넘어가 주셨다. 기자 시절, 나를 기자가 아니라 시인으로 대해 주신 후의를 또 이런 식으로 훼손하는 것은 아닌가 싶어 얼굴이 화끈거린다. 독자들께 감히 바라건대, 본문 활자보다 먼저 저 소나무 숲으로 들어가시기를, 저 소나무 한 그루에게서 생명의 위기와 생명의 존엄을 읽으시기를, 그리하여 저 소나무 숲처럼 저마다 홀로 서서 마침내 더불어 사시기를.

2006년 늦가을
이문재

나는 아날로그다

전원을 *끄자*

그 많던 삐삐(무선 호출기)들은 다 어디로 갔을까. 가죽 케이스의 촉감이 지금도 생생한데, 이제는 번호조차 생각나지 않는다. '이건 개 목걸이야' 하며, 허리춤에 들러붙어 있던 삐삐를 내동댕이쳤던 기억도 새삼스럽다. 그 삐삐 천국을 어느 새 휴대 전화가 점령해 버렸다. '인간은 간사하다.' 간사하기 때문에 저 무지막지한 정보 통신 기술의 해일에 적응하는지도 모른다(아니, 정보 통신 기술 업체의 두뇌들이 신기술을 수용하는 인간의 감수성을 섬세하게 조절하고 있다는 것이 더 정확한 지적일 것이다).

휴대 전화가 갖고 있는 구속력은 강력하다. 있는 것과 없는 것의 차이가 극명하다. 삐삐를 집에 두고 나왔다고 출근길을 되돌린 적은 없는데, 휴대 전화 때문에 다시 집으로 달려간 경험은 셀 수 없이 많다. 휴대 전화는 이제 완벽한 신체의 일부가 되었다. 휴대 전화는 반지, 안경, 시계, 호출기에 이어 가장 새로운 신체이다(인간은 정신이 아니라 기계와 더불어 진화한다?). 삐삐가 허리와 핸드백에 속해 있었다면, 휴대 전화는 손으로 이동했다. 휴대 전화처럼 짧은 기간에, 그리고 완벽하게 인간의 손을 장악한 기계는 없었다.

휴대 전화는 (농담이지만) 자라기까지 한다. 처음 구입할 때는 가장 작은 크기였는데, 이삼 년 사용하다 보면 어느 새 커져 있다. 성능도 하루가 다르게 업그레이드된다. 오륙 년 전 모델을 떠올려 보라. 무전기, 또는 흉기라고 놀려 대지 않았는가. 오래 된 모델은 사회적 압력을 받으며 자동적으로 퇴출된다. 자동차는 배기량이 작을수록 놀림을 받고, 휴대 전화는 크기가 클수록 무시당한다. 아파트 평수, 체중, 연봉…, (어제오늘의 일이 아니지만) 계량 가능한 수치, 그것도 그 자리에서 위력을 발휘하는 수치들이 삶을 압박한다. 매일매일, 다양한 통계 수치가 나오지만, 아직도 '행복 지수'는 막연하기만 하다.

휴대 전화 사용량과 삶의 질이 직접적인 연관을 갖는 것은 아닐 테지만, 휴대 전화를 들여다보면 볼수록, 최근 우리 삶의 형국이 그려진다. 휴대 전화를 갖고 있는 이상, 이제 우리는 숨을 곳이 없다. 휴대 전화는 '때와 장소를 가리지 않고' 터진다. 유일한 도피처는 이제 충전지다. "배터리가 떨어져서…." 막대 그래프를 닮은 충전 표시가 가득 차 있지 않으면 불안하다. 충전 막대가 한 개로 떨어져 있으면, 세상으로부터 버림을 받을지도 모른다는 강박에 시달린다. 충전 상태가 이제 삶의 한 지표로 자리잡고 있는 것이다.

휴가철이다. 일찍이 휴가는 '재충전'이라고 불렸거니와, 휴대 전화

배터리처럼, 플러그를 꼽고, 저 발전소에서 배달되는 전력을 공급받는 것이다. 더 빨리 충전하기 위해 휴대 전화 전원을 꺼 놓는 것처럼, 가장 좋은 휴식은 일로부터, 낮으로부터, 도시로부터 두절되는 것이다. '일하는 나'를 꺼 놓는 것이다. 그런데, 우리에게는 발전소가 있는 것일까. 저마다 삶을 재충전할 수 있는 전원 공급처가 있는 것일까.

사십대 중반 세대만 해도 휴가는 금기였다. "잘 노는 애가 공부도 잘한다"는 말이 없지는 않지만, 잠 안 오는 약을 먹어 가면서까지 공부를 해야 했다. 새벽같이 나갔다가 막차를 타고 돌아오는 아버지나 형들은 말할 것도 없었다. 모두 일해야 했다. 내가 초등학교에 들어가던 해, 학교나 마을 스피커에서 아침 저녁으로 흘러나오던 노래가 '올해는 일하는 해'였다. 일, 일하는 것이 최고의 가치였다. 일 없는 것은 죄악이었다. 노는 것은 부도덕이었다. 게으른 것, 느린 것은 사회 부적응이었다.

어떤 일에서 전문가가 되기 위해서는 적지 않은 시간과 노력이 필요하다. 휴식도 마찬가지다. 일을 하지 않는 상태, 그러니까 일과 일 사이가 휴식이 아니다. 휴식은 저절로 오지 않는다. 무턱대고 쉬려 했다가는 휴식의 노예가 되기 십상이다. 수많은 시행 착오를 거쳐야 휴식의 주인이 될 수 있다. 가령, 한 번도 텐트를 쳐 보지 않은 사람이 야영의 참맛을 알 리가 없다. 휴가는 조용한 곳에서 혼자 보내는 것이 최고라는 말은 누구나 알고 있지만, 실제로 혼자 지내는 방법을 알고 있는 '전문가'는 흔치 않다.

휴가는 일회적이 아니다. 일회적이어서도 안 된다. 일이 일상이듯이 휴가, 휴식도 일상이어야 한다. 낮과 밤이 있듯이 일과 휴식이 균형을 이루어야 한다. 휴식에 대한 배려와 투자에 무심하다가는 어느 날 고꾸라지고 만다. 사십대 사망률이 세계 최고라는 통계가 어디에서 나왔는가. 쉬지 않고 일만 하기 때문이다.

휴식은 공간의 개념이 아니다. 쉬기 위해 바닷가나 계곡을 찾는 것도 좋지만, 그것이 전부라고 생각하다가는 도시를 떠나기가 어려워진다. 계획만 세우다가 미루기 십상이다. 내가 있는 지금, 내가 있는 여기를 자기화하는 지혜와 의지가 필요하다. 스튜어트 브랜드는 「느림의 지혜」에서, (생태론적인 아이디어지만) 내가 있는 이 곳을 넓게, 내가 있는 지금을 길게(Long Now Big Here) 하라고 권유한다. 한 마디로 '여기를 길게'(Long Here) 하라는 것이다.

최근 나는 지금, 여기를 길고 넓게 하는 방법을 하나 터득했다. 다름 아닌 휴대 전화 전원을 끄는 것이다. 나의 시간과 공간에 무시로 개입하는 휴대 전화를 이겨 내는 방법은 전원을 '오프'하는 수밖에 없다. 나는 전원을 끄는 순간, 세상과 단절된다. 서울 한복판이 망명지로 변한다. 지금, 여기에서 나는 자발적 망명자가 되는 것이다. 그리고 찬찬히 안팎을 둘러본다. 점심 시간이나 출퇴근길, 다 합해야 한 시간이 넘지 않지만, 나는 휴대 전화를 '무시'하며, 지금, 여기가 커지고 길어지는 것을 온몸으로 느낀다.

부채와 에어컨

북한산 기슭, 4·19묘지와 장미원 사이에 있는 수유리 주택가에서 살 때만 해도 에어컨은 언감생심이었다. 아니, 필요하지가 않았다. 선풍기를 틀어 놓았다가도 잠이 들 때에는 꺼야 했다. 한낮에는 (아주 좁은 골목 같았지만) 마당에 물 몇 바가지 뿌려 놓고 문을 열어 놓으면 견딜 만했다. 광고 글과 제품 사진이 반드시 있었지만, 아내가 슈퍼마켓이나 백화점에서 얻어 온 플라스틱 부채도 제법 쓸 만했다.

내가 본의 아니게 에어컨 시대로 접어든 데에는 서너 가지 이유가 있다. 우선 땅에 착 달라붙어 있던 낡은 단층집에서 15층 아파트의 꼭대기 층으로 이사를 했기 때문이다. 1990년대 초반이었으니 열대야가 무슨 열병처럼 번지던 시절이었다. 가장 결정적인 것은 아내가 뒤늦게 아이를 가졌던 것이다. 아내와 우리 '만득이'를 위해 벽걸이형 에어컨을 턱 하니 들여놓았다. 한여름에 태어난 둘째 아이와 아내, 그리고 나와 딸내미는 에어컨 덕을 톡톡히 보았다.

유치원에 다니는 아이들도 아는 상식이지만, 에어컨 스위치를 올리고 나면, 문을 꼭꼭 닫아야 한다. 그 해 여름, 밤마다 문을 닫으며, 에어컨이 갖고 있는 '고약한 속성'에 대해 생각하지 않을 수 없었다. 에어컨은 더위를 쫓는다는 기능적인 면에서는 부채와 혈연 관계이지만, '생태적 측면'에서는 부채와는 전혀 다른 종種이다. '에어컨에 대한 고찰'은 나를 어린 시절, 저 부채가 위세를 부리던 사십 년 전의 시골 마을로 데리고 간다.

한여름 땡볕을 받으며 참외, 수박이 저마다 마른 잎사귀들을 깔고 앉아 속으로 단단해지는 밭 한 귀퉁이, 원두막 한 채, 턱 하니 버티고 서 있다. 사방이 훤하게 트여 있는 원두막에는, 막 낮잠에서 깨어난 할아버지가 밀려드는 더위를 견디다 못해, 왼손으로 저고리 앞섶을 들추고 부채질을 해 댄다. 하지만 조금만 떨어져서 보면, 원두막이 보이는 한여름 오후, 느리고 순한 원경遠景은 정물화처럼 정지되어 있다.

부채를 떠올릴 때마다 머릿속에는 대청마루나 평상이 놓여 있는 느티나무가 아니라 원두막이 먼저 그려진다. 대청마루가 있는 고래등 같은 기와집에서 태어나지 않았고, 오래 된 느티나무가 있는 마을에서 자라질 못했기 때문이다. 내가 태어난 집은 기역 자 초가집이고, 어린 내가 뛰놀던 마을은 황해도에서 내려온 피난민들이 모여 살던 '새마을'이었다. 전주나 안동, 경주나 강릉 같은 고도古都가 아니더라도, 누대에 걸쳐 집성촌을 이룬 남쪽 고장에서 나고 자랐다면 부채에 관한 기억은 제법 풍성할 것이다. 부채에 그림이나 글씨를 적어 단옷날 가까운 이에게 선물하던 풍속이나, 부채로 장단을 맞추며 소리 한 자락 펼쳐 놓을 수 있었을 것이다(부채는 뒤늦게 발동하기 시작한, 내 '피난민 의식'의 한 아이콘이다).

내 기억 속의 부채는 제대로 갖춰 입은 한복이나 대청마루에 어울리는 합죽선이 아니다. 공장에서 마구 찍어 낸, 태극 문양이 어설프게 인쇄된 싸구려 부채였다. 하지만 그 부채도 바가지가 사라지던 시기에, 플라스틱으로 바뀌고 말았다. 이 때부터 부채는 효과가 별로 신통치 않은 판촉용 도구로 전락하고 말았다. 선풍기가 부채를 밀어 냈고, 그 얼마 뒤 에어컨이 곳곳에 설치되었다. 대도시 인구의 절반 가량이 아파트에서 생활하기 시작하면서 에어컨의 수요가 증가하더니 1990년대 중반, 열대야가 일시적 현상이 아니라는 인식이 자리잡자, 에어컨은 자동차에 이어 생활 필수품 목록에 올랐다.

나부터도 그렇지만 웬만한 도시인들은 이제 실제 기온을 경험할 겨를이 없다. 아파트 실내는 물론이고, 일하는 공간이며 공공 기관, 찻집이나 식당, 술집 등 사적 교류 장소, 나아가 택시와 지하철, 시내 버스 등 대중 교통 수단의 실내 또한 모두 에어컨이 설치되어 있다. 도시인들에게 한낮 최고 기온 30도는, 텔레비전 기상 예보에서나 존재하는 '가상 현실'이다. 도시인들의 실제 기온은 그보다 7, 8도 낮은, 에어컨이 유지하는 '실내 기온'이다.

한여름 밤의 원두막과 에어컨이 돌아가는 고층 아파트를 비교해 보자. 가장 큰 차이는 그 공간의 개폐성이다. 원두막은 지붕과 바닥을 빼고는 사방이 트여 있다. 에어컨을 켠 아파트는 완벽하게 밀폐되어 있다. 부채가 사용되는 공간도 마찬가지다. 부채가 바람을 내던 공간은 원두막이거나 대청마루, 혹은 느티나무 아래 평상이었다. 안과 밖의 구분이 전혀 없던, 열린 공간이었다. 이 때 부채는 신체의 일부, 곧 손(바닥)의 연장이었다.

에어컨은 전혀 다르다. 찬바람이 나오는 밀폐된 공간은 아주 배타적인 공간이다. 공간적으로만 그런 것이 아니다. 에어컨은 역설적이게도 외부 장치를 통해 막대한 열을 배출한다. 에어컨에 의해 시원해진 공간은, 그 공간 밖으로 막대한 양의 열을 토해 낸다. 거대 도시 전체를 조감해 보자. 도시인들은 저마다 더위를 쫓기 위해 방문을 꼭꼭 닫고, 밖으로는 열을 뿜어 낸다. 낮에도 마찬가지다. 여름 한낮에 서울의 뒷골목을 걸어 보라. 골목 쪽으로 얼마나 많은 에어컨 외부 장치들이 나와 있는지. 거기서 나오는 불쾌한 열기를 피하느라, 몸을 숙이거나 지그재그로 걸어야 한다. 여름철 서울 거리는 냉방 장치의 거대한 하수도下水道, 아니 거대한 하기도下氣道이다.

부채와 에어컨을 나란히 놓고 보면, 한 세대 전의 농경 공동체의 삶과 현재의 도시적 삶 사이에 얼마나 현격한 차이가 있는지 이내 드러난다. 부채의 시대, 모든 공간은 열려 있었다. 골목이나 담장, 대문조차 열려 있는 의미가 강했다. 사람과 사람 사이, 실내와 실외, 공간과 공간 사이가 꽉 막혀 있지 않았다. 창호지와 강화 유리를 견주어 보면 그 차이는 극명해진다. 창호지는 시각적으로 차단되어 있으면서도 습기와 소리, 냄새를 소통시켰다. 창호지를 바른 문이나 창은 내용적으로 열려 있었다. 하지만 통유리는 얼마나 완벽하게 단절되어 있는가. 시각적으로는 투명하면서도 결국은 닫혀 있는 것이다.

에어컨의 시대로 이동하면서, 모든 공간은 닫힌 직육면체로 바뀌었다. 모든 개폐 장치는 열림이 아니라 닫힘의 기능이 더 크다. 에어컨을 위한 배타적 공간은 도시인들의 설익은 개인주의, 공동체 문화와는 무관한 가족 이기주의와 밀접해 있다. 부채에서 에어컨으로 이동하면서, 야생(야성)은 소멸되었다. 에어컨은 시골(자연)과 도시(인간) 사이의 단절, 다시 말해 인간이 직접성과 총체성을 잃어버린 사태에 대한 끔찍한 메타포이다.

골목에 대한 명상

황혼병이라고 있다. 저녁이 되면 공연히 불안 초조해지는 질병. 이십 대 초반, 저 황혼병에 걸려 땅거미지는 거리를 배회한 적이 있다. 그 거리에서 황혼병에 지지 않고 삼십대로 넘어올 수 있었던 까닭 중의 하나가 바로 골목이었다. 내가 다니던 대학교 앞에는 골목이 제법 많았다.

이모집, 작은집, 큰엄마네(아, 지금 그 많던 '엄마'들은 다 어디에 있을까) 같은 단골 주점이 그 골목 안에 있었다. 어느 때든, 시인, 영화 감독, 연극 배우 지망생들을 그 골목에서 마주칠 수 있었다. 언제든 쳐들어갈 수 있는 선배나 친구의 하숙집, 자취방도 그 골목과 모두 이어져 있었다. 나는 학교 앞 골목에서 황혼병을 다스렸다.

사회에 나와서도 마찬가지였다. 이십대 후반부터 지금까지 서울 광화문 언저리에서 밥을 벌고 있는데, 몇 해 전까지만 해도 세종로나 신문로, 종로 큰길에서 한 걸음만 들어가면 골목이었다. 삼십대 초반까지 나는 황혼병을 인사동에 가서 '치유'했다. 돌이켜보면, 인사동 골목 곳곳에 깃들어 있는 술집들 못지않게, 또 거기서 만났던 '반골'들 못지않게, 정동에서 인사동까지 걸어가는 골목길이 나를 다스리는 데에 한몫을 했다. 골목이 특효약이었다. 특히 피맛골, 교보 빌딩에서 종로 1가 제일은행 본점까지 이어지는 골목길이 그랬다.

피맛골은 반골의 길이었다. 조선시대 때 종로 거리는 벼슬아치들의 행차가 잦아, 행렬이 지날 때마다 아랫사람들은 길가에 엎드려야 했다. 이를 불편하게 여긴 백성들은 큰길 양쪽 뒤편에 말 한 마리쯤 다닐 수 있는 길을 이용하기 시작했다. 가마를 피하는 길이라고 해서 피맛길이라고 불린 것인데 이 좁은 길에는 주점과 국밥집이 즐비했다.

나는 피맛골을 지날 때마다, 모름지기 권력 가운데 정의로운 권력은 흔치 않다며 피맛골에서 탁주잔을 기울였을 시인 묵객들을 그리워했다. 나는 피맛골에서 1980년대라는 권위주의 시대를 피하고 있었다. 피맛골은 기막힌 은유이자, 통렬한 풍자였다. 나는 피맛골에서 문학과 예술의 생태학을 새삼 발견했다.

그런데 저 피맛골이 사라지고 있다. 거대 기업이 피맛골 일대를 사들여 새로운 상업 공간으로 개발하고 있다. 물론 피맛골만 사라지는 것이 아니다. 광화문 일대에는 골목이 거의 없어졌다. 인사동도 예전의 인사동이 아니다. 어디 피맛골과 인사동뿐이랴. 서울 전역이 골목을 추방하고 있다. 모든 대도시가 골목을 박멸하고 있다.

도시는 선線이라는 금언이 있다. 이 때의 선은 직선이고, 이 직선은 모든 점(인간)을 연결하는 직선이다. 도로, 지하철, 빌딩, 아파트, 교량, 상하수도, 하천은 물론이고 전화선, 인터넷 선 따위가 모두 도시를 구성하는 직선이다. 이 직선은 언제나 속도와 효율을 추구한다. 도시는 선이어야 한다는 막강한 슬로건 아래 골목이 사라지고 있는 것이다.

도시는 자주 인체에 비유되거니와, 동맥만 있는 인체는 없다. 정맥도 있어야 하고, 무엇보다 실핏줄이 있어야 한다. 도시의 실핏줄이 바로 골목이다. 실핏줄이 없는 인체가 식물인간이듯이 골목이 없는 도시는 죽은 도시이다. 골목은 결코 사라지지 않는다. 다만 변형되고 있을 뿐이다. 지상의 좁은 골목이 고층 빌딩과 고층 아파트로 올라가고 있는 것이다. 고층 건물의 계단이나 엘리베이터, 복도가 바로 골목이다. 수직한 골목이다.

그러나 이 수직 골목은 지상의 (수평) 골목과는 그 성격이 판이하다. 지상의 골목은 '옷깃만 스쳐도 인연'이 일어나는 인간의 골목이었다. 만남과 소통의 공간이었다. 하지만 고층 건물로 올라간 골목, 공중의 골목, 수직 골목은 배타적인 공간이다. 사람과 사람 사이의 물리적 거리는 매우 (지나치게) 가까워졌지만, 사람과 사람 사이의 심리적 거리는 엄청나게 멀어졌다. 빌딩과 아파트의 수직 골목에서 만나는 사람들은 경계해야 할 타인이다. 프라이버시를 침해하는 '예비 범죄자'들로 보일 때가 많은 것이다.

골목은 집(밤)과 대로(낮)를 연결하는 완충 지대이다. 이 완충 지대에서 낮과 밤이, 사람과 사회가, 공과 사가, 이성과 감성이 만난다. 우리 사회가 대결로 치닫고 있는 여러 이유 가운데 하나가 완충 지대인 골목을 추방했기 때문이라는 해석은 지나친 비약일는지도 모른다. 가진 자와 못 가진 자, 진보와 보수, 기성 세대와 신세대, 남과 여…, 압축해서 나와 너 사이에 빚어지는 모든 분열의 원인이 다름 아닌 골목이 사라졌기 때문이라고, 나는 '무리하게' 생각한다.

헌법재판소가 신행정수도건설특별법이 위헌이라고 결정한 날 저녁, 피맛골을 걸었다. 피맛골 일대는 폐허였다. 골목이 없는 나라는 두 동강이 나 있었다.

농업박물관 소식

담장 너머 눈 덮인 텃밭을 볼 때마다 얼굴이 달아오른다. 마음이 영 편치 않다. 열다섯 평쯤 될까. 처음에는 집터였는데 진입로가 나지 않아 십 년 넘게 아무도 관리하지 않는 공터가 되었다고 한다. 이 집에 먼저 사시던 할머니 한 분이, 심심 파적으로 버려진 땅을 일궈 상추며 고추 따위를 심었다고 한다. 오랫동안 버려졌다가 이태 전부터 밭으로 살아난 것이다. 꼭 일 년 전인 지난 해 이월, 지금 사는 집으로 이사를 할까 말까 고민할 때, 저 텃밭이 제법 그럴듯한 미끼였다. 그래, 이 참에 마음놓고 먹을 수 있는 채소를 키워 보자, 유기농을 해 보는 거야. 생태주의적 지향을 구체적으로 실천해 보는 거라구.

상계동 아파트촌에서 북한산 기슭으로 이사하자마자 나는 큰소리를 쳐 대기 시작했다. 일요일에 등산하는 친구들에게는 두붓집에 가지 말고, 우리 집에서 상추쌈 잔치를 하는 게 어떠냐고 제안해 놓았다. 회사 동료들, 글쟁이들, 그리고 회사 근처 단골 식당에까지 "올 여름에는 채소 걱정들 하지 말라구. 내가 완전 무공해 먹을거리를 댈 테니까"라는 공약을 남발했다. 그럴 때마다 아파트 근처 공터나 주말 농장에서 채소를 가꿔 본 친구들이 한 마디씩 거들었다. 열다섯 평이면 만만치 않을 것이라는 둥, 괜히 상추를 감당하지 못해 죄 없는 친구들 삼겹살에 질리게 할 거라는 둥, 농약 안 치나 두고 보자는 둥 거의 비아냥에 가까웠다. 그럴 때마다 나는 농사꾼의 아들이라며 호언장담하곤 했다. 농작물은 주인 발자국 소리를 듣고 자란다는 말까지 덧붙이면서.

  시골을 떠난 지 이십여 년 만에 마침내 밭농사를 흉내라도 낼 수 있게 된 것이 자못 감격스러웠다. 어디 그뿐이랴, 시골에서 살아 본 적이 없는 초등학교에 다니는 딸아이가 생명의 신비함과 소중함을 몸으로 체험할 수 있을 것이고, 네 살 난 늦둥이도 감자꽃이며 배추흰나비를 볼 수 있을 것이었다. 아, 나는 드디어 식솔들을 이끌고 반생명적 문명에서 이른바 땅에 뿌리박은 삶 쪽으로 (한 걸음이나마) 이주한 것이었다.

  그런데 막상 사월이 지나자 걱정이 앞섰다. 시골에서 태어나 고등학교 때까지 살았지만, 이십 년 만에 삽을 잡으려니, 웬걸, 앞이 캄캄했다. 아무런 기억이 나지 않았다. 어릴 적, 삽질을 요령 있게 하지 못한다는 아버지의 잔소리만 떠오를 뿐이었다. 주말 농장에서 채소를 가꿔 보았다는 후배 시인 둘을 호출했다. 봄볕이 따사로운 어느 일요일 오전, 두 후배가 가족을 데리고 들이닥쳤다. 나는 '일꾼'들에게 업무를 할당하고, 아내에게는 한 해 농사의 시작이니만큼, 새참과 점심 준비에 차질이 없도록 하라고 지시했다. 이건 무슨 잔칫날이었다.

결론부터 말하자면, 지난 해 내 친구들 가운데 내가 키운 무공해 채소를 먹어 본 사람은 아무도 없다. 우리 집에서도 대여섯 번 상추쌈을 식탁에 올렸을 뿐이다. 애호박 서너 개, 가지 대여섯 개, 풋고추 수십 개가 고작이었다. 열무나 아욱은 아예 구경도 못했다. 오월 한 달 동안은 "물만 자주 주면 된다"는 후배들의 충고를 잊지 않았다. 꼬물거리며 싹이 올라오는 모양이 눈물겹도록 예뻤다. 이른 아침부터 아내와 두 아이를 밭으로 불렀고, 시간이 날 때마다 고무 호스를 연결해 물을 뿌렸다. 출근했다가도 비가 내릴라치면 그렇게 반가웠다. 떡잎을 밀어 올린 실뿌리가 젖은 흙 속을 파고드는 모습이 보이는 것 같았다. 그런데, 잠깐이었다. 지방 출장에다 주말 야근이 겹쳤던가. 어느 날 밭에 나가 보니 채소밭은 풀밭이었다. 그리고 곧 긴 장마였다.

1988년 첫 시집을 펴낼 때, 나는 내 약력에다 일부러 "농부의 아들로 태어났다"라고 적었다. 아버지는 정말 빼어난 농부였다. 황해도에서는 물론이고, 피난살이하던 전남 강진에서도 그랬고, 내가 태어나 자라던 김포의 한 마을에서도 알아주던 농부였다. 나는 아버지가 농부였다는 것이 자랑스럽지는 않았지만, 그렇다고 감추고 싶지도 않았다.

하지만 농부로서의 아버지는 내가 상경하면서 잊혀졌다. 대학에서 "글 쓰네" 하고 껍적거릴 때는 물론, 졸업하기 직전 사회 생활을 시작하면서 나는 '도시의 아들'이어야 했다. 나는 아마도 눈부시게 이 도시의 속도에 적응했던 것 같다. 말로는, 글로는, 시로는 유목민의 속도를 떠들고, 쓰고 하면서도, 내 구체적인 삶은 이 거대 도시에서 한 걸음도 벗어나지 않았다. 1990년대와 맞물린 나의 삼십대는 그렇게 '속성'으로 지나갔다.

십여 년 전에 돌아가신 아버지를 떠올린 것은 오 년 전, 농업박물관 앞에서였다. 내가 일하는 곳 바로 옆에 농업박물관이 있는데, 일 주일에 두어 번은 점심 시간에 그 곳을 지나치면서도 농업박물관이 눈에 들어오지 않았다. 도심 한복판에 웬 농업박물관이람, 아무리 농협중앙회가 옆에 있다고 해도 그렇지, 하며 넘어가곤 했다. 그러던 어느 봄날, 농업박물관 앞에 심어 놓은 우리 밀 어린 싹을 보고 가슴이 서늘해졌다. 그렇구나, 그 사이에 농업이 박물관으로 들어갔구나. 내가 살아온 지난 삼십여 년, 그러니까 근대화 시기가 아버지를, 농업을 박물관으로 집어넣고 말았구나. 그 날 나는 농업박물관에서 전시용으로 키우고 있는, 참새 혀 길이만 한 우리 밀 새싹 앞에서 콧등이 시큰해지고야 말았다. 그 날부터 나는 '농업박물관 소식'이라는 연작시를 발표했는데, 독자들 가운데 일부는 농업박물관이 진짜 있느냐고 물어오기도 하였다. 시적인 비유인 줄로 여긴 것이다.

지난 여름, 보기 좋게 텃밭 농사에 실패한 뒤로, 나는 환경이니, 생태니, 생명이니, 지속 가능한 삶이니, 지구적 사고니, 근본주의니 하는 '진보적 개념'을 쓸 때마다 한 번씩 더 생각한다. 한 마디로 나는 유기농에 관해 말할 자격이 없어진 것이다. 지면이 주어질 때마다 나는 얼마나 떠들어 댔던가. 한살림 운동에서 시작해 도농 공두레며, 유기농으로 한약재를 조달하는 젊은 한의사들, 변산실험학교 등을 취재하러 돌아다녔고, 자크 러끌레르크의 「게으름의 찬양」을 읽기도 전에 "게으른 자는 아름답다"고 썼으며, 스코트 니어링의 책이 소개되었을 때는 매체를 가리지 않고 '극찬'을 아끼지 않았다. 진정한 시인은 본질적으로 심오한 생태주의자라는 문장을 주저 없이 인용했고, 무소유란 아무 것도 갖지 않는 삶이 아니라 필요한 것만 가지는 새로운 삶의 방식이란 개념도 마구 도용했다. 디지털 시대의 호號라고 불러야 마땅한 이메일 아이디를 정할 때, 가장 먼저 떠올렸던 것이 노마드nomade 아니었던가. '오래된 미래'나 '지나간 미래' 또는 '20 대 80의 사회,' '카지노 자본주의,' '느림의 미학'이라는 표현은 또 얼마나 자주 끌어다 썼던가. 그러나 나는 환경 운동가가 아니었다. 생태론자가 아니었다.

농업박물관이라는 '상징'을 발견하기 이전까지 나의 문학적 관심은 몸이었다. 특히 감각과 손의 기능이 어떻게 달라져 있는지에 주목했다. 산책이라는 느림의 전략과 더불어 몸을 원래의 몸으로 되돌려놓지 않는 문명이라면, 그 어떤 문명도 거부할 것이라고 다짐하고 있었다. 게으름을 옹호해야 할지 모른다는 시적 직관은 다름 아닌 내 몸에서 나왔다. 이십대 후반의 내 몸이 나에게 말하고 있었다. "이 속도에서 벗어나라. 이 속도는 치명적이다."

십여 년 전, 나는 우연찮은 기회에 나의 하루 스물네 시간 가운데 도대체 나를 위해 확보하고 있는 시간이 얼마나 되는지를 곰곰 따져 본 적이 있다. 놀랍게도 거의 없었다. 나는 온갖 관계에 의해 꽁꽁 묶여 있었고, 나의 시간은 그 무수한 관계(계약)에 의해 잘게 분절되어 있었다. 나는 누구인가, 나는 어디에서 와서, 어디로 가는 것인가, 하고 말할 때의 '나'를 위한 시간(공간)이 전무했다. 나는 나에 대해 소유권을 주장할 수 없었다. 내 삶에 대한 지적 소유권이 없었다. 등골이 오싹했다. 명색이 문학을 한다는 내가 이럴진대, 이 사회가 요구하는 룰을 타고 넘어 성공해야 한다고 믿는 삶들은 어쩌할 것인가. 그들이 무뇌아로 보였다. 로봇으로 보였다(그들이 보기에는 나 같은 존재가 한심해 보이겠지만).

손의 변화에 국한시켜서 보자. 내 손은 만지고(아, 손이 무엇인가를 만지는 방식은 얼마나 다양한가, 어루만지고, 문지르고, 부비고, 쓰다듬고, 더듬고, 움켜쥐고…), 교감하고, 만드는 손이었다. 외부, 곧 자연을 느끼는 주체였다. 어릴 때 내 손은 고드름을 땄고, 나무와 흙을 만졌으며, 뱀 껍질을 집어던졌고, 토끼의 귀를 잡아당겼으며, 떨어지는 눈송이를 손바닥으로 받아들였고, 밤하늘의 은하수를 가리켰다. 우주와 나 사이에 손이 있었다. 그리고 또 손은 만드는 손이었다. 풀피리, 바람개비, 썰매, 팽이, 윷, 우산대를 총신으로 사용하던 총, 광석 라디오, 환등기…. 내 손에서 태어났다가 사라져 버린 물건들이라니.

근대화가 액셀러레이터를 밟으면서, 손은 조금씩 변절하기 시작했다. 필기구로 한정하자. 샤프 펜슬이 나오자 내 손은 냉큼 연필과 칼을 버렸다. 내 손은 영웅 만년필과 빠이롯트 만년필을 거쳐 파카21로 달려갔고, 급기야 이십대 초반 크로바 타자기 앞에서 투항하고 말았다. 그때부터 글은 쓰는 것이 아니라 치는 것이었다. 육필이 사라지기 시작했다. 워드 프로세서(대우 르모였던가)가 등장하자마자 십이 개월 할부로 들여놓았고, 마침내 1980년대 후반부터 글을 쓰는 내 손은 386컴퓨터의 키보드 위를 떠나지 못하게 되었다. 486노트북, 펜티엄 노트북을 거쳐, 내 손은 지금 서브 노트북 너머 손바닥만 한 컴퓨터를 만지작거리고 있다.

불과 한 세대 만에 손이 있는 자리가 달라졌다. 인간과 우주를 연결하던 손은 이제 전원을 조작하는 손으로 바뀌었다. 리모컨, 휴대 전화,

키보드 등 온갖 버튼을 누르는 손으로 바뀌었다. 만드는 손이 (재생 가능한, 순환하는) 물건을 만드는 손이었다면, 현재의 손은 전적으로 소비하는 손이다. 손과 자연 사이에 제품(상품)이 있을 따름이다. 이제 성관계를 대체하는 가상현실이 현실로 다가오면 손은 그야말로 만질 수조차 없어진다. 이것이 최근 삼십 년 사이에 손이 치러 낸 역사다.

눈(시각)이 겪고 있는 변화도 아찔하다. 손이 만지고 싶은 것을 만지는 것이 아니라, 만져지는 것을 만지듯이, 눈 또한 보고 싶은 것을 보는 것이 아니라 보이는 것만을 볼 따름이다. 자본주의는 광고에 의해 살아 있거니와, 광고는 전적으로 시각을 포섭한다. 광고는 눈을 사로잡는다. 눈에 띄는 곳에 광고가 있다. 시각 제국주의라고 불려야 마땅한 이 시각 패권주의는 광고뿐만이 아니다. 사람들은 이제 오직 눈(시각)만을 믿는다. '내가 보지 않은 것은 없는 것'이다. 법정의 증인이란 무엇인가. 증인은 '눈으로 본 사람'이다. 이렇게 시각이 자본주의 사회의 중심에 자리잡았지만 역설적이게도 사람들은 보아야 할 것은 보지 못하는 시각 장애인이 되고 말았다.

손과 눈의 급격한 변화를 내 일상적 삶에서 확인하면서 나는, 아니 나의 시는 몸으로 돌아가자고 중얼거리기 시작했다. 자본주의의 식민지가 아닌 몸. 이성 중심주의의 하수인이 아닌 몸. 본능의 발현이라고 지탄받지 않는 온전한 몸. 뭇 생명과 동등한 존재, 지구의 한 구성원으로서의 몸. 실존의 주인으로서의 몸. 몸을 회복해, 몸으로 살아가야 한다는 '절규'를 행간에 심었다.

몸의 시대, 몸의 문화로 돌아가는 길은, 그러나 말처럼 쉽지 않다. 거의 불가능하다. 손이 원래의 기능을 회복하기 위해서는 그 동안 누리고 있던, 더 정확히 말하자면 길들여져 있던 편의의 컨베이어 벨트에서 내려서야 한다. 자본주의가 요구하는 경제 논리를 벗어던져야 한다. 한마디로, 가난하고 불편해져야 한다. 제도 교육을 거부해야 한다. 초국적 기업의 상품으로 전락한 식품을 먹지 않아야 한다. 도시를 떠나야 한다. 자본주의 앞에서 순교해야 하는 것이다.

나는 열다섯 평 텃밭 농사에서 나자빠지고 말았다. 열흘 정도 한눈팔았다가 채소를 망치고 말았다. 물론 이렇게 말할 수도 있다. 채소와 잡초를 구분하는 인간 중심주의까지 버려야 한다고. 인간 중심주의에서 벗어난다면, 그리하여 잡초의 입장에 선다면, 채소의 패배는 오히려 자연스러운 결과라고. 물론 맞는 말이다. 지구적 차원에서 보자면, 인간이 키우는 대다수의 가축이나 농작물은 인간에 의해 훼손(조작)된 것이다. 생명공학에 반대하는 입장에서 보면, 대부분의 농작물이나 농법은 반자연적이다. 초국적 기업이 '생산'하는 어떤 농작물의 종자들은 이미 '거세'되어 있다. 스스로 번식하지 못하기 때문에 해마다 농부들은 새 씨앗(상품)을 사야 한다. 이 같은 사실을 모르는 바 아니다. 그러나 여기서는 앎이 중요하지 않다. 이론이나 상상력이 우선하는 것이 아니다. 광우병까지는 그렇다고 해도, 안심하고 먹을 수 있는 식품이 거의 없다는 것을 모르는 사람이 어디 있는가. 환경 오염의 주범이 자신이 날마다 몰고 다니는 자동차의 배기 가스라는 '공인된 사실'을 모르는 사람이 어디 있단 말인가.

게으름에서 몸으로, 몸에서 다시 농업으로 질주하던 나의 글과 생각은, 지난 여름, 텃밭 앞에서 멈추어 버렸다. 나의 환경론(생명주의)은

관념이었던 것이다. 꿈이었고, 상상력이었다. 꿈과 상상력의 존재와 그 역할을 누구 못지않게 옹호하는 편이지만, 그리하여 꿈과 현실 사이는 멀수록 좋을 때가 있으며, 문학과 예술은 저 꿈과 현실 사이의 거리에서 태어나는 것이라고 강조하는 입장이지만, 이 생명의 위기 앞에서 나는 시인이기를 포기하고 싶다. 머릿속으로 완성된 생명론자이기 이전에 구체적 삶 안에서 생명에 대한 사랑을 실천하는 사람, 손과 발을 쓰고 모든 감각이 살아 있는 '지구인'이고자 하는 것이다.

지난 여름 그 작고 짧았던 농사를 짓기 이전까지 나는 환경 운동가, 생태학자, 생명주의자들과 거리가 거의 없었다. 거의 동일시하기까지 했다. 그러나 지금은 그렇지 않다. 스코트 니어링의 책을 다시 읽으면 소름이 끼친다. 나는 스코트 니어링과 같은 근본주의자는 되지 못할 것 같기 때문이다. 니어링처럼 하루를 삼 등분 해, 일하고, 글 쓰고(사유하고), 친교하는 삶을 실천할 수 없을 것이다. 한 해에 필요한 만큼만 벌기 위해 일할 수는 없을 것이다. 그들 부부처럼 번 만큼만 쓰지 못할 것이다. 채식주의자가 되지 못할 것이다. 여태까지 그래 왔듯이, 나는 결국 내가 할 수 없는 것들(그것을 꿈이라고 부를 것이다)을 죽도록 그리워만 하게 될 것이다. 그리하여 나는 영영 환경 운동가는 되지 못할 것이다. 또 그리하여 불도저와 포크레인을 예전처럼 비판하지도 못할 것이다.

다만 나는, 이 문명이 앗아간 내 두 손과 내 두 눈을 되찾기 위해 내가 내 두 손과 두 눈으로 할 수 있는 일이 무엇인지 찾을 것이다. 적의 칼로 적의 목을 베지는 못할지언정, 내가 잃어버린 '몸으로서의 나'는 결코 누군가가 또는 그 무엇이 가져다 주지 않는다는, 무서운 사실만큼은 잊지 않으려고 애쓸 것이다. 온전한 몸을 만나는 일은 전적으로 투쟁이라는 것을 명심할 것이다.

　이십 년 만의 폭설이었으니, 올 농사는 풍년일 것이다. 담장 너머 텃밭에는 아직도 눈이 수북이 쌓여 있다. 지난 해 동네 철물점에서 사천 원을 주고 산(삽 한 자루가 그렇게 싸다니!) 삽 한 자루가 밭 한 귀퉁이에 서 있다. 올 봄에는 어찌할꼬. 서가 맨 위에 놓아 두었던 '대농 얼갈이 배추' 씨앗 한 봉지를 집어 든다. 지난 해 뿌리려다 그대로 두었던 것이다. 겉봉에 소독을 필했고 발아율이 85퍼센트라고 적혀 있다. 유월 중순에 파종해 칠월 하순에 수확하라는 '재배 적기표' 아래 빨간색 글씨로 다음과 같이 쓰여 있다. "종자는 생물이므로 사 가신 뒤에는 반품하는 일이 없도록 하여 주시기 바랍니다." 올 봄에 저 텃밭을 어찌할꼬. 얼갈이 배추를 칠월 하순에 제대로 수확할 수 있을지 영 자신이 없다.

디지털 카메라와 '시간의 빛'

결국 디카, 디지털 카메라를 사고 말았다. 중학교를 졸업하는 딸내미가 일찌감치 졸업 선물 영순위에 올려놓았던 터였다. 나도 가끔 쓸 요량으로, 디카치고는 조금 비싼 기종을 골랐다. 사백만 화소는 되어야 인쇄용으로 쓸 수 있었다. 졸업식 전날, 앙증맞은 디카를 건네받은 딸아이는 밤늦도록 셔터를 눌러 댔다. 한 세대 전만 해도 장롱 속에 고이 모셔 놓던 '귀중품'이 값비싼 장난감으로 전락한 것이다. (어디 카메라뿐이랴. 전화나 냉장고, 자동차는 또 어떻고. 이 텅 빈 풍요, 끝없는 결핍을 조장하는 이 과잉의 질주라니!)

나는 디카에 대해 반감을 갖고 있었다. 디지털 문명에 대한 적의는 '삐삐'가 급속히 확산되던 1990년대 초반부터 단단해졌다. 하지만 호출기는 휴대 전화가 등장하면서 하루 아침에 멸종되었다. 휴대 전화는 새로운, 막강한 신체였다. 자동차가 거리를 시간 개념으로 바꾸어 놓았다면(한 세대 전만 해도, 한 지점에서 다른 지점까지는 '몇 킬로미터' 또는 '몇십 리'였다. 하지만 지금은 자동차로 '몇 분 거리'라고 말한다), 휴대 전화는 공간 개념을 없애 버렸다. 상대방이 어디에 있는지는 중요하지 않다. 통화 여부가 관건이다.

디지털 문명의 요체는 기다림을 삭제했다는 데에 있다. 휴대 전화를 보자. 유선 전화가 있던 시절, 전화를 받지 않으면 상대방은 없는 것이었다. 집이나 사무실에 없는 것이었다. 상대방이 전화를 받을 수 있을 때까지, 아니면 상대방이 전화를 걸어 올 때까지, 그 시간은 그 누구도 개입할 수 없었다. 기다릴 수밖에 없었다.

하지만 휴대 전화가 일상화하면서 기다림은 사라졌다. 상대방이 전화를 받지 않을 때, 더는 기다리지 않는다. 가령 누군가 연락이 두절되었다고 치자. 휴대 전화가 없던 시절, 사람들은 최소한 이삼 일을 기다렸다. 무소식이 희소식일 수도 있었다. 하지만 경제 활동 인구 백 퍼센트가 휴대 전화를 갖고 있는 요즘, 한나절만 통화가 안 돼도, 불안해진다. 실종을 의심할 만한 시간이 몇 곱절로 짧아진 것이다. 이제는 전화를 하지 못하거나, 전화를 받을 수 없는 상태 자체가 실종이다. 기다림이 더는 용인되지 않는다. 기다림은 제거되었다.

결정적으로 기다림을 없애 버린 디지털 기기가 디카다. 내가 디카를 외면해 온 까닭이 여기에 있다. 이십 년 넘게 필름 카메라를 써 온 나는 사진의 매력이 기다림에 있다고 보았다. 사진을 찍는 순간도 그렇지만, 사진은 모든 과정이 기다림이었다. 필름을 현상할 때, 그리고 현상한 필름을 인화할 때, 나아가 슬라이드 필름으로 인쇄를 할 때, 절대적인 시간이 필요했다. 인간이 간섭할 수 없는 그 시간을, 나는 '발효의 시간'이라고 명명해 놓고 있었다.

하지만 디카에는 기다림, 곧 과정이 없다. 셔터를 누르는 순간, 액정 화면에 사진이 뜬다. 촬영한 사진이 마음에 들지 않으면 지워 버리면 그만이다. 그리하여 디카는 기록하면서 기록하지 않는다. '디카족'들은 모든 대상에 디카를 들이댄다. 하지만, 모든 피사체를 '저장'하는 것은 아니다. 필름 카메라에게 셔터는 그야말로 '결정적 순간'이다. 유일무이한 그 순간은 필름을 폐기 처분하지 않는 한, 유일무이하게 남아 있다. 그 결정적 순간은 인화와 인쇄를 통해 세상과 만난다.

디카는 기다림을 지워 버렸을 뿐만 아니라, 사진이 갖고 있는 유일무이한 기록성을 무너뜨렸다. 디카는 컴퓨터와 만나면서 끊임없이 다시 태어난다. 이른바 '합성'을 통해 피사체의 유일무이성을 희석시킨다. 합성 사진은 그 때, 그 곳을 증명하지 않는다. 증명할 의지도 없다. 힙합 가수가 백 년 전 남대문을 배경으로 춤추는 사진이 가능하다. 그뿐인가. 그 가수도 합성할 수 있다. 얼굴과 상반신, 하반신이 각기 다른 사람일 수 있다. 디카 합성 사진은 현실을 재구성한다. 재구성된 현실은 한없이 가볍고, 또 한없이 빠른 속도로 유포된다. 이제 법원에서는 사진을 증거물로 인정하지 않는다고 한다. 아날로그 시대는 이렇게 디지털 시대로 넘어가고 있다.

디카는 카메라의 기능을 확대시키고 있다. 디카는 새로운 신체, 즉 새롭게 장착된 눈(眼)이자 뇌세포이다. 디카족은 늘 디카를 가지고 다니며, 디카를 통해 세상을 본다. 자기 눈으로 보는 것이 아니라 디카를 통해 본다. 디카는 필기 도구이자 복사기이다. 신세대들은 선생님이 칠판에 써 놓은 것을 노트에 적지 않고 디카로 찍는다. 웬만한 문서는 복사하지 않고 디카로 찍은 다음, 컴퓨터로 출력한다. 노트와 메모장, 펜이 무력해진 것이다. 디카는 거울일 때도 있다. 젊은이들은 음식을 먹고 난 뒤에 거울을 보지 않는다. 대신 디카로 자기 치아를 찍어 음식물 찌꺼기가 끼어 있는지를 확인한다.

디카는 필름 카메라가 갖고 있는 '무거운' 기록성을 해체해 버렸다. 디카는 유일무이성, 즉 권위를 지워 버리고, 경쾌한 투 스텝으로 온라인을 통해 번져 나간다. 이 때 디카는 언어이다. 디카족에게는 디카로 찍은 사진이 메시지이다. 열 마디 문자 언어보다 한 장의 디카 사진이 훨씬 효과적이다. 디카족들에게 디카는 언어이자, 매체이다. 이른바 시각 중심(패권)주의는 디카를 통해 무서운 속도로 강화되고 확장되고 있다.

딸내미는 신용 카드 크기만 한 디카를 들고 다닌다. 휴대 전화에 이어 새로운 신체가 하나 더 장착된 것이다. 휴대 전화로 연락하고, 인터넷 채팅으로 대화하고, 디카로 보는 딸애 앞에서 아날로그 세대의 아빠는 할 말이 없다. 딸애에게 얼마 전에 나온 강운구 선생의 「시간의 빛」을 읽어 보라고 할 생각인데, 저 열여섯 살 디카족이 강운구 선생의 리얼리즘과 인문학적 사유를 얼마나 소화할 수 있을지 걱정이다. '땅의 마음'을 포착하기 위해 빛을 기다릴 줄 아는 강운구 선생의 앵글과 사유를 어떻게 설명해야 한단 말인가. 저 '발효의 시간'을 어떤 디지털 콘텐츠를 통해 이해시킬 수 있단 말인가.

강운구 사진

걷기에 대한 명상

　조깅화처럼 현란한 디자인은 곤란했다. 그렇다고 랜드로바 같은 신발은 불편하고. 경등산화 기능을 갖고 있되, 양복 바지에 어울리는 구두는 없는 것일까. 산에 오래 다닌 선배에게 그런 신발이 있는지 물어보았다. 한창 나이 때, 히말라야 원정대를 가르친 적이 있는 선배는 곧바로 답을 내놓았다.

　"암, 좋은 신발이 있지. 티롤리안Tyrolean 부츠(슈즈)라고. 알프스 티롤 지방 사람들이 신사복에도 어울리는 등산화를 만들고 있어. 1929년 모델이 지금까지 그대로야." 캐털로그를 보니 랜드로바는 티롤리안 부츠의 손자뻘이었다. 신발 바닥이 등산화 재질과 똑같은 비브람vibram이었다. 칠십 년 넘게 디자인이 변하지 않았다면, 분명 그만한 이유가 있을 것이었다.

티롤리안 부츠를 샀다. 값은 좀 비싼 편이었지만, 발이 여간 편한 것이 아니었다. 새해 벽두부터 걷기에 편한 구두를 장만한 까닭은, 최소한 일 주일에 세 번은 걸어서 출퇴근을 하기로 작심했기 때문이다.

지난 해 봄, 집에서 회사까지 서너 번 걸은 적이 있다. 10킬로미터 달리기에 도전하기 위해 먼저 기초 체력을 쌓으려던 것이었는데, 이내 접고 말았다. 그러다가 온전한 걷기를 체험했다. 5월 2일부터 17일까지, 지리산 외곽을 걸어서 한 바퀴 도는 '지리산 팔백오십 리 도보 순례'에 참가한 것이다. 열엿새 동안, 하루 평균 24킬로미터를 걸었다. 함양에서 출발해, 산청, 하동, 구례를 거쳐 남원 실상사에 도착했다. 시계 방향으로 지리산을 한 바퀴 돌았다.

7대 종단이 손잡고 마련한 '지리산 위령제'의 일환이었던 도보 순례가 갖고 있던 역사적 대의를 부정하지 않되, 나는 그 걷기를 나름대로 사유화했다. 나는 도보 순례를 '자발적 망명'이라고 명명했다. 지리산의 오월을 바라보며 나는 서서히 내 몸으로 돌아갔다. 사흘째가 되어서야 걷기에 리듬이 생겼다. 길과 나는 화해했다. 이레째던가. 산청에서 하동으로 넘어가던 오전, 내 몸과 오월의 세상은 혼례를 치르고 있었다. 모든 세포들이 깨어나 오월의 햇빛과 바람을 쐬었다. 나는 신랄하게 살아 있어서 아팠다. 병든 땅, 더러워진 물, 잘려 나간 산허리, 삭막해진 인심 따위를 온몸으로 느낄 수 있었다.

나는 서울과 두절되어 있었다. 산청에서 야영할 때, 그 곳은 전원이 없었다. 휴대 전화기의 배터리를 충전할 수가 없었다. 완벽한 언플러그드였다. 그 때 깨달았다. 자발적 망명은 전원으로부터 멀어질 때 완성된다는 사실을. 내 일상은 전력의 하수인이었다. 내 일상적 삶은 플러그를 꽂은 상태에서만 유지되는 삶이었다. 플러그를 뽑아 버려라, 그것이 자발적 망명이다. 이제 망명은 공간의 개념이 아니다. 자발적 망명은 전원으로부터의 망명이다.

하지만 서울로 돌아오자마자, 나로 돌아왔던 몸은 이내 잊혀지고 말았다. 내 몸은 채 일 주일도 되지 않아 생체 시계, 자연의 시계를 도시적 일상의 시계로 교체하고 말았다. 나는 곳곳에다 플러그를 꽂았고, 곳곳에서 배터리를 충전했다. 나는 늘 온라인 상태였다. 도보 순례의 흔적은 검게 탄 얼굴이 전부였다.

사십대 중반으로 접어드는 징후일까. 연말 연시가 덤덤했다. 덕담을 들어도 시큰둥했으니 무슨 계획을 세우거나 각오를 가다듬을 일이 없었다. 나는 새해 벽두에 무심했다. 그런데 주위에서 담배를 끊겠다고 난리였다. 새해에다 이주일 씨의 죽음으로 받은 쇼크가 겹쳤던 것이다. 특히 사십대에 접어든 동료들이 더했다. 친구따라 강남 가는 것도 나쁘진 않을 테지만, 금연 대열에 뒤늦게 끼어들고 싶지 않았다(나는 기대하기를, 어느 날 문득 담배를 피우지 않게 되기를 바란다).

금연 대신, 걸어서 출퇴근을 하기로 했다. 지난 해 봄, 서너 차례 걸었던 경험도 있고, 지리산 도보 순례를 서울 한복판에서 재생하고 싶었다. 그리고 또 하나, 체력을 키워 마음에 맞는 친구들과 산행을 다시 시작하고 싶은 것이다. 텐트 없이 야영하는 비박산악회에 가입해 놓고도, 체력 때문에 아직도 배낭을 꾸리지 못하고 있다. 계획은 여기서 끝나지 않는다. 비박으로 체력을 다진 다음, 올 가을에 선배들과 일본 북알프스를 원정하고, 내년 봄에는 히말라야 트레킹에 나설 참이다. 하지만 저 계획이 계획으로 끝나도 좋다. 나는 걷기 그 자체를 사랑하니까.

걷지 않을 때, 그러니까 플러그를 꽂아 놓고 있을 때, 내 감각들은 극심하게 왜곡된다. 나는 다섯 개의 감각 가운데 시각만을 집중적으로 혹사시킨다. 후각은 '위생 관념'에 의해 극도로 위축되어 있다. 촉감도 거의 마비되어 있다. 세계와 나 사이에 내 손 대신에 각종 버튼과 스위치들 같은 도구와 매체가 있다. 플러그가 연결되어 있는 한, 나는 주체가 아니었다. 도구이고 대상이었다.

일 주일에 최소한 사흘은 걸어서 출퇴근하려고 한다. 걷는 동안, 나는 온전한 나의 몸으로 돌아가 있을 것이다. 그리하여 자동차와 컴퓨터 전송 속도로 대표되는 이 속도 지상주의 문명의 틈과 그늘을 엿보는 한편, 내 몸에 깃든 오래 된 신성과 만나게 될 것이다. 천천히 걷는 동안, 나는 이른바 '오래된 미래'를 사는 것이다.

모니터 중독

주말 저녁, 세종문화회관 뒤에 있는 찻집에 앉아서 보았다. 이면 도로로 들어가는 자동차 행렬에 공백이 생기자 한 무리의 사람들이 이차선 도로를 횡단하는데, 길을 다 건너자마자 저마다 휴대 전화를 꺼내는 것이었다. 열 명 중에 일고여덟이 문자 메시지를 확인하고 있었다. 뚜벅뚜벅 걸으며 모니터를 내려다보고 있었다.

물론 낯선 풍경은 아니었다. 막 영화가 끝난 극장 앞이나 지하철 승강장 같은 데서 마주치는 모습이었다. 내가 찻집에 '멍하니' 혼자 앉아 있어서 그랬는지도 모른다. 특별한 생각 없이, 마음을 비우고 세상을 바라보다 보면, 평소 낯익던 사물이나 사태가 생소하게 다가올 때가 있다. 그 날 저녁, 나는 세종문화회관 뒤에서 모니터 중독, 모니터 중독이라고 중얼거렸다.

모니터는 텔레비전에서 컴퓨터, 휴대 전화, 디지털 카메라에 이르기까지 곳곳에서 수시로 우리의 시각을 묶어 두고 있다. 도시에서 살아가는 보통 사람들의 하루 일과는 텔레비전이나 컴퓨터를 켜는 것에서 시작해 텔레비전이나 컴퓨터를 끄는 것으로 끝난다. 모니터에서 모니터까지가 하루다. 나만 해도 그렇다. 일어나자마자 텔레비전 뉴스를 튼다. 집을 나서면서 휴대 전화를 켜고, 회사에 출근해서 자리에 앉으면 컴퓨터를 켜고 모니터를 들여다본다. 스팸 메일을 지우고, 뉴스 사이트를 훑어보고, 기자 카페에 들어가고…. 회의가 시작되면 휴대 전화를 껐다가, 회의가 끝나면 휴대 전화를 켜고 모니터를 본다. 일과 일 사이를 맺고 끊는 것이 모니터다.

삶의 중반 이후에 텔레비전을 접한 노인들은 모니터와 현실을 구분하지 못한다. 그래서 모니터 속에서 진행되는 드라마를 실제 상황으로 인식하고는 한다. 가령 며칠 전에 끝난 연속극 '가'에서 죽은 주인공이 '나'라는 드라마에서 버젓이 살아 있으면 납득하지 못하는 것이다. 하지만 태어나면서부터 텔레비전과 함께 자라난 어린이들은 다르다. 조금 과장해서 말하면, 요즘 어린이들은 부모 형제가 아니라 텔레비전을 통해 언어를 습득한다. 외부를 인지하는 채널이 가족(인간)에서 모니터로 바뀐 것이다.

나의 '모니터 생애'는 십대 초반 흑백 텔레비전에서 출발했다. 하지만 당시 텔레비전은 늘 보고 싶은 새로운 세계였지, 늘 볼 수 있는 일상은 아니었다. 시골 마을에 텔레비전은 한두 대가 고작이었다. 그러나 이십대 중반 이후 빠른 속도로 모니터에 중독되었다. 모니터는 엄연한 환경이었다. 얼마 전, 오랜만에 축구 경기장에 갔다가 깜짝 놀랐다. 야간 경기였는데, 축구 경기가 전혀 눈에 들어오지 않았다. 축구공을 따라가기도 어려웠다. 내 눈은 텔레비전 중계 방송에 길들여져 있었던 것이다.

어디 스포츠뿐이랴. 뉴스는 그 정도가 더 심하다. 우리가 날마다 접하는 사건, 사고는 전적으로 텔레비전 모니터를 통해 접하는 사건, 사고다. 강력한 클로즈업과 화면의 반복, 기자의 급박한 멘트, 커다란 활자, 효과음 등이 어우러지는 '편집한 뉴스'를 접하는 것이다. 여기에 영화와 종이 매체에 대한 경험까지 더하면, 우리는 뉴스를 직접 보고, 이해할 수 있는 능력이 거의 없다고 보아야 할 것이다. 우리는 자연은 물론이고, 실제 사실을 직접 인지하는 능력을 하루하루 잃고 있다.

외부 세계는 모니터를 통해 들어온다. 텔레비전과 컴퓨터는 실내에 들어와 있는 외부이다. 그리고 외부 세계는 사각형이다. 세계는 모니터로 틀 지어져 전파된다. 외형이 둥근 텔레비전이나 컴퓨터는 있지만, 아직 둥글거나 세모난 모니터는 대중화되지 않고 있다. 외부 세계를 인지하거나, 또 그것을 전달할 때 사각형을 선호하기 때문이다. 네모난 바퀴가 없듯이, 둥근 모니터 역시 없다. 모든 것이 사각형 안에 들어 있다(그러고 보니 캔버스와 책은 유구한 사각형이다. 신전과 왕궁에는 또 얼마나 많은 사각형이 있는가). 모니터는 저 사각형의 가장 첨단적인 존재 방식이다. 모니터는 사각형으로 대표되는 문명의 가장 새로운 활동 방식이다. 우리는 사각형 모니터에 갇혀 있다.

모니터 중독에서 벗어나기란 쉽지 않다. 담배나 술처럼, 아파트나 자동차처럼 모니터는 우리의 삶을 구성하는 핵심 요소이다. 모니터가 사라지면, 심각한 금단 증세가 찾아올 것이다. 그렇다고 모니터에 갇혀

지낼 수만은 없다. 가끔 플러그를 뽑을 일이다. 텔레비전이나 컴퓨터의 전원을 꺼 보자. 휴대 전화 전원을 꾹 눌러 보자. 그 순간 '혼자'가 된다. 떠나지 않고 떠난 그 곳, 혼자 있는 그 곳에서 '멍하니' 사각형 밖을 보자. 모니터 밖에 도시가 있고, 가을이 있고, 사람이 있고, 내가 있다.

디지털 시대, 육필에 대한 그리움

　난감했다. 수십 장을 구겨 버렸지만 도무지 성에 차지 않았다. 내 시를, 그것도 11행밖에 안 되는 짧은 시를 펜으로 쓰는데, 내세울 만한 '작품'이 나오지 않았다. 한 시간 넘게 끙끙거리다가 포기하고 말았다. 절로 한숨이 나왔다. 내 글씨체가 사라져 버린 것이었다. 중고등학교 때만 해도 선생님들에게서 달필이란 소리를 듣던 글씨였는데.

　백담사 만해마을 입구에 전시하는 '평화의 시'를 펜으로 쓰면서 선배 문인들의 육필을 떠올리지 않을 수 없었다. 한 손으로 펜을 쥐고 원고지를 한칸 한칸 메워 나가던 대선배들의 글씨체. 그 글씨들은 저마다 아우라가 있었다. 그 육필들은 그의 육성을 불러냈고, 그 육성은 그의 문학과 삶을 즉각 호출했다.

　나에게 글씨 하면 가장 먼저 떠오르는 분이 소설가 박상륭 선생이다.

십여 년 전 「칠조어론」 1부가 막 나왔을 무렵, 당시 캐나다 밴쿠버에 사시던 선생과 편지를 주고받게 되었는데, 아, 선생은 중국인이 경영하는 인쇄소에 직접 주문 제작한 세로 원고지를 쓰셨다. 그 작은 원고지 칸을 흘러내리는 선생의 검정색 수성 펜글씨는, 활자로 보던 선생의 저 유려하고 정확하기 그지없는 문장 그대로였다.

몇 해 전에 돌아가신 「혼불」의 작가 최명희 선생의 원고지도 빼놓을 수 없다. 선생은 원고를 쓰다가 고칠 부분이 생기면, 다른 원고지에 수정할 대목을 써서 원래 원고지 위에 오려 붙였다. 그야말로 완벽한 원고였다. 선생은 반드시 만년필을 사용했고, 글씨는 궁서체의 전형이라 할 만했다. 그리고 원고지에 쓰는 글씨는 절대 흘려 쓰지 않았다.

그 두 분의 글씨가 미학적으로 완성된 경지에 있었다면, 개성이 너무 강해 암호로 보이는 글씨도 있다. 다름 아닌 최인호 선생의 글씨이다. 1980년대 중반, 잡지사 기자로 있을 때, 최선생께서 소설을 연재했는데, 그 글씨를 알아보는 사람은 편집국에서도 경력이 가장 오랜 선배 한 사람뿐이었다. 선생의 원고는 당시 언론, 출판계에서 해독하기 힘든 악필로 유명했다.

얼마 전 소설 「나마스테」를 발간하고 히말라야에 푹 빠져 있는 박범신 선생은 검은 사인펜으로 꾹꾹 눌러 쓰셨는데, 그 네모난 데다가 약간 오른쪽으로 기운 글씨가 원고지 칸을 가득가득 채워, 원고가 아주 묵직해 보였다. 또 얼마 전에 「개」를 펴낸 김훈 선생은 원고를 연필로 쓰시는 것으로 널리 알려져 있다. 기자 출신인 김선생은 기자 시절부터 기사를 연필로 꾹꾹 눌러 썼다. 그가 글을 쓴 자리는 낭자했다. 구겨 버린 파지는 물론 글씨를 지운 '지우개 똥' 또한 산더미 같았다.

내가 알기로, 육십대 이상 작가들 가운데 워드 프로세서를 사용하는 분은 박완서 선생이 거의 유일하다. 오십대는 절반 이상이 아직 육필을 고수하고 있고, 사십대는 거의 대부분 쓰지 않고 친다. 그 아래 세대는 치는 정도가 아니라 아예 키보드 위를 날아다닌다.

며칠 전 서울 평창동에 있는 영인문학관에 갔다가 시인 김영태 선생의 명함을 보고 무릎을 쳤다. 오래 전 명함이었는데, 집 전화 번호와 주소만 아랫부분에 작은 활자로 인쇄하고 당신의 성함은 한자로 직접 써 놓았다. 누군가에게 건넬 때마다 새로운, 세상에 하나밖에 없는 육필 명함이었다.

백담사 만해마을 '평화의 시벽詩壁'에 전시할 육필 원고를 겨우 보내고 나자 이번에는 계간 「시와시학」에서 대표 시를 한 편 골라 육필로 써 보내라는 청탁서가 날아왔다. 몇 해 전에 펴낸 인터뷰집 「내가 만난 시와 시인」에서도 시인들의 육필 시가 들어 있어 반가웠다는 독후감이 있었다. 글씨 쓰기가 메모나 서명의 범주로 남아 있는 이 디지털 무한 복제 시대에, 육필에 대한 그리움이 간절해지는 모양이다.

글과 글쓰기는 엄연히 살아 있지만 글씨 쓰기는 광속으로 사라지고 있다. 글과 글씨 사이의 연관이 희미해지고 있다. 하지만 저 무지막지한 소멸의 속도를 줄일 수 있는 방법이 있다. 김영태 선생의 옛 명함에서 힌트를 얻었다. 명함에서 다시 시작하자. 이름만큼은 인쇄를 하지 말자. 그것이 이 디지털 무한 복제 시대에 대한 최소한의 저항이 아닐는지. 가을 늦은 밤, 오랜만에 만년필에 잉크를 채운다. 천천히 아주 천천히.

'우체국에 가면 잃어버린 사랑을 찾을 수 있을까'

우체국에 가면

잃어버린 사랑을 찾을 수 있을까

그곳에서 발견한 내 사랑의

풀잎되어 젖어 있는

비애를

지금은 혼미하여 내가 찾는다면

사랑은 또 처음의 의상으로

돌아올까

이수익, '우울한 샹송' 제1연

1970년대 후반, 습작기의 입구에서 만난 시 가운데 '우울한 상송'이 있다. 그 때 이 시를 어떻게 읽었던가. 우체국에서 사랑을 잃어버렸다는 사태는 매우 시적이지만, "우체국에 가면 잃어버린 사랑을 찾을 수 있을까"라는 질문에 답하는 나의 상상은 산문적일 수밖에 없었다. 사랑하는 이에게 어렵사리 사랑을 고백하는 편지를 써서 보냈는데, 답장이 없다. 몇 번을 찢고 다시 쓴 편지였을 것인가. 하지만 사랑은 떠났다. 아무래도 편지가 문제였던 것 같다. 하지만 어디 가서 하소연할 수도 없다. 그렇다고 가만히 앉아 있을 수도 없다. 좋다, 편지를 보낸 우체국에라도 가 보자.

우체국에 가서 "그리움을 가득 담은 편지 위에 애정의 핀을 꽂고 돌아들" 가는 사람들을 바라보는 시의 화자는 끝내 잃어버린 사랑을 잊지 못하고, 언젠가 돌아올 사랑을 맞이할 때 지어야 할 미소를 디자인한다. 얼마나 안타깝고, 그래서 또 얼마나 소극적인 낙관주의였던가. 이 시가 발표된 때가 1960년대 후반이고, 내가 이 시를 외우고 다닐 때가 1970년대 후반이었다. 시의 제목을 잊어버리고 첫 구절 "우체국에 가면 잃어버린 사랑을 찾을 수 있을까"를 웅얼거리던 때가 1980년대 후반이었다.

이 시와 더불어 살던 내 이십대에 무슨 일이 벌어졌던가. 이 시를 암송하고 다닐 때 나는 우체국에서 사랑을 잃지 않기 위해 죽어라고 편지를 썼고, 이 시의 첫 구절만 겨우 기억하고 있던 시절에는 죽지 않으려고 전화통을 붙잡고 있었다. 나의 이십대는 편지 쓰기로 채워졌다. 대인 공포증 비슷한 증상이 지독했던 나는, 더듬거리는 말하기 대신 글쓰기로 중얼거려야 했다.

편지에서 전화기로 이동하는 동안, 나는 삼십대로 접어들었고, 나의 직업은 학생에서 시인(일찍이 나는 전업 시인이었다)으로, 다시 시인에서 잡지 기자로 바뀌어 있었다. 편지로 사랑을 얻었다면, 나는 전화기로 취재원과 약속을 했고, 전화기로 취재를 했으며, 술에 취해 전화기를 붙잡고 옛 친구며 글판 친구들에게 넋두리를 늘어놓았다. 커뮤니케이션 수단이 달라지면서, 커뮤니케이션의 내용도 급변한 것이다.

읽기와 듣기, 쓰기와 말하기는 전적으로 다른 행위이다. 쓰기는 읽기를 토대로 하고, 말하기는 듣기 위에서 가능하다. 쓰기와 읽기 사이에는, 그 글쓰기가 일기가 아닌 한 시간과 공간의 거리가 가로놓여 있다. 그러나 말하기는, 그것이 녹음되는 것이 아닌 한, 시간의 거리를 전제하지 않는다. 이 거리를 나는 기다림 혹은 그리움이라고 번역해 왔다. 편지에서 전화기로 이동하면서, 나에게는 기다림/그리움이 현저히 줄어들었다. 전화기로 대표되는 '말하기-듣기'의 형식은 호출기와 휴대 전화, 그리고 이메일로 '진화'를 거듭하면서 급격한 변화를 가져왔다. 전화를 걸고 받는 위치의 제약이 사라지면서, 거리, 즉 기다림/그리움은 그야말로 멸종 위기에 처하고 말았다. 알리바이(부재 증명) 또한 난감해지고 말았다.

기다림/그리움은 무엇보다도 먼저 자기 성찰의 계기를 제공한다. 편지지를 고르고, 필기구를 선택하고, 편지에 담을 내용을 가다듬은 다음, 마침내 등불 아래 혼자 앉아 첫 문장을 쓸 때, 편지를 쓰는 사람의 몸과 마음은 펜 끝에 집중된다. 존재는 한 곳에서 팽팽하게 긴장한다. 그러나 첫 문장은 쉽게 이어지지 않는다. 단어 하나, 조사 하나, 종결 어미, 접속사와 부사 하나를 동원하는 데에 전 존재를 걸지 않을 수 없다.

한 문장을 완성할 때마다, 나의 삶과 운명이 재조정되고, 편지를 받아
볼 상대방의 반응이 떠오른다. 이렇게 위태롭고, 폭발적이며, 그리하여
위대한 글쓰기는 쉽게 찾아보기 힘들다(감옥에서 쓰는 전향서나, 자살
을 선택한 자가 남기는 유서, 또는 양심 선언문을 제외한다면 말이다).

편지의 미덕이 편지 쓰기의 고통스러움에서만 두드러지지는 않는다.
편지를 편지이게 하는 또다른 이유는 봉인과 개봉 사이에 엄연하게 존
재하는 시간과 공간 때문이다. 수신인에게 도착하는 데에 걸리는 하루
이틀이란 시간도 견디기 어렵다. 가긴 가는 것인가, 수신인은 그 편지
를 어떻게 읽을 것인가. 편지는, 수신인의 입장에서 새로운 화학적 변
화를 일으킨다. 특히 처음 받아 본 편지는 극과 극 사이에서 위험하다.
뭐, 이따위 편지가 다 있어, 하며 집어던지거나, 아, 그 사람이 그랬구
나, 하며 가슴에 품어 보게 되는.

"우체국에 가면 잃어버린 사랑을 다시 찾을 수 있을까"라는 첫 문장
도 아슴해질 무렵, 나는 시인으로서 이 상스러운 도시 문명을 견뎌 내기
위해 '산책'이라는 시적 전략을 구사하지 않을 수 없었다. 그 산책 연작
의 첫머리에 편지를 내세웠다. 산책시 연작의 첫 번째는 이러하다.

아름다운 산책은 우체국에 있었습니다
나에게서 그대에게 편지는
사나흘을 혼자서 걸어가곤 했지요
그건 발효의 시간이었댔습니다
가는 편지와 받아볼 편지는

우리들 사이에 푸른 강을 흐르게 했고요

그대가 가고 난 뒤
나는, 우리가 잃어버린 소중한 것 가운데
하나가 우체국이었음을 알았습니다
우체통을 굳이 빨간색으로 칠한 까닭도
그때 알았습니다, 사람들에게
경고를 하기 위한 것이겠지요

졸시 '푸른 곰팡이' 전문

"우체국에 가면 잃어버린 사랑을 찾을 수 있을까"가 십수 년이 지나, 우리 사랑이 잃어버린 것은 우체국이었다는, 우체국을 잃어버렸기 때문에 사랑을 잃었다는 고백으로 변주된 것이다. 그렇다. 우체국이 있던 시절, 잃어버린 사랑을 찾기 위해 우체국을 서성거리던 시인과, 우체국이 사라진 시절, 신용 카드 청구서나 납입 고지서, 또는 상품 캐털로그로 가득 찬 빨간 우체통을 바라보는 시인 사이에는 실로 엄청난 변화가 일어난 것이다.

디지털 문명의 최종 목표는 기다림/그리움과 관련된 유전자를 제거하는 데에 있는 것처럼 보인다. 편지에서 전화기와 팩시밀리로, 다시 호출기와 이동 통신, 그리고 컴퓨터 통신으로 이동하는 동안, 나는 속도에 길들여졌고, 느린 것을 견디지 못하게 되었다. 이를테면, 계단만 있던 시절에 누가 엘리베이터를 기다리며 초조해할 것이라고 상상할 수 있었을까. 사나흘 걸려 수신인에게 도착되는 편지의 시절에 누가 컴퓨터 화면이 느리게 뜨는 것 앞에서 분통을 터뜨리게 될 것이라고 예상할 수 있었을까.

커서의 움직임과 전송 속도 또는 프린트 속도에 의해 기다림/그리움은 박멸되고 있다. 속도 지상주의, 속도 패권주의 앞에서 편지로 대표되는 종이 위에 글 쓰기는 골동화하고 있다. 그러나 나는 아직도 종이 위에 글 쓰기가 갖고 있는 위력을 신앙하고자 한다. 손(촉감)과 눈(읽는 방식)으로 대표되는 몸의 기억력을 나는 믿고자 한다. 속도를 상품화하고, 마침내는 기다림/그리움을 멸종시키려는 이 디지털 문명의 그늘을 감시하고 고발하고자 하는 것이다.

나는 잊지 못한다. 군대 초년병 시절, 내 앞으로 온 연극부 여선배의 편지를 읽을 데가 없어, 주머니에 넣었다가 그 날 밤, 화장실 뒤에 쪼그려 앉아 달빛 아래서 읽던 그 편지. 모눈종이 위에 만년필로 쓴, '문재야, 잘 있니'라고 시작하던 그 편지. 나는 잊지 않을 것이다. 대구의 카페에서 스케치북에다 4B연필로 사과를 그려 넣고, 그 옆에다 사랑한다고 썼던 편지. 엽서 뒤에, 머리카락 대신 무수한 못을 박아 놓았던 내 자화상과 몇 줄의 잠언. 아, 그 많던 편지들은 지금 다 어디에 있을까. 누군가의 눈물과 함께 불태워졌을 그 편지에 담겼던 언어들은 지금 어디쯤 떠돌고 있을까.

호가 사라지고 그 대신 영어로 표기하는 아이디 하나씩 갖는 세상, 집과 사무실 전화 번호 대신 휴대 전화 번호를 갖는 시대, 집과 실재 주소에다 이메일 주소를 하나 더 가져야 하는 문명. 그리하여 종이와 육필이 사라지고, 편지가 박물관으로 들어가는 시절. 나는 뒤늦게 인터넷 공간으로 들어가고 있지만, 원고료를 쪼개, 틈이 날 때마다 질감이 좋은 종이를 사고, '거금을 들여' 만년필을 산다.

잉크를 넣고, 촉에 묻은 잉크를 닦아 낸 다음, 순백의 종이 위에 '기다림 혹은 그리움'이라고 쓸 때, 나는 디지털 문명을 거슬러 오르는 내 몸 속의 유전자들이 속삭이는 소리를 듣는다. 곧, 이 무지막지한 속도의 시대가 가고, 느림의 시대가 올 것이라는. 인간과 인간, 인간과 자연을 가로막고 있는 디지털 문명의 모니터가 사라지고, 인간과 인간, 인간과 자연이 직접 만나는 맑은 몸의 문명이 올 것이라는. 삐리릭!

휴대 전화가 울리고 고함이 튀어 나온다.

"야, 넌 아직 이메일도 할 줄 모르냐!"

e-mail…, 전자 우편?

그래, 나, 아직 할 줄 모른다!

아흔아홉 칸 집에서의 하룻밤

1

마흔 줄에 접어들어 새로 생긴 버릇 가운데 하나가, 몸과 마음이 허전할 때면, 그리하여 내가 왜 여기에 있는가, 대체 나는 어디를 목적하고 이 모양 이 꼴인가 싶어 등이 시릴 때면, 혼자 눈을 감고 내가 나고 자란 시골집을 하나하나 기억해 내는 것이다. 우물, 감자밭, 마당, 헛간, 배나무, 장독대, 툇마루, 안방, 부엌, 뒤란, 닭장…. 그래도 마음이 한곳으로 모이지 않으면, 마을 전체를 복원하곤 한다. 귀소 본능이 고개를 드는 것일까. 여기가 반환점인가(한 정신과 전문의에 따르면, 남성은 사십대에 접어들면서 내향적이 되는 반면, 사십대 여성은 외향적으로 변한다고 한다).

처마 끝에서 떨어지는 빗방울 소리, 시린 손을 부비며 쓸던 싸락눈 내린 마당, 젖니를 뽑아 던질 때 올려다보던 용마루, 미루나무처럼 일직선으로 올라가던 저녁밥 짓는 연기, 아궁이에서 꺼내 먹던 고구마, 우물 속에 머리를 들이밀고 불러 보던 그 이름…. 이십여 년 전에 헐린 고향 집을 떠올릴 때마다 떠오르는 이미지들이다. 저 소리, 저 촉감, 저 풍경들은 이제 없다. 나는 저 외롭고 가난했지만 풍요롭기 그지없던 '감각의 제국'으로 돌아갈 수가 없다. 나는 유년으로부터 추방당했다. 이 거대 도시로 유배되었다.

열 명 중에 여덟, 아니 아홉 명 가까이가 도시에서 태어나는 지금과는 달리, 불과 이십여 년 전까지만 해도 열에 예닐곱은 저 자연이 그야말로 자연스러웠다. 아침에 일어나 문을 열면 자연이 쏟아져 들어왔다. 한겨울에도 '실내'는 거의 없었다. 얼음판으로, 눈 쌓인 앞산으로 뛰어다니다가, 그것도 시들해지면 양달에서 구슬치기를 하거나 자치기를 했다. 제기를 차거나 연을 날렸다. 그러다가 다시 들로 달려나가 논둑에 쥐불을 놓았다.

한겨울에도 저러했으니, 여름에는 말할 것도 없었다. 아침부터 저녁까지 밖에서 놀다가 집으로 돌아오면, 마당에 멍석을 깔아 놓고 저녁을 먹었다. 저녁상을 치우고 나면, 동네 어른들이 모여 앉아 '옛날'을 한 짐씩 풀어 놓았는데, 북에 두고 온 고향 얘기며 피난을 나오며 겪었던 구사일생이 대부분이었다. 은하수를 올려다보며 한쪽에 누워 있던 실향민의 아들은 그러다가 스르르 잠이 들었는데, 하도 많이 들어서였을까, 전쟁을 겪지도 않았는데 피난 가는 꿈을 자주 꾸었다. 그러다가 일어나 보면, 마당에 나 혼자였다. 새벽 이슬을 털며 방으로 기어든 적이 한두 번이 아니었다.

병원에서 태어나 아파트에서 자라나는 아이들을 볼 때마다, 저 나이 때 나는 어디에서 무엇을 하며 놀았던가, 무엇을 먹고 또 무슨 꿈을 꾸었던가, 하며 불과 한 세대가 만들어 낸 '건널 수 없는 강'을 새삼 확인하곤 한다. 삶의 터전이 도시로 바뀌자 거의 모든 것이 달라져 있었다. 도시는 한 마디로 자연의 부재, 결핍이었다. 마당이 있던 옛 집과 지금의 아파트를 비교해 보자. 밖에 있던 우물과 변소, 마당과 골목이 실내로 들어왔다. 수도, 화장실, 거실, 복도(또는 계단, 엘리베이터)로 대체되었다. 이웃집, 위아랫집이 벽 하나 사이로 가까워졌다. 그러나 이른바 심리적 거리는 측정이 불가능할 정도로 멀어졌다. 아이가 뛰노는 위층 집은 더러 '원수의 집'으로 돌변한다.

내가 야외에서, 야생과 더불어 자라났다면, 내가 도시에서 낳은 아이들은 실내에서 인공과 더불어 자라나고 있다. 15층 아파트에서 사는 아이에게 낙숫물 떨어지는 소리를 설명하기란 여간 난감한 일이 아니다. 밥과 쌀, 그리고 벼의 차이를 일러 주는 데 얼마나 시간이 걸렸던가. 열 살 전까지 전기가 들어오지 않는 마을에서 살았다는 사실을 내 아이들은 믿으려 들지 않았다. 사십대 아버지와 십대의 딸 사이에는 그 무엇으로도 메우기 어려운 틈이 있다. 단절이고 두절이다. 도시가 추방해 버린 자연은 이제 내 기억 속에서 저장되어 있다가, 내가 떠나고 나면 영원히 사라지고 말 것인가.

고향이 남아 있고, 고향 집이 여전했다면, 그나마 덜했을 것이다. 주말이나 방학 때마다 고향 집을 찾아, 내가 태어난 방, 할아버지 할머니께서 돌아가신 안방을 일러 주며 삶과 죽음에 관해 말할 수 있었을 것이다. 고향의 논과 밭, 개울과 뒷동산이 그대로 있었다면, 아이 손을 잡고 농약을 처음 뿌릴 때 얼마나 많은 아저씨들이 고통을 당했는지, 개울에 실뱀장어가 올라올 때 얼마나 신기했는지, 뒷산에 올라 바라보던 노을이 얼마나 붉었는지, 갯골을 타고 돌아오던 돛단배는 또 얼마나 느렸는지 따위를 들려줄 수 있었으리라. 하지만 고향은 신도시가 되어 있고, 고향 집 자리에는 빌딩이 올라가 있다. 고향과 고향 집은 내 기억 세포 안에만 있다.

친구는 서로 기억을 공유하기 때문에 친구이다. 기억을 공유하지 않는 친구는 결코 친구일 수 없다. 얼마 전 십수 년 만에 연락을 해 온 친구가 있다. 스무 살 시절, 내가 가장 어렵고 힘들 때, 내 꿈을 옹호하고 내 삶을 부추겨 주던 친구였다. 전화를 받자마자 당장 만나자고 약속을 했다. 며칠 뒤 시내에서 만나 술잔을 건네며 기억의 공백을 서로 채워 줬다. 한때 잘 나가던 그 친구는 몇 해 전 그야말로 '땡전 한 푼 없는 신세'를 겪었다고 했다. 그러면서 무슨 서류를 꺼냈는데, 오래 된 한옥 사진이 나오는 것이었다. 지은 지 백 년이 훨씬 넘는 아흔아홉 칸 집을 임대해 한옥 체험관으로 만들겠다는 것이었다. 나는 말 그대로 쌍수를 들어 환영했다. 내가 무슨 사업 감각이 있어서가 아니었다. 내 친구는 반드시 성공할 것이라는 직감이 들었다.

도배를 하고, 마당을 다지고, 화장실을 만들고, 외등을 세우고, 주차장을 넓히고, 나무를 심고, 공무원들을 만나고…, 친구는 일 년 가까운 준비 끝에, 오는 칠월 중순에 한옥 체험관을 개관한다고 했다. 내가 입술이 닳도록 친구를 응원한 까닭은, 순전히 나 때문이었다. 내 아이들 때문이었다. 친구를 꼬드겨 언제든 찾아가 쉴 수 있는 고향 집을 하나

마련하고 싶었던 것이다(친구여, 이 이기적인 친구를 용서하시게). 나는 태어날 때 아버지를 '잘못 선택해서' 기와집에서 살지 못했지만, 친구를 잘 둔 덕택에 내 아이들은 아흔아홉 칸 집에 재울 수 있게 된 것이다. 내 아이들에게 아버지의 고향을, 아버지가 자라난 자연을 말할 수 있게 된 것이다.

아이들은 방이 왜 이렇게 작으냐며 불평할 것이다. 방문이 잠기지 않는다며 무서워할 것이다. 장작 때는 연기가 맵다고 투정을 부릴지도 모른다. 욕실이 없다고 투덜댈지도 모른다. 밤에 너무 캄캄하다며 울지도 모른다. 너무 심심하다며 어서 집으로 가자고 조를지도 모른다. 하지만 어림없다. 나는 모른 척할 것이다. 나는 믿는다. 하룻밤 자고 나면, 그리고 두어 차례 다녀오고 나면, 아이들과 아내는 청송 아흔아홉 칸 집에 가자며 내 팔을 끌리라는 것을.

2

그 아흔아홉 칸 한옥은 경상북도 청송군 파천면에 있는 송소고택松韶古宅이다. 영남 지역에서 경주 최부자와 함께 널리 알려졌던 청송 심부자네가 백이십 년 동안 살던 집으로 경상북도 민속자료(제63호)로 지정되어 있다. 해당 지방자치 단체에서 지난 해에 거의 완벽하게 복원 공사를 마친 뒤에 그 친구에게 임대해, 지난 칠월 마침내 한옥 체험관으로 거듭났다.

송소고택 홈페이지를 통해 미리 예약을 하고 우리 네 식구는 중앙고속도로를 타고 청송으로 향했다. 다행히 길은 막히지 않았다. 초행이어서 예상보다 도착 시간이 늦었다. 사전 정보(홈페이지에 실린 설명과 사진)가 있어서 그리 낯설지 않을 것이란 기대는 보기 좋게 어긋났다. 홈페이지에는 접근로와 마을이 전혀 나타나 있지 않았던 것이다. 송소 고택은 오래 된 마을의 한가운데에 숨어 있었다.

솟을대문과 행랑채를 지나, 큰 사랑채에 짐을 풀었다. 송소고택은 이 외에도 작은 사랑채와 안채, 별당, 외양간 등 모두 일곱 채로 이루어져 있는데, 우물이 세 개에다, 후원까지 합해 서로 구분되어 있는 마당이 일곱 개였다. 담장 길이만 500미터에 이른다고 했던가. 날이 어두워지 자 은근히 걱정이었다. 텔레비전도 없고, 인터넷도 없는 '오지'가 아닌 가. 중학교 삼학년짜리 딸과 이제 일곱 살인 막내아들이 칭얼댈 것 같 았다. 큰 사랑채 화단 앞에 식탁을 차려 놓고 저녁을 먹는 동안 모기들 이 달려들었다. 하지만 두 아이는 의외로 불만을 터뜨리지 않았다. 막내 아들은 대청마루에 올라서자마자 "나무 냄새가 참 좋네"라며 고택 품에 안겼다. 딸아이는 캄캄한 밤하늘을 올려다보며 별을 헤고 있었다.

아파트에서만 살던 일곱 살짜리가 난생 처음 와 본 고택에서 편안함 을 느낀 까닭은 무엇일까. 대체 무엇이 서울내기를 사로잡은 것일까. "우리 것은 좋은 것이야"라는 설득에 넘어갈 아이가 아니었다. "시골 기와집에 가서 이틀 밤 자고 나면 네가 원하는 것은 뭐든지 해 줄게"라 고 꼬드긴 것도 아니었다. 사춘기에 접어든 이래 가족과 함께 하는 외 출을 질색하던 딸아이도 그렇게 싫어하는 눈치가 아니었다. 자동차로 오지 않고, 기차로 온다면, 다음에도 동행하겠다는 것이었다.

내가 아이들에게 설명해 주고 싶었던 것은 단 한 가지였다. 한옥이 갖고 있는 선인들의 과학과 지혜가 아니었다. 용마루나 처마가 그려 내 는 조선의 미학이 아니었다. 자연의 소중함을 일깨워 줘야겠다는 안타까움도 아니었다. 아내와 두 아이가 몸소 체험하고 깨달으면 하고 바랐던 것은 '방의 크기'였다. 도시와 아파트 공간에 익숙한 가족에게 '단칸방'의 스케일을 보여 주고 싶었던 것이다. 처음에는 '이런 방에서 어떻게 살았어?'라고 의아해하겠지만, 그 안에서 이삼십 분쯤 머물면 단칸방이 얼마나 아늑해지는지 느낄 수 있으리란 믿음이었다.

두 번째 밤을 묵고 난 다음 날 아침, 아들녀석은 "나 혼자 여기서 살래"라고 말했다. 아내도 "여기 내려와서 살까?"라고 혼잣소리를 했다. 나는 아내와 딸, 아들에게 송소고택이 어땠느냐고 묻지 않았다. 몸의 기억은 유전자의 기억이었다. 일곱 살, 열여섯 살 두 아이의 몸도 내 몸, 아니 나의 아버지와 어머니, 나의 아버지의 아버지와 어머니, 나의 어머니의 아버지와 어머니…의, 그리고 내 아내의 아버지와 어머니…의 몸이 기억하는 기억을 기억하고 있었다.

송소고택이 아내와 두 아이의 몸의 기억 속으로 들어가 있었다.

'돈 벌러 나가면 이혼이야'

아내의 이혼 조건은 오직 한 가지였다고 한다. 결혼을 약속하면서 아내는 남편에게 "당신이 돈 벌러 나가겠다는 소리를 하는 순간, 나는 집을 나간다"라고 말했다는 것이다. 삼십 년 넘게 선방에서 참선 수도하다가 최근 환경 운동에 나선 스님이 들려주시는 이야기여서 더욱 솔깃했다. 이십 년 가까이 '특별한' 사람들을 만나왔지만 그런 이혼 조건을 내걸고 결혼한 부부 이야기는 처음 들어 보았다.

호기심이 발동해 스님께 여쭈었다. "남편은 무슨 일을 하는 분인데요?" 나는 그 남편이 집안에 틀어박혀 글을 쓰는 섬약한 시인이거나, 무형문화재 전수자, 아니면 아내가 될 여인의 생명을 구해 준 은인이라도 되겠거니 넘겨짚고 있었다. 스님의 말씀은 의외였다. 남편은 평범한 농사꾼이라는 것이었다. 그래서 더욱 궁금해졌다. "그럼, 부인은 어떤 분이세요?" 스님도 그 부인에 대해 자세히 알고 있지는 않았다. 외국 유학을 다녀왔고, 결혼하면서 남편과 함께 시골로 들어와 농사를 짓고 있다는 것이었다. 물론 농약이나 비료를 쓰지 않는 유기농이다. 한 달 수입은 몇십만 원. 하지만 '담배씨만큼' 저축을 해, 매달 한 번씩 외식을 한다고 한다.

그 농사꾼 부부를 스님이 계시는 절에서 잠깐 만난 적이 있다. 한 달에 한 번쯤 찾아와 인사를 한다고 한다. 부부는 영락없는 농사꾼 부부였다. 남편은 키가 컸지만 깡마른 체구였고, 아내는 아담한 얼굴이었다. 남편이 돈 벌러 나가면 이혼하겠다는 '이상한 여자'로는 보이지 않았다. 두 사람의 표정은 닮아 있었다. (스님 앞이어서 그렇기도 했겠지만) 보름달 밤에 핀 하얀 박꽃이 저러했을까. 부부에게서는 세상에 죄짓고 살지 않는 선한 삶만이 가질 수 있는 은근한 긍지 같은 것이 번져 나왔다. 부부는 스님의 안부를 여쭙고는 이내 자리를 떴다.

그 날 이후, 언젠가 그 부부를 찾아가리라 다짐했다. 왜 남편이 돈벌러 나가는 것을 극구 만류하는 것인지, 외국 유학까지 다녀왔다면 도시적 삶의 편리함을 거부하기가 쉽지 않았을 텐데 굳이 귀농한 이유는 무엇인지 알아보고 싶었다. 돈을 벌러 나가는 순간, 인간은 망가진다고 판단한 것일까. 산업 문명의 폐해를 절감하고 땅에 뿌리박은 삶을 선택한 것일까. 농사철이 시작되면 한 번 찾아가 봐야겠다.

그 부부가 떠오를 때마다, 1997년 초겨울, 아이엠에프IMF 관리 체제에 접어들 때, 내가 받았던 충격이 생각난다. 국가라는 존재를 그렇게 실감한 적이 없었다. 미국 뉴욕에 있는 일개 신용평가 회사의 등급이 한 국가를, 그리고 그 국가에서 살아가는 소시민들의 삶을 그토록 뒤흔들 줄은 정말 몰랐다. 국제 금융 자본의 힘이 그렇게 엄청난 것인지 미처 몰랐다. 전지구적 세계화라는 것이 대기업에만 해당되는 것인 줄 알았다. 구제 금융 시대가 내게 분명하게 일러 준 것은, 거대 도시에서 살아가는 나의 삶이 결코 안정적이지 않다는 것이었다. 내 삶, 아니 내 가족의 삶은 오직 월급에 의지하는 삶이었다. 월급을 받지 못하는 순간, 내 가족의 삶은 무너지고 마는 것이었다. 1997년 당시, 나는 13년째, 단 한 달도 쉬어 본 적이 없는 월급쟁이였다. 월급은 매달 25일, 당연히 아내가 관리하는 통장으로 입금되는 것으로 알았다. 나와 내 가족의 삶은 전적으로 월급에 매달린 '하루살이'였다.

아이엠에프 관리 체제를 통과하면서, 무수한 가정이 붕괴되는 모습을 지켜보았다. 그 때 새삼 확인한 것이 부부 사이를 유지하는 힘, 혹은 가족의 유대를 공고히 하는 힘은 거의 대부분 '돈'(월급)이라는 사실었다. 명퇴당하는 중년의 가장들은 두 번 죽었다. 직장에서 쫓겨나며 죽고, 가족에게서 멸시를 받으며 죽었다. 근대화의 절정을 향해 달려온 중년들은 거개가 일 중독자들이었으니, 일을 자기 삶의 전부로 알았다. 일이 없어지자, 가족도 사라지고, 결국에는 자기 삶도 무의미해지고 말았다.

나 역시 일 중독자였다. 가족보다는 직장 동료를 더 우선했고, 가족과의 약속보다는 기사 마감을 훨씬 더 소중히 했다. 이것만으로도 남편과 아빠로서 낙제점을 받기에 충분했는데, 나는 또다른 중독이 있었다. 문학 중독이었다. 회사일을 마치고 나면, 나는 집으로 가는 대신 문학하는 친구들을 만났다. 집에 일찍 들어가는 날은 내 방에 틀어박혀 글을 쓰거나, 책을 읽었다. 아내와 아이들에게 남편과 아빠는 늘 괄호가 쳐져 있는 존재였다.

매달, 채 30만원도 되지 않는 수입을 쪼개 한 달에 한 번, 손을 꼭 잡고 외식하러 나가는 그 부부가 자주 떠오른다. 돈 벌지 않겠다는 선언이 곧 이혼하겠다는 결심으로 통하는 세상에, 돈 버는 능력이 곧 신분이자 인격으로 통하는 세상에, 돈으로부터 멀리 떨어져 흙과 더불어 살아가는 농사꾼 부부. 그들의 삶이 돋보이는 것은, 그들이 자발적으로 가난을 선택했기 때문이리라. 가난이 그들을 선택했다면, 그들은 더없이 궁색해 보였으리라.

지난 주 일요일, 동네 앞 피자 가게에서 식구들과 외식을 하는데, 또 그 부부 얼굴이 떠올랐다. 아직 아내나 중학교에 들어간 '말만한' 딸아이에게 돈 벌러 나가면 이혼하겠다는 그 부인 이야기를 하지 못하고 있다. 내가 돈 벌기 싫어하는 무책임한 가장이나, 도시를 떠나 시골에서 음풍농월이나 하려는 삼류 시인으로 비치지나 않을까 염려스럽기만 한 것이다. 나는 아직 멀었다.

몸의

노래

마음의 마당은 어디에

　최초의 기억! 그렇다. 가끔 삶이 등을 보일 때, 가끔 내가 누구인지 증명하기가 난감해질 때, 그러니까 외롭거나 쓸쓸해질 때, 최초의 기억까지 거슬러 올라가는 버릇이 있다. 내가 최초의 기억을 확인한 것은 스무 살이 넘어서였다. 사춘기 시절에는 거의 말이 없었고, 어린 시절을 떠올릴 겨를도 없었다. 내가 어머니에게 "그 때 우리 쇳골 입구에 수박을 심지 않았어?" 하며 내가 기억하는 최초의 장면을 떠올리자 "네가 그걸 어떻게 기억하느냐, 너는 그 때 채 세 살도 안 되었어"라고 말씀하셨다.

　최초의 장면은 나이와는 무관하고 기억력과도 연관이 없어 보인다. 어쨌든 그 최초의 장면이 머릿속에 그려지면, 삶이, 그리고 내가 어느 정도 진정된다. 내가 오월 논물처럼 따뜻해진다. 최초의 장면이란 그리

대단한 것이 아니다. 영화 '서편제' 도입부에 나오는 한 장면이 있다. 밭 어귀 나무 밑에 천을 깔고, 그 위에다 버둥대며 기어다니는 아이를 광목으로 나무에 묶어 놓은 모습을 나는 기억한다. 내가 기억하는 최초의 장면들에는 두 가지 공통점이 있는데, 한결같이 내가 혼자였다는 사실과, 신기하게도 내가 나를 보는 시점이었다는 것이다. (물론 이것은 내가 나중에 '구성'한 것일는지도 모른다.)

두 번째 장면은 마당이다. 겨우 걸음마를 할 때였는데, 환한 봄날, 내가 뺨을 땅에 댄 채 마당에 엎드려 있는 모습이다. 마당 한쪽 화덕에서는 커다란 양은솥이 올려진 채로, 푸른 연기가 넉넉하게 피어올랐다. 마당의 표면은 차가웠지만, 반질반질한 촉감이 아주 좋았다(나중에 자라서 기차 여행을 할 때, 찐 계란 식은 것을 까 먹으면서, 어린 시절 마당에서 느꼈던 차가운 반질반질함을 떠올리곤 했다). 그 때 봄날 마당의 환함은 노란빛이었다. 그래서였을까, 초등학교에 다닐 때 내 크레파스는 늘 노란색부터 닳았고, 노란색 옷을 좋아했다. 지금 생각하면 노란색은 궁핍의 은유였다.

새삼 돌이켜보니, 내 유·소년기는 실내보다는 실외에서 보낼 때가 많았다. 만일 내가 태어나고 자란 그 기역 자 초가집이 지금도 있다면, 아, 그 안방과 부엌, 건넌방과 봉당, 그리고 그 마당은 얼마나 작아 보일까. 그렇게 커 보이던 초등학교 운동장이나, 마을 앞 할미산(아마 큰 산의 우리말인 '한뫼'를 그렇게 불렀을 것이다) 앞에서 얼마나 실망했던가. 초등학교를 졸업하고 오륙 년 만에 다시 찾아본 운동장이나 동네 주변 산들은 그렇게 작아져 있었다. 다행인지 불행인지, 내가 나고 자란 초가는 일찍이 사라졌다. 중학교를 졸업하기 직전, 아버지가 텃밭을 메워 새 집을 지었는데, 그로부터 삼 년 뒤엔가 헐렸다. 우리 집과 마당은 더는 작아지지 않아도 되었다.

기와집도 그렇지만, 시골의 초가집은 실내와 실외의 구분이 엄격하지 않았다. 안방에는 모두 네 개의 문이 있었는데, 가장 큰 문은 창호지에 창경이 달려 있는 것으로 출입구였다. 두 번째는 부엌과 연결되어 있는 작은 문(몸집이 큰 어른들은 드나들기 어려웠다), 세 번째는 북쪽으로 나 있던 여닫이 창문, 네 번째는 동창이었는데 그냥 창호지만 발려 있었다. 이 출입구들은 '보안성'이 거의 없었다. 안방 큰 문은 여름에는 하루 종일 열려 있었다. 비가 오지 않을 때에는 마당에 멍석을 깔고 자다가 새벽에 한기를 느껴 방 안으로 기어든 적이 얼마나 많았던가.

안방에서 나오면 작은 툇마루였고, 툇마루에서 한 계단 더 내려가면 마당이었다. 마당 오른쪽에는 장독대가 있었다. 특별한 울타리가 없었던 우리 집 마당은, 장독대를 둘러싼 수숫대가 유일한 경계였다. 게다가 우리 집은 마을의 입구 쪽에 자리하고 있어서, 동네 사람은 물론 외지인들의 왕래가 잦았다. 사립문도 없는 집이었으니, 우리 가족은 '텐트'에서 사는 것과 큰 차이가 없었다. 안방 문을 열면 그대로 바깥이었으니 말이다.

마당은 우리 집의 소유가 아니었다. 겨울철이면 뻥튀기 장수가 진을 치고, 한쪽에서는 아이들이 구슬치기를 했으며, 여름철에는 노천 식당이었다. 들에서 일을 마치고 돌아온 다음이면, 어머니는 급히 저녁상을 차리고, 아버지는 마당 한가운데 자리를 폈다. 한쪽에는 모깃불을 피워 놓고. 지나가던 이웃들이 자주 저녁상에 끼어들었다. 황해도 실향민들이 많은 동네였다. 저녁상을 물리고 밤이 깊어지면, 어른들이 마실을 나왔는데, 매번 두고 온 고향 이야기며, 피난 나오던 때의 이야기들이 오고 갔다.

보리를 벨 때부터 마당은 풍성해졌다. 도리깨를 후려칠 때 나는 웡웡 소리, 콩깍지를 털 때 마당 구석으로 튀던 노란 콩들, 마당도 모자라 지붕까지 가득 뒤덮던 고추….

마당은 축제의 장소이기도 했다. 두 형님의 결혼식을 그 마당에서 치렀으며, 아버지 환갑 잔치를 치른 곳도 그 마당이었다. 잔치가 벌어지는 날 우리 집 마당은 마을 사람들 모두의 광장이었다. 집은 완전하게 개방되었다.

나는 안방이 아니라 마당에서 자랐다. 마을 어른들은 그 마당에서 돼지를 잡았다. 모락모락 김이 나는 돼지 간을 소금에 찍어 먹어 본 곳도 마당이었고, 이른 봄날 소 잔등에 올라 밭으로 나가던 곳도 마당이었다. 그 마당에서 송아지가 컸고, 그 마당에서 어린 나는 종아리를 맞았으며, 그 마당에서 뽑은 이를 지붕에 던졌고, 그 마당에서 키를 쓰고 소금을 얻으러 나갔고, 그 마당에서 눈사람을 만들었다. 처음 연탄을 땠을 때 연탄 가스를 마시고 뛰어나와 쓰러지던 곳도 그 마당이었다. 급하게 돈이 필요하다며 서울서 내려온 큰형이 아버지를 기다리며 무를 벗겨 먹던 곳도 그 마당이었다. 고등학교를 졸업하기 전까지, 내 삶의 거의 대부분은 마당과 관련되어 있었다.

고등학교를 졸업하고 서울에 있는 대학에 입학한 뒤부터 내 삶은 많은 것을 잃었다. 시골을 잃고, 어릴 적 친구들을 잃었고, 부모를 잃었다. 새와 나무의 이름을 잃었고, 바람과 어둠의 질감을 잃어버렸다. 대학에 다닐 때부터 시를 썼지만, 대학을 졸업하자마자 월급쟁이여야 했다. 서울을 떠날 수가 없었다. 서울살이는 한 마디로 마당이 없는 공간에서의 삶이었다. 처음에는 전혀 느끼지 못했다. 한때, 북한산 밑에 살 때는 서너 평짜리 마당이 있는 집에 살기도 했거니와, 마당에 대한 그리움이나 갈증은 없었다.

아파트에 살면서 마당이 사라졌다는 것을 뼈저리게 느꼈다. 도대체 비 오는 소리를 들을 수 없었다. 마당이 사라진다는 것은 골목이 사라진다는 것이다. 마당과 골목은 공동체의 실핏줄이다. 서울 같은 거대도시에서도 마찬가지다. 아직까지 골목이 살아남아 있는 지역은 이웃과 이야기가 가능하다. 골목이 이웃과 '대면'할 수 있는 기회를 만들어 주기 때문이다. 골목에 면해 있는 창문과 대문들은 그 집에 대한 정보를 골목에 '흘린다.' 된장찌개 냄새가 나는가 하면, 아이 우는 소리가 들리고, 냉장고 포장 박스가 골목에 나와 있곤 한다. 그 집에 대한 '이야기' 요소가 늘 제공되는 것이다.

아파트와 비교해 보자. 아파트는 마당이 없을 뿐만 아니라(그 마당은 전적으로 주차장이다), 골목도 없다. 아파트에서의 골목은 엘리베이터다. 수직의 골목이다. 엘리베이터는 그렇게 비좁은 공간이면서도 배타적이다. 서로에게 피해를 주지 않기 위해 얼마나 애쓰는 공간인가. 심리적으로 가까워질 수 없는 공간이다. 복도식 아파트는 그 복도가 짧은 골목 역할을 하지만, 전통적인 골목 기능은 전혀 하지 못한다. 여름철에 문을 열어 놓기가 쉽지 않을 만큼 '닫혀 있는 골목'이다.

가끔 건축가들을 만나 보면, '한국식 공간'을 제안하기 위해 고민하는 젊은 건축가들 가운데 골목과 마당을 화두로 삼고 있는 이들이 제법 있다. 골목과 마당을 복원해 잊혀진 공동체 문화를 되살리자는 시도인 것이다. '공간이 인간을 만든다'는 환경 결정론을 전적으로 지지하지는 않지만, 그리고 설령 믿더라도 아직 '나의 공간'을 빚어 낼 형편이 못 되는 나로서는 젊은 건축가들의 노력에 박수를 보낼 따름이다. 그렇다고 두 손 놓고 멍하니 있을 수만은 없는 일. 나는 혹시 내가 잃어버린 것이 '내 마음의 마당'이 아닌가, 하고 나를 들여다본다.

마당은 중성적인 공간이다. 한 집에 속해 있으면서도, 골목, 즉 마을과 이어져 있는 '경계'의 공간이다. 누가 들어서느냐에 따라 달라지는 공간이다. 장에 가는 아버지가 옷매무새를 다시 한번 돌아보는 사적인 공간이면서도, 마을 잔치가 벌어지는 공적인 공간이기도 하다. 내 마음 속에는 이 마당과 같은 공간이 과연 있는가. 혹여 마음 속에 마당이 없어서, 나 역시 저 아파트처럼 삭막해지고, 저 빌딩 숲처럼 황폐해져 있는 것은 아닌가. 추억을 위하여, 다가올 가능성을 위하여, 그리고 새로운 세상을 위하여 내 마음 속에는 몇 평짜리 마당이 있는가.

세상의 모든 길은 마당에서 시작해 마당에서 끝난다. 내 마음 속에 마당이 사라지고 없는데, 그리고 당신 또한 마음 속 마당이 없는데, 아, 우리 사이에 어떻게 한 줄기 길이 생길 수 있단 말인가.

우물 청소, 등목, 냉면

그것이 나의 성년식이었다. 하복 윗옷 왼쪽 주머니 아래 늘 파란 잉크 자국이 있던 십대 후반, 나는 우물 속에 들어갔다 나오면서 성큼 어른이 되었다. 한여름 무더위는 장마 전선이 소멸한 다음에 시작되거니와, 우리 집 앞 공동 우물은, 장마가 끝난 뒤 한 차례씩 우물 청소를 했다. 깊이가 채 3미터도 안 되는 우물이었지만, 아무리 가물어도 바닥을 보이지 않는 우리 동네의 '젖줄'이었다.

우리 집을 비롯해, 독일 간호원 집, 문씨 아저씨네, 켈로 부대 아저씨네 등 네댓 집이 함께 사용하는 우물이었다. 장마철이면 우물물이 탁해지면서 불어났다. 물이 탁한 것도 문제였지만, 그냥 두면 우물이 물을 게워 낼 것처럼 보였다. 장마가 끝난 뒤 햇볕이 쨍하고, 뭉게구름이 터질 것 같을 때, 탁한 우물물이 더 불어날 기미를 보이지 않을 때, 바닥이

드러날 때까지 우물물을 퍼냈다. 내가 고등학교에 다닐 무렵, 마침 우리 동네에는 청년이 없었다. 형들이 하던 대로, 나는 웃통을 벗어붙이고 손바닥이 얼얼해지도록 두레박을 끌어올렸다.

팬티만 입고(다행히 우리 집 주위에는 젊은 처자들이 없었다) 우물 속으로 들어갔다. 우물 안쪽은 아이 머리통만 한 돌들이 차곡차곡 쌓여 있었는데, 물이끼가 끼어 있어 미끄러웠다. 양 손으로 우물 안쪽 벽을 짚고, 두 발 끝을 돌 틈에 끼우며 한발 한발 내려갔다. 우물 속은 전혀 다른 세계였다. 어둡고 축축하고 서늘했지만, 아늑했다. 바닥에는 굵은 모래가 깔려 있었다. 두레박에다 동전, 빗, 병마개, 아기 고무신, 돌멩이 따위를 담으면 끝이었다. 어떤 때에는 미꾸라지 새끼도 잡았다.

우물 청소를 끝내고 나서도 나는 우물 밖으로, 다시 지상으로 올라가기가 싫었다. 프로이트 심리학을 모르던 때였지만, 우물 속에서 나는 어린 시절로 돌아가 있었다. 나는 쭈그리고 앉아 맑은 물이 솟아오르는 샘의 '입'을 오랫동안 내려다보았다. 나는 그 샘의 입 안으로도 들어가고 싶었다.

우물에서 다시 나오면, 여름 한낮은 눈부셨다. '천국보다' 낯설었다. 하지만 불쾌하지 않았다. 나는 어른이 된 것만 같았다. 새로 채워질 우물물을 생각하면 어쩐지 뿌듯했다. 한여름 무더위조차 따뜻했으니, 우물 청소를 하고 나면, 세상이 나를 위해 존재하는 것 같았다. 우물 청소를 하며 한 차례 성년식을 치러 냈지만, 내가 물을 좋아한 것은 아니었다. 좋아하기는커녕, 물, 특히 찬물은 공포였다. 머리와 등줄기에 퍼부어지는 찬물이라니!

상이 군인 아저씨가 하는 동네 이발소에서 머리를 깎고 나면, 찬물로 머리를 감겨 주었는데, 여름이었는데도 숨이 찼다. 아저씨가 양철 물뿌리개로 머리에 물을 부으면 나도 모르게 헉, 하고 숨이 빨려들어갔다. 아주 잠깐이지만, 숨이 막혀 죽을 지경이었다. 등목도 마찬가지였다. 우물 청소를 하던 십대 후반 여름날, 호기롭게 웃통을 벗어붙이고 우물가에 엎드리곤 했지만, 형이나 어머니가 등줄기에 한 바가지 물을 부으면, 나도 모르게 벌떡 일어나 소리를 지르곤 했다. 찬물 공포증 때문에 어린 시절부터 나는 심장이 약하다고 믿고 있었다. 지금도 나는 찬물로 샤워를 하지 못한다.

찬물뿐 아니라 찬 음식도 나에겐 공포였다. 열한 살 여름방학 때였던가, 고등학교에 다니던 형을 따라, 인천에 사는 친척 집을 찾아간 적이 있다. 친척 아주머니는 시골에서 온 우리를 대접한다고 냉면을 시켜 주었는데, 나는 난생 처음 보는 음식이었다. 요강만 한 그릇이며, 뱀장어 새끼보다 가느다란 면발, 무엇보다 커다란 얼음 조각이 둥둥 떠 있는 게 신기하기까지 했다. 그 질긴 면발을 끊어 가며 겨우 한 그릇을 비웠는데, 나는 그 날, 개도 안 걸린다는 여름 감기에 걸리고 말았다. 난생 처음, 한여름에 그렇게 찬 음식을 먹어 본 것이다. 그 뒤로 형은 '냉면 먹고 감기 걸린 촌놈'이라며 한참 동안 놀려 댔다.

내가 우물 청소를 하던 열아홉 살 무렵까지만 해도, 여름은 그야말로 '날것'이었다. 여름은 여름이었다. 여름과 나 사이에 아무 것도 없었다. 냉장고는커녕, 얼음도 없었고, 에어컨은 딴 나라 이야기였다. 선풍기가 가장 현대적인 제품이었다. 시골에서의 여름 더위는 견디는 것이었지, 쫓는 것이 아니었다. 아파트와 대형 건물은 물론, 자동차, 버스, 지하철까지 온통 에어컨으로 무장한 거대 도시는 더위(추위도 그렇지만)를 접촉하면 큰일나는, 무슨 전염병 취급을 하고 있지만, 여름에 태어난 늦둥이 때문에 집에 에어컨을 달기 전, 십여 년 전만 해도 나는 더위를 당연하게 받아들였다. 여름에는 더위에 지쳐 축 늘어졌고, 겨울에는 추위에 덜덜 떨었다. 그 때 나는 자연이었다.

도시는 계절을 추방했다. 도시에서 더위는 건물 밖에, 자동차 밖에만 존재한다. 그렇다고 여름이 순순히 물러난 것은 아니다. 쾌적한 실내를 유지하기 위해 밖으로 배출되는 열기는, 오염 물질과 더불어 도시의 하늘에 거대한 '비닐 하우스'를 만들어 놓는다. 집에 에어컨이 없는 도시인들은, 찌는 듯한 밤(열대야)을 피해 강가나 교외로 나간다. 그들 가운데 시골에서 나고 자란 삼십대 이상들은 한여름이면 오늘도 모깃불과 등목, 우물에 담갔던 수박 이야기를 늘어놓을 것이고, 십대 전후의 아이들은 "왜 우리 집은 에어컨이 없는 거야" 하며 투덜댈 것이다.

극장에 관한 짧은 이력서

사이버 공간이 일상화되기 이전부터 나는 '사이버 공간'을 들락거렸다. 일찍이 사이버 공간이 있었다. 옛날 이야기, 소설, 영화. 그러니까 서사는 모두 사이버였다. 나는 사이버의 제1조건을 '시간'이라고 규정하고 있다. 시든, 소설이든, 영화든, 만화든, 이야기든 새로운 시간을 제시하지 못하는 서사는 서사가 아니다. 독자를 사로잡는다는 말은 곧 독자의 시간을 작품 고유의 시간 속으로 편입시키는 강제력을 뜻한다. 일상적/현실적 시간 속에 있는 독자를 작품의 시간 속으로 납치하는 일, 그것이 모든 작가/작품의 꿈이다. 거개의 작가에게 권력 지향적인 속성이 내재되어 있는 까닭이 여기에 있다.

나는 일찍이 사이버 공간을 건설한 바 있다. 이 엄청난 비밀을 알고 있는 사람은 육십억 인류 가운데 오십 명이 채 되지 않는다. 나는 초등학교 육학년 때 만화 가게 주인이었고, 극장장이었으며, 더듬거리는 변사였다. 소 한 마리를 훔쳐 가지고 가출해 한국을 대표하는 세계적인 기업을 일군 재벌 회장 이야기가 그 때 회자되었다면, 아, 나는 지금 사이버 공간에 글을 쓰고 있지는 않았으리라. 어머니가 달걀을 팔아 준 금쪽 같은 돈으로 나는 참고서를 사는 대신, 헌 만화책을 사 모았다. 한 시간에 한 대 들어오는 버스를 타고 한 시간, 인천 창영동의 헌책방 거리를 들락거렸다.

터울이 많은 형들은 일찍이 대처로 나갔으므로, 건넌방은 나의 차지였다. 건넌방 한쪽 벽에다 빨랫줄을 여러 개 매고, 거기에 만화책을 걸었다. 종수가 얼마 되지 않았으므로, 만화책을 세워 둘 수가 없었다. 디스플레이로 빈약한 상품을 돋보이게 하려는 얄팍한 술책이었다. 1970년대 초반, 국가 경제는 아직 북한을 따라잡지 못하고 있었으니, 나의 고객들은 만화책을 빌릴 만한 처지가 못 되었다. 문화의 시대가 아니었다. 만화책보다 라면땅 한 봉지가 더 매혹적이었다. 나의 문화 사업은 부도 직전이었다.

그러던 어느 날, 나는 박카스 상자 하나와 다 쓴 에프킬라 용기, 렌즈 두 개, 백열전구 소켓을 준비했다. 일찍이 손재주가 출중하던 나는, 이 재료들을 순식간에 환등기로 둔갑시켰다. 그리고 인천의 만화 가게에 진열되어 있던 슬라이드를 구입했다. 활동 사진은 아니지만, 마을 교회 주일학교 못지않은 '콘텐츠'를 확보한 것이다. 나를 추종하는 꼬마들이 만화 가게, 아니 나의 극장으로 몰려들었다. 불을 끄고, 백열전구 꼭지 스위치를 돌린 다음, 슬라이드를 끼웠다. 벽에 도화지를 붙여 만든 스크린에는 노아의 홍수 따위가 비쳐졌다. 나의 유일한 단점이 있었으니,

그것은 어눌한 말씀씨였다. 나는 성경 구절을 더듬거리며 움직이지 않는 화면을 활동케 하였으나, 처음에는 신기해하던 꼬마들이 이내 "다음, 형 빨리 다음으로 넘어가!"라며 소비자 주권을 행사하기 시작했다.

나의 사업은 일찍 망했다. 그 뒤로 나는 어떤 사업에도 손을 대지 않았다. 나는 일관성 있게 손해 보는 일에 특기를 발휘했다. 손해 보는 일만큼은 지금도 결코 남에게 뒤지지 않는다. 세상 물정에 관한 한 나는 지독한 약시다.

중학교에 들어간 뒤, 일요일이면 인천행 버스를 탔다. 매주 참고서를 사야 한다, 학용품을 사야 한다며 핑곗거리를 잘도 만들어 냈다. 새 참고서를 사는 대신 헌 참고서를 사고, 그 차액으로 극장 표를 끊었다. 아, 지금도 내 가슴을 떨게 하는 그 극장 이름들. 이소룡을 처음 만난 미림극장, 자전거 타는 임예진을 본 오성극장, 더스틴 호프만의 코를 만져 보고 싶었던 문화극장, 현대극장, 인형극장, 애관극장. 그 극장들은 다 잘들 있는가.

또 생각난다. 그 아저씨가 나중에 내 담임 선생이 될 줄이야. 고등학교 교복을 찾아들고 들어갔던 동방극장. 그 아저씨는 내 교복 꾸러미를 흘낏 쳐다보더니 "영화 좋아하니?" 하고 물었다. 그 아저씨와 나는 '쿼바디스'를 보았다. 다음 주, 새로 맞춘 교복을 입고 입학식을 했는데, 저런, 그 아저씨가 출석부를 들고 교실로 들어오는 것이 아닌가. 고등학교 삼 년 동안, 나는 무지하게 얻어터졌다. "공부는 안 하고 극장만 다니는 놈." 나는 늘 다른 아이들보다 더 맞았다.

나는 중학교 이학년 때 미림극장에서 '정무문'에 입문했다. 그 봄날의 일요일 오후, 캄캄한 극장을 빠져나온, 아주 내성적인 소년은 뒤꿈치를 들고 이소룡처럼 걷고 있었다. 노란색 운동복을 샀고, 오른손 엄지를 세워 오른쪽 콧방울을 훔쳤으며, 시도 때도 없이 고양이 울음소리를 내며 경중경중 뛰었다. 이소룡 영화를 생각하면 도무지 배가 고프지 않았다. 나는 일찍이 그림그리기를 좋아했으니, 그 날 이후 나는 연필로 이소룡만 그렸다. 김철호였던가, 당시 제법 인기가 있던 만화가는 이소룡을 만화로 리메이크했는데, 늘 권투 선수로 나오는 만화의 주인공이 곧 이소룡이었다. 나는 노트에 매일 이소룡을 그렸다.

고등학교 때는 수업 시간에, 앞으로 내가 만들 영화의 포스터를 그렸다. 지금도 생각난다. '잡종강세'라는 내 영화의 포스터. 쉬는 시간에 급우들이 그 포스터를 칠판에 붙여 놓았다가 수학 선생한테 들키는 바람에 나는 또 직사하게 얻어터졌다. "잡종강세? 맷집도 세겠구만!" 이소룡이 죽지 않았다면, 나는 수천만 달러를 들고 가 이소룡을 주인공으로 해서 불후의 쿵푸 영화 '잡종강세'를 만들었을 것이다.

대학에 들어가 글쓸네, 연극합네 하고 문학회며 극장을 어슬렁거렸지만, 내 꿈은 늘 영화에 있었다. 나는 영화 감독이어야 한다고 굳게 믿었다. 그러나 병역 의무를 마치고, 잠깐 다시 연극부에 들어갔을 때, 나는 영화 감독의 꿈을 접어야 했다. 단원들을 지휘할 수 있는 능력이 나에게는 없었던 것이다. 주연 배우는 공연 며칠 전에 병원에 입원했고, 대타는 발음조차 제대로 하지 못하는 햇병아리였다. 나는 연출과 영화 감독을 포기하고, 한때 판토마임을 배우고 싶어했다. 그러나 '밀항에 실패'하는 바람에 마임도 내 곁을 떠나고 말았다.

나, 한때 부자였다. 꿈의 부자. 게으른 몽상가. 그 푸른 스무 살 시절,

나는 얼마나 많은 것이 되고 싶었던가. 내가 지나온 지난 이십 년은 그 많던 꿈들을 버려 온 시간이었다. 클랙션 대신 트럼펫을 부는, 대륙을 횡단하는 트레일러 운전사, 자전거를 타고 노을진 논길을 달려오는 시골학교 선생, 산림 감시원, 태평양을 횡단하는 요트 운송 요원, 실크로드 도보 여행, 칠레 종단 열차 여행, 마다카스카르 총독…. 나는 꿈을 꾸었으나, 꿈은 나를 꿈꾸어 주지 않았다. 시와 영화 보기, 그리고 '단순한 삶, 깊은 생각.' 이것이 마지막 남은 나의 꿈이다.

이제 누가 나를 기다려 줄 것인가

김이 무럭무럭 솟아오르는 부엌. 차례상에 올릴 제수들이 부엌 한쪽에 가지런했다. 어머니는 또 사립문 밖을 내다보신다. 동구 밖, 새해 첫날 햇살이 시리도록 환하다. 아버지는 자주 헛기침을 하셨다. 작은형은 일부러 그러는지 지방을 아주 천천히 썼다. 눈이 유난히 많으니 내년 농사는 괜찮을 것이라고 목소리를 높이던 당숙도 말씀이 없어졌다. 설날 아침, 아직 장남이 오지 않은 것이다.

황해도에서 강진 월출산 기슭으로 피난을 내려온 가족들. 1950년대 중반, 당시 열여섯이던 큰형은 보리쌀 한 말을 지고 상경해, 집안을 일으켰다. 하지만 사업에 그늘이 드리워지면, 명절에 내려오지 않곤 했다. "기다리는 게 제일 고역이라." 큰형을 기다릴 때마다 어머니는 한숨처럼 말하시곤 했다. 큰형이 없는 설날 아침, 집안은 침울했다.

명절이면 가장 먼저 떠오르는 것이 어머니가 자식들을 기다리시던 모습이다. 어머니는 평생을 기다리셨다. 며칠씩이나 집을 비우시던 시아버지를 기다렸고, 돈벌이 나간 남편을 기다렸으며, 군대 간 아들들을 기다리셨다. 남편을 먼저 떠나보내시고 십 년. 큰아들과 함께 지내던 어머니가 지난 해 봄 돌아가셨다. 그리고 지난 가을에는 큰형이 어머니를 따라가셨다. 이제 어머니는 누군가를 기다리지 않으셔도 된다.

설이나 추석 같은 명절, 단오나 동지 같은 절기, 국경일이나 개교 기념일 또는 창립일, 생일과 결혼 기념일, 그리고 기일. 우리는, 일상의 삶은 수많은 기념일의 징검다리를 건너야 한다. 개인으로, 혹은 사회인으로 산다는 것은 그 때마다 저 기념일들을 기념한다는 것이다. 저 수많은 기념일들은 각각 통과 제의적인 기능을 수행한다. 저 기념일의 터널을 지나며 우리는, 개인-가족-공동체-국가의 정체성을 세례받는다.

명절이나 기념일은 한 개인-사회의 기억력이다. 그러나, 동시에, 그 명절이나 기념일은 한 개인-사회의 기억력이 얼마나 빈약한 것인지를 반증한다. 출생의 의미, 즉 나는 왜 태어났는가를 늘 염두에 두는 사람에게 생일은 남다른 날이 아니다. 죽음이란 무엇인가를 궁구하는 이에게 기일은 특별한 날일 수 없다. 공동체 문화가 살아 있는 마을에서 설날은 낯선 축제가 아니다. 그러니까 생일이나 기일, 명절과 기념일들이 그 때마다 새삼스러운 삶은 어딘가 어긋난 삶이고 단절된 삶이다. 그 삶의 주어는 '나'가 아니고 다른 그 무엇이다.

그렇다고 명절이나 기념일이 그렇게 반가운 것만은 아니다. 명절이나 기념일은 신호등이나 도로 표지판처럼 개인-사회를 한쪽으로만 유도하는 강력한 이데올로기로 작용할 때가 많기 때문이다. '나'로 우뚝 서고 싶지만, 자유인으로 활발하고 싶지만, 저 수많은 기념일들은 도처에 바리케이트를 쳐 놓고 '너는 누구냐'며 검문을 한다. '나'라는 신분증은 기념일이 요구하는 정체성과 연속성 앞에서 무기력해지곤 한다.

명절과 기념일이 내장하고 있는 이중성을 해부하는 일은 어쩌면 사치인지도 모른다. 특히 명절에 한정할 때 더욱 그렇다. 요즘과 같은 명절은 곧 사라지고 말 것이기 때문이다. 삼십 년 뒤쯤, 설은 어떻게 변해 있을까. 내 아들딸은 그 때 고향을 찾을까. 8할 이상이 도시의 산부인과에서 태어난 세대들에게 고향은 있을까, 그 때 그들에게 고향은 과연 무엇일까. 육십 년 뒤쯤, 내 아들딸이 부모가 되었을 때, 그 때 설은 또 어떻게 변해 있을까. 결혼식과 장례식 풍습이 바뀌는 속도에 견준다면, 삼촌과 이모가 없어질 내 손자손녀들의 시대에 설은 아마 민속촌에서 나 볼 수 있을 것이다.

2000년대 첫 설. 부모님과 장형이 안 계신 첫 설이다. 나를 기다려 줄 그 누구도 없는 섣달그믐. 이제 내가 기다릴 날만 남아 있는 것인가. 이제는 내가, 내 삶이, 내가 존재하는 지금-여기가 고향이 되어야 한다는 것인가.

몸이 기억하는 아버지

놀란 것은 오히려 나였다. 하품하는 것에서부터 재채기하고 기침하
는 모양까지 똑같다는 것이었다. 그럴 리가…, 나는 전혀 자각하지 못
하고 있었다. 아버지께서 돌아가신 지가 몇 해째인데, 그 '놀라운 사
실'을 이제야 발견한단 말인가. 아내 말에 따르면, 내가 하품할 때 입을
크게 벌렸다가 다물며 '아으' 하는 소리를 내는데, 영락없이 돌아가신
아버지의 하품이라는 것이었다. 재채기며 기침 소리도 빼닮았다는 것
이었다.

나는 '쉰둥이'였다. 농부였던 아버지가 쉰에 본 늦둥이였다. 우스갯
소리로 "내가 태어나서 보니 아버지는 할아버지였다"라고 말하곤 하지
만, 쉰둥이는 아버지가 그렇게 자랑스럽지 않았다. 나는 '늙은 농부 아
버지'를 피했다. 학교에 찾아오는 것은 물론이고, 가끔 장터나 버스 안

에서도 내가 먼저 알은체하지 않았다. 늙은 아버지는 나의 콤플렉스였다. 사춘기를 통과하던 어느 날, 아버지가 내 키보다 작아졌을 때, 나는 약간 슬펐지만, 그 날부터 아버지를 극복했다고 확신했다. 그리고 시를 쓰기 시작했는데, 나도 모르게 아버지에 관한 시들이 쏟아져 나왔다. 시 속에서 아버지는 나의 적이었고, 그 적은 '수사학적으로' 변주되었고, 삼십대 초반 이후 내 의식에서 사라졌다.

아버지는 내가 서른 살 때, 여든을 일기로 돌아가셨다. 그 때 나는 막 첫 딸아이의 아버지가 되어 있었다. 내가 시라는 '가상 공간'에서 도전하고 변형시키고 화해했던 아버지는 실제의 죽음을 통해 내 의식에서 사라진 것 같았다. 가장으로서, 젊은 아버지로서, 사회인으로서 나는 먹고살기에 바빴던 것이다. 삼십대 초반에는 시까지 잊어버릴 뻔했다. 사십대가 가까워지던 어느 날, 아내가 내 사소한 버릇에서 돌아가신 아버지를 발견한 것이었다. 내색은 하지 않았지만, 적잖이 놀랐다. 내 머리는 아버지를 잊었지만, 내 몸은 아버지를 생생하게 간직하고 있구나!

그러고 보니, 돌아가신 아버지는 수시로 내 몸을 통해 등장했다. 가끔 아내와 다툴 때, 딸아이에게 잔소리를 할 때, 나는 돌아가신 아버지였다. 아버지가 어머니를 대하던 태도가 그대로 아내에게 투사되었고, 아버지에게서 듣던 꾸중이 그대로 내 딸아이에게 던져졌다. 나는 아버지로부터 물려받은 것이 거의 없다고 믿어 왔으나, 내가 아버지가 되고 보니, 그게 아니었다. 아버지는 내 머리(의식)에서는 지워졌지만, 내 몸은 아버지를 그대로 기억하고 있었다. 나는 조금 두렵기까지 했다. 그렇다면 '나'는 어디에 있는가. 남편으로서, 젊은 아버지로서의 나는 없다는 말인가.

한 달 전, 김형경 씨가 쓴 장편 소설 「사랑을 선택하는 특별한 기준」을 읽으며, 그 두려움의 원인을 넘겨짚을 수 있었다. 그 소설에 따르면, 모든 딸은 자기 어머니와 싸운다고 한다. 모든 여성은 분노를 터뜨리는 방법을 모르기 때문에 마음의 불구자가 된다는 것이었다. 모든 아들도 마찬가지였다. 모든 아들은 자기 아버지와 싸우며 성인이 되는데, 그 아들 역시 자기 분노를 건강하게 해소시키는 방법을 알 리가 없었다.

내 늙은 아버지는 전통적인 농경 공동체 문화의 마지막 아버지였다. 아버지는 이른바 내적 갈등이 거의 없으신 분이었다. 식민지, 전쟁, 피난, 실향 등 사회적인 고통은 누구 못지않았지만, 아버지는 한 개인으로 존재하지 않았다. 가족, 친족, 마을 공동체의 일원이었다. 아버지의 삶은 그 자체로 소중한 것이었지만, 그 삶은 지금 이 후기 산업 사회에 어울릴 수 없는 모델이었다. 그런데 나는 그 아버지를 뛰어넘지 못하고 있다. 아버지가 내 몸을 떠나지 않고 있는 것이다. 바꾸어 말하면 나는 도시 핵가족 시대의 남편이나 아버지로 자립하지 못한 것이다. 의식 저 밑바닥, 그러니까 내 유전자는 가부장제 문화를 완강하게 기억하고 있으니, 가족 단위뿐만 아니라 직장에서도 내 인간 관계는 매우 서툴다.

지난 해 봄, 딸아이와 함께 전주-군산 벚꽃 마라톤 대회에 참석한 적이 있다. 내가 달리기를 잘해서가 아니었다. 딸아이의 운동 신경이 남달라서도 아니었다. 나는 딸아이에게 '몸의 기억'을 만들어 주고 싶었다. 가장 좋은 부모는 아이에게 추억을 만들어 주는 부모라는 생각이 들었던 것이다. 좋은 책, 좋은 음악, 좋은 그림도 삶의 비타민이 될 수 있지만, 부모와 함께 몸으로 만드는 추억만큼 오래 가는 정신의 단백질도 없을 것이라는 판단에서였다. 삶의 에너지는 대부분 기억에서 나온다. 삶이란 자기 기억과의 대화인지도 모른다. 다양하고 풍부하고 깊이가 있는 기억을 가진 삶이 아름다운 삶이다.

벚꽃 마라톤 대회에서 내가 딸아이 손을 잡고 달린 구간은 5킬로미터(건강 달리기)에 불과했다. 그나마 태반은 걸었다. 집으로 돌아오는 길에, 달리기가 어땠느냐고 묻지 않았다. 하지만, 그 봄날의 달리기는 딸아이의 의식 맨 아래에 저장되었다가, 딸아이가 어른이 된 어느 봄날, 불현듯 딸아이의 현재에 등장하리라. '그 때 아빠와 함께 전주-군산 사이 벚꽃 길을 달렸지….' 몸이 기억하는 기억은 결코 잊혀지지 않는다. 여름에는 백담사에서 열린 만해 축전에 딸아이를 데리고 갔고, 지리산 실상사에서 개최한 열린 학교에도 함께 참가했다. 도시에서 나고 자란 딸아이에게 자연은 낯설고 불편하고 공포스러웠을 테지만, 설악산과 지리산의 한여름 밤 또한 딸아이의 몸에 각인되었을 것이다.

첫 시집에 들어가는 약력을 쓸 때, 나는 "경기도 김포에서 농부의 아들로 태어났다"라고 썼다. 내 상처를 햇볕에 드러내어 말려 보자는 의도였을까. 올해로 시를 쓴 지 이십 년째다. 이십 년 동안 써 왔지만 아직도 시가 무엇인지 잘라 말할 수가 없다. 다만 시는 '잠수함 속의 토끼'처럼 미래에 대한 징후를 읽어 내는 예민한 감수성이자 상상력이라고 겨우 말할 수 있을 따름이다. 그렇다면 그 예감은 어디에서 오는가. 그것은 지식의 양이나 경험의 부피에서 말미암지 않는다. 그것은 오로지 몸에서 나온다.

몇 해 전부터 시나 산문을 쓸 때, 농업으로 돌아가고 싶다는 소리를 자주 하는데, 그것 또한 내 몸이 기억하는 아버지 때문이다. 내가 이 거대 도시에서 적응하지 못하고 아파하는 것은 어쩌면 당연하다. 도시 문명은 내 오래 된 몸과 어울리지 않기 때문이다. 내 몸은 아버지를 그리워하듯, 땅에 뿌리박은 삶을 갈망하고 있다. 모든 생명이 내 혈연이라는 깨달음을 몸소 실천할 수 있는 새로운 삶의 방식 말이다. 농부였던 아버지를 기억하고 있는 내 몸이 반갑고 고맙다. 언젠가 내 몸은 이 도시를 떠날 것이다.

나는 오늘도 아내 앞에서, 그리고 딸 앞에서 '아으' 하며 하품을 한다.

하루를 정돈하는 괜찮은 방법

단순한 질문에 멱살이 잡힐 때가 있다. "아빠, 이런 것들이 왜 다 있는 거야?" 지난 해 가을 어느 날, 형님 댁에 다녀오는 길이었다. 아파트 단지 주차장에 차를 세우자, 차에서 내린 아들아이가 주위를 한번 둘러보더니 나에게 던진 말이었다. 이런 것들이 왜 다 있느냐니, 뒤통수를 한 대 얻어맞은 듯했다. 나는 머뭇거리다가 "다 있어야 할 이유가 있는 거야. 자, 어서 들어가자" 하며 아이 손을 잡아끌었다.

지난 해 가을부터 서울에 있는 한 예술대학 문예창작학과에 출강하고 있다. 일 주일에 서너 시간, 시를 쓰겠다는 청년들과 마주 앉는데, 강의 경험이 전혀 없는 나는 자주 얼굴이 붉어지곤 했다. 이십 년 넘게 시를 써 왔으면서도, 시를 쓴 만큼 시에 대해 이런저런 잡문을 발표해 왔으면서도 막상 시 쓰는 방법을 가르치자니 말문이 막힐 때가 한두 번이 아니었다. 내가 너무 안이했던 것이다.

안 되겠다 싶어, 지난 겨울에 새로운 '교재'를 개발했다. 내가 여섯 살짜리 아들에게 당했던 경험을 되살려, 이제 막 머리가 굵어지기 시작하는 대학생들을 역공하기로 한 것이다. 한 문장으로 이루어지는 '곤란한' 질문을 궁리하기 시작했다. 제일 먼저 떠오른 것이 '나에게 시는 왜 필요한가'였다. 문학 개론서는 '문학이란 무엇인가'라고 시작하거니와, 아무리 방대한 이론을 동원한다 하더라도 글쓰기를 막 배우려는 문예창작과 학생들과는 거리가 있었다. 시에 대한 정의는 지나치게 추상적이었다. 나는 전통적인 질문을 약간 비틀어 '나와 시'의 거리, 시에 대한 현실적인 필요성을 생각해 보도록 한 것이다.

내 예상은 비교적 적중했다. 학생들은 처음 받는 질문이라고 말하면서도, 솔직하고 활발한 답변을 냈다. 늘 시만 생각하고 있기 때문에 특별히 필요하다는 생각이 들지 않는다는 '골수' 문학 청년에서부터, 자기 자신과 이웃 사이의 교감을 위해 시가 있어야 한다는 소박한 견해, 자기는 소설을 쓸 것이기 때문에 시는 특별히 필요하지 않다는 답변에 이르기까지 다양했다. 필요성이 절박한 만큼 학생들은 시 쓰기에 뛰어들 것이었다.

그 다음 질문은 두 가지였다. 학생들에게 필기 준비를 하게 한 다음, 나는 칠판에다 두 문장을 적었다. "첫째, 오늘 난생 처음으로 본 것은 무엇인가. 둘째, 늘 보아 오던 것들 중에서, 오늘 새롭게 발견한 것은 무엇인가." 대부분의 학생이 난감해하는 표정이었다. 다들 처음 받아 보는 질문이었다. 나는 학생들의 '멱살'을 단단히 잡았다. "보아라, 우리가 보고 있다는 것이 얼마나 헛된 것이냐, 우리는 우리가 볼 수 있는 것을 보는 것이 아니다, 우리가 보고 싶은 것을 보고 있는 것도 아니다, 우리는 늘 보고 있다고 믿고 있을 따름이다, 시인의 눈이란 남들이 보지 못하는 것, 남들이 보지 않으려고 하는 것을 보아 내는 눈이다, 시인을 견자見者라고 하지 않는가, 시인의 눈은 남들이 보았다는 것에서도 새로운 것을 보아 내는 눈이다….” 나는 모처럼 목소리를 높이고 있었다.

캠퍼스는 한창 봄날이었다. 벌써 목련꽃은 꽃잎을 떨구고 있었다. 학교 정문을 걸어 나오면서 나는 학생들이 받은 충격이 오래 가기를 바랐다. 서너 번 당부했거니와, 오늘 처음 본 것, 익숙한 것들 중에서 오늘 새롭게 발견한 것들을 날마다 기록해 나가라, 그 기록이 훗날 그대들 문학의 토양이자 씨앗이 될 것이다! 처음에는 농담삼아 답하던 학생들이 끝내 결연해지던 모습이라니. 학교를 나서는 나의 발길은 모처럼 가벼웠다.

학생들과 시 창작 연습 시간을 함께하면서 새삼 나의 글과 삶을 돌아보게 되었다. 매번 학생들에게 던지는 질문은 곧 나에게 되돌아왔다. 나는 오늘 무엇을 처음을 보았는가, 익숙한 것들에서 어떤 새로운 의미를 발견했는가, 나는 과연 견자로서 깨어 있었는가. 학생들에게 큰소리 치기에는 아주 적당한 질문인지 몰라도, 내 일상의 삶을 돌아보는 잣대로서는 결코 가볍지 않은 것이었다.

무엇을 보았는가, 거기서 어떤 새로운 의미를 발견했는가. 이 질문은 문학 청년들에게 사물과 사태, 인간과 세계, 삶과 사회의 이면을 꿰뚫어 볼 수 있는 시력과 시야를 갖도록 하기 위해 고안한 충격 요법이지만, 깨어 있는 삶이기를 바라는 사람들이 하루하루를 효과적으로 정돈할 수 있는 좋은 방법이 될 수 있다.

옛 어른들은 하루에 세 번 자기를 돌아보며(一日三省) 몸과 마음을 가다듬으라고 권고했다. 인간의 마음은 고삐 풀린 망아지여서, 언제 어디로 튀어나갈지 모른다. 옛 선비들이 하루 세 번씩 자기를 돌아보라고 한 것은, 그만큼 마음을 다스리기가 어렵다는 반증이다. 옛 선비들에 견주면 21세기 현대인들이 자기 마음의 주인이 되기란 거의 불가능할지도 모른다. 대량 생산, 대량 소비 사회에서 마음은 더는 우리의 것이 아니다. 제품을 만들고 파는 기업들은, 단 한 순간도 쉬지 않고, 우리의 눈을 포섭하고 있다. 눈에 띄는 모든 곳에 "소비하라"는 메시지가 붙어 있다. 우리 사회에서 삶은 곧 소비하는 삶이며, 삶의 질은 소비하는 양으로 측정된다.

오늘 처음 본 것이 없다면, 또는 익숙한 것들 속에서 새로운 의미를 찾아내지 못한다면, 그 사람이야말로 대량 소비 사회의 완벽한 소비자이다. 그 사람은 기업의 충실한 '노예'이다. 그리고 그 하루야말로 완벽하게 '눈 먼' 하루이다. 깨어 있는 삶이란 무엇인가. 그것은 내가 내 삶의 주인으로서 우뚝 서 있는 삶이다. 광고가 아니라 내가 선택하는 삶, 관습이나 소문이 아니라 나 자신이 옹호하는 삶, 낡은 이념이나 가치가 아니라 다름 아닌 나 자신이 지향하는 삶이다.

학생들에게 던졌던 두 가지 질문은 어느덧 나의 숙제가 되었다. 일주일에 사나흘은 늦은 밤, 혼자 책상에 앉아 간단한 메모를 한다. 이런 식이다.

오늘 난생 처음으로 본 것: 늙은 남자의 왼쪽 가슴에 새겨진 문신. 오후에 회사 근처 대중 사우나에 갔다가 얼핏 보았는데, 오십대 후반 남자의 가슴에 길게 새겨져 있는 푸른색 문신은 처연해 보였다. 문신은 전적으로 젊음의 기호다. 그리고 젊음은 젊은 시절과 함께 사라져야 한다.

　오늘 새롭게 본 것: 1) 내가 늘 저지르는 결정적인 잘못은 내 잘못이 어디까지인지 분명하게 인식하지 못한다는 데 있다. 그래서 내 잘못은 늘 복잡하게 꼬인다. 미성숙, 비사회화의 알리바이. 2) 나는 정말 지인들에게 무심하다. 그런데 그 무심함이 아직 나의 결함으로 낙인찍히지 않은 까닭은 내가 지인들과 (경제적인) 이해 관계가 거의 없기 때문일 것이다. 좋은 친구를 버리는 가장 좋은 방법이 돈을 꾸거나 꿔 주는 것이라는 말은 정말 맞다. 3) 중년 사내들이 혼자 늦은 점심을 사 먹을 때, 메뉴를 고르는 기준은 무엇일까. 오늘 새삼 확인했거니와, 나는 자꾸만 어릴 적 먹던 쪽으로 간다. 청국장, 멸치국수, 순두부, 추어탕…. 혼자 점심을 먹는 중년 사내라니, 얼마나 외롭고 쓸쓸해 보이는가. 그래서 혼자 먹을 때만큼은 고급 레스토랑을 찾는다는 한 선배가 떠오르기도 하지만, 나는 자꾸 골목 깊숙이 숨어 있는 어수룩한 밥집으로 스며든다. 4) 「경제성장이 안되면 우리는 풍요롭지 못할 것인가」를 밑줄 치며 읽고 있다. 저자가 뛰어난 시인처럼 보였다.

길 위에서 몸을 생각하다

저녁을 먹기 전에 텐트부터 쳤다. 섬진강 무릎께에서 오른쪽으로 깊숙이 들어와 있다. 소설 「토지」의 무대, 평사리 들판을 왼쪽으로 끼고 걸을 때, 오월의 저녁 해는 지쳐 보이지 않았다. 노을은 흥건하지도 않았고, 메마르지도 않았다. 하동에서 구례로 넘어가는 길, 노을은 맑고 가벼운 붉음이었다. 일 주일째, 길 위에 있다. 길에서 먹고, 자고, 걷는 나날들. 도보 순례에 대한 기대는 처음에 아주 낯설게 다가왔다.

15박 16일 동안 지리산 외곽을 걸어서 한 바퀴 돈다는 기획은 매혹적이었다. 지리산도 지리산이었지만, 나는 무엇보다 걷고 싶었다. 걷고 걷고 또 걸으며, 살아온 날들과 살아갈 날들을 한번 정돈하고 싶었다. 하지만 길 위에서 지나온 삶을 생각할 겨를이 없었다. 나는 잘 걷지를 못했던 것이다. 걷지를 못하다니, 충격이 아닐 수 없었다. 나는 걷는 법부터 다시 배워야 했다. 지리산 동북쪽 길은 내게 알은체하지 않았다.

지금 내가 엎드려 있는 곳은 오래 된 느티나무 아래다. 지리산 기슭이어서 그런지, 해가 지고 나자 한기가 스며든다. 침낭을 가져오지 않았다면, 벌써 심한 몸살에 걸렸을지도 모른다. 침낭 속에 하반신을 구겨 넣고, 엎드려 글을 쓴다. 종아리 근육이 알싸하다(알 밴 칡뿌리 생각이 났다). 지금 내 글쓰기를 밝히고 있는 것은 촛불도 아니고 백열 전구도 아니다. 헤드 랜턴이다. 이마 한가운데에서 나오는 불빛이라니! 헤드 랜턴은 신비주의자들이 말하는 '제3의 눈'을 연상케 한다.

길 위에서의 나날은 전기가 없는 나날들이다. 플러그를 꼽을 수 없는 삶. 텐트 안으로 기어들 때마다, 침낭 안에서 눈을 감을 때마다, 전기로부터 벗어나 있다는 사실이 얼마나 느꺼운지 모르겠다. 시골집에 처음 전기가 들어오던 열 살 그 여름날 이후, 나는 줄곧 전기 인간이었다. 나는 전기와 더불어 살았으니, 전력이 공급되지 않으면 일상은 돌아가지 않았다. 내 생애는 전기를 소비하는 생애였다.

K, 지리산 남동쪽 골짜기, 텐트에 엎드려 그대 이름을 쓴다. 헤드 랜턴에서 쏟아져 내리는 불빛은 충분히 밝다. 플러그로부터 벗어난 것이 오랜만이듯이, 이렇게 종이 위에 그대 이름을 적어 보는 것도 실로 오랜만이다. 내가 그대 이름을 알았을 때, 나는 스물네 살이었다. 스물넷. 이제 와서 그 나이를 발음해 보면, 아득하다. 스물넷은 아직 걸러지지 않은 기억이다. 나는 기억과 추억을 구분하거니와, 기억은 날것이고, 추억은 발효된 것이다. 기억의 편집이 추억이다. 그러니까 추억은 정확하지 않다. 스물네 살 시절, 나는 땅을 밟지 않고 있었다. 늘 지상에서

30센티미터쯤 떠 있었다는 느낌이다. 내가 장악할 수 있는 현실은 아무것도 없었다. 그렇다고 과거에 머물거나, 미래로 달려가 있는 것도 아니었다. 나는 내 삶의 주인이라고 주장할 수가 없었다. 그 때 나는 나를 무슨 매체이거나 메신저로 여기고 있었다(아, 자기 의지와 무관하게 신이 내린 어린 아이가 그러했으리라). 지금 나는, 스물넷으로부터 너무 멀리 와 있다. 나는 내 몸으로부터 너무 동떨어져 있었던 것이다.

나는 걷기에 대해 말하는 것이다. 시골에서 중학교를 다닐 때까지 나는 '두 발 인간'이었다. 나는 늘 걷거나 뛰어다녔다. 소달구지는 물론이고 자전거, 오토바이, 자동차를 탄 적이 거의 없었다. 대도시에 있는 고등학교에 들어간 다음부터 나는 걷기보다는 타는 인간, 앉아 있는 인간이었다. 하루에 네 시간 이상 버스를 타고 등하교를 해야 했다. 그 뒤이십 년 넘게 나는 본격적으로, 줄기차게 걷지 않았다. 자동차 문과 건물의 입구 사이를 오갈 때만 걸었으니, 걷기에 대해 정색할 계기가 없었다. 두 다리, 두 발에 이상이 없는 한, 걷기는 당연한 것으로 넘겨짚고 있었다. 그런데 그것이 아니었다. 도보 순례를 시작하고 나서 사흘 동안, 나는 기우뚱거렸다. 도무지 걷기에 리듬이 생기지 않았다. 발바닥과 두 다리 근육만이 아니었다. 밤에 텐트 안에 누우면 온몸이 쑤셨다. 삼십 년 가까이 걷지 않던 몸이 분주하게 깨어나고 있었다.

K, 걸어서 지리산 발치를 돌며, 나는, 내 마음과 몸 사이의 거리를 생각했다. 지리산생명평화연대가 주최한 지리산 팔백오십 리 도보 순례는 지리산에 깃들어 있는 근현대사의 비극을 다시 확인하고, 뭇 생명의 건강과 평화를 도모하자는 역사적·시대적·문명사적 취지가 분명했지만, 나는 '몰래' 내 몸으로 돌아가고 있었다. 하지만 몸으로 돌아가는

나는 부끄럽지 않았다. 내가 내 몸으로 돌아가지 않는 한, 저 생명의 평화는 아무런 의미가 없을 것이기 때문이었다. 압축해서 말하자면, 내가 내 몸으로 돌아가는 과정이 곧 뭇 생명이 저마다 생명다워지는 과정일 것이었다.

지리산을 에도는 길, 내 몸과 만나려는 길 위에서, 나는 참담했다. 도대체 나는 내 몸의 주인이 아니었다. 내 마음은 내 몸과 무관하게 살아왔다. 두 발과 다리에 문제가 없으면 걷기에 문제가 없을 것이라는 안이한 인식은 내 몸 전체에 그대로 적용되었다. 지난 이십여 년 동안, 나는 허깨비였다. 몸이 없는 허깨비 영혼. 그러니, 내가 만난 사랑은 내 몸이 아니라 내 마음이 만난 사랑이었다. K, 오월의 한가운데에서, 지리산 그늘이 길게 드리워지는 저녁의 길 위에서 나는 미안했다. K, 그대에게 미안했다.

몸 없는 마음은 얼마나 불안하고 허약한가. 몸 없는 마음은 아마 제 마음을 깃들일 다른 몸을 그리워했을 것이다. 그러나 그 그리움은 이내 탐닉, 집착으로 바뀌었다. 몸 없는 마음은 중심이 없는 마음이고, 정처가 없는 마음이고, 지향이 없는 마음이었다. 그리하여 몸 없는 마음이 그토록 장악하고 싶었던 사랑은 황폐한 사랑이었다. 몸 없는 마음은 다른 마음을 만날 수가 없었다.

K, 지리산 자락의 길 위에서, 나는 내 망가진 몸을 하나하나 들여다보았다. 몸은 우선 감각이었으니, 내가 잃어버린, 아니 내가 거대 도시에서 빼앗긴 감각의 목록은 짧지 않았다. 나는 시각만 비대해진 '외계인'이었다. 청각, 후각, 미각, 촉각 등 몸으로 들어가는 채널은 거의 다 고장나 있었다. 저 오감, 즉 몸이 세상과 만나는 창窓은 망가져 있었다.

감각을 상실한 몸은 죽은 몸이었다. 오감이 온전하게 살아 있지 못한 몸은 죽은 몸이었다. 몸 없는 마음은 죽은 몸의 마음이었다.

시속 5킬로미터는 내가 잃어버린 인간의 속도였다. 나에게 지리산 팔백오십 리 도보 순례는 내가 잃어버린 저 인간의 속도를 찾아가는 길이었다. 하동 읍내에서부터 섬진강 물줄기를 거슬러 오를 때, 내 몸은 이윽고 저 시속 5킬로미터에 순응하기 시작했다. 길과 내 몸은 분리되지 않았다. 걸음걸이에 리듬이 생겼다. 길은 나를 거부하지 않았다. 나는 기온과 바람과 햇빛과 직통했다. 나는 강과 산과 들과 마을과 정면했다. 나는 흙과 돌과 풀과 나무와 눈을 맞췄다. 나는 개미와 나비와 새와 구름과 교신했다. 나는 새벽녘에도 나였고, 낮에도 줄곧 나였으며, 밤에도 나였다. 자연과 나 사이에 아무 것도 없었다.

시속 5킬로미터의 속도로 나는 내 몸과 만났다. 그러나 이십여 년 만에 만난 내 몸은 안쓰러웠다. 나는 내 몸에게 송구스러웠다. 그리고 그대, K에게 이렇게 용서를 구하고 있다. K, 몸 없는 마음은 곧 마음 없는 몸이었다. 이십대 초중반 시절은 물론이고, 정신 없이 삼십대를 통과할 때, 내 몸은 고향처럼, 혈육처럼, 지도 위의 지명처럼 늘 거기 그대로 있을 줄 알았다. 내 몸은 내 마음의 하수인인 줄로 알았다. 내가 내 몸의 실존을 발견한 것은 거대 도시의 한복판에서였다. 내 마음의 주파수를 거대 도시가 요구하는 주파수대에 맞추면서 나는 내 몸을 외면했다. 내 몸이 보내는 신호를 무시했다. 내가 거대 도시에서 인정받기 위해 애쓰는 동안 내 몸은 왜곡되고 변형됐다. 이십대 후반에 잠깐 내 몸과 마음의 결별을 목격했지만, 이내 잊었다. 삼십대 중반, 거대 도시의 속도 지상주의를 염탐한 이후 짧은 글이나 긴 글을 가리지 않고 '반反속도'를 외쳤지만, 그것은 아직 관념이었다. 주의 주장이었다. 내 몸은 여전히 속도 패권주의에 속해 있었다.

K, 밤새 섬진강이 뒤척이는 소리를 들은 것 같다. 서른 해 가까이 내 마음의 바깥에서 혹은 내 마음의 가장 안쪽에서 홀로 살아온 내 몸 역시 밤새 몸을 뒤챘다. 지리산 바깥으로 시계 방향으로 반원을 그린 지금, 나는 내 생애가 반환점을 돌고 있음을 새삼 절감한다. 반원이나 반환점이 평면이라면, 내 생의 등고선은 지금 해발 몇 미터일까. 여기서부터 내리막인가, 아니면 팔 부 능선쯤 된 것일까. 하지만 다 부질없는 잡념일 뿐이다. 반원이나 반환점, 등고선 따위는 모두 세속적이고 폭력적인 척도이다. 사십대 초반에 자기 몸을 다시 찾은 삶이라면, 그 삶은 다시 출발선에 서야 마땅한 것이다.

기억과 추억을 구별하듯이, 나는 연애와 사랑의 경계를 알고 있다. 연애는 정신병적 징후이다. 몸 없는 마음의 질주가 연애다. 몸 없는 마음은 몸이 없어서 오직 상대방의 몸에 집중한다. 상대방의 몸을 광적으로 겨냥할 때, 상대방은 마음 없는 몸이다. 몸 없는 마음과 마음 없는 몸은 결코 만날 수 없다. K, 젊은 날의 내가 그러했다.

연애는 사랑의 영토에서 변방이다. 변방이 아니라면 아주 특수한 지역이다. 연애와 사랑을 혼동하는 것은 100미터 달리기와 마라톤의 차이를 인정하지 않는 것과 마찬가지다. 강폭이 넓어질수록 유속이 느려지는 섬진강 하류에서 나는 그대에게 뒤늦은 사랑을 말하려 한다. 사랑은 온전한 몸과 마음이 또다른 온전한 몸과 마음을 만나는 것이다. 어느 한쪽이 온전하지 않다면, 그것은 사랑이 아니고 헌신이거나 희생일

터이다. 이십여 년 전, 나의 그 무모한 돌진, 그 무지막지한 에너지의 폭발을 감당해 준 그대에게 나는 이제 사랑을 말하려 한다. 헌신과 희생이 아닌 사랑 말이다.

길 위에서 나는 시속 5킬로미터의 속도로 내 몸을 되찾았다. 내 몸의 감각들이 매순간 되살아나고 있다. 자연과 나 사이에 아무 것도 없다고 말할 만큼 나는 몸으로 돌아가 있다. 나는 문자 그대로, 갱생하고 있다. 하지만 두렵다. 이 도보 순례를 마치고 다시 거대 도시로 귀환할 때, 나는 또 얼마나 심한 부적응에 시달릴 것인가. 하지만, 나는 걷기 이전의 내가 아닐 것이다. 길 위에서 먹고 자고 걸으며 나는 알았다. 감각에 민감할 것, 감각에 충실할 것! 감각이 바로 몸을 복원하는 길의 출발점이었다!

K, 길 위에서 먹은 밥이 그대로 힘이 되고 있다. 섬진강 제방 길이 그대로 내 몸 속으로 들어온다. 나는 어제도 아니고 내일도 아니다. 나는, 내 몸은 오늘, 오늘이다.

한 일 자 긋기
손이 마음이다

　지난 봄이었던가. 평소 존경해마지 않는 스님의 거처를 찾은 적이 있다. 워낙 막힘이 없이 자유자재한 스님. 일찍이 컴퓨터와 인연을 맺었고, 독서광일 뿐만 아니라, 만화까지 섭렵하신다. 늘 '허허' 웃으시는 인상이 영락없이 마애불이시다. 마애. 그리고 보니 스님 뒤에는 늘 커다란 바위가 턱 하니 버티고 있는 듯했다. 그 바위의 무게(법력)는 제대로 읽지 못하고, 바위의 작은 한 부분인 낯빛만 살폈으니.

　봄날 저녁, 봄바람을 어쩌지 못하고 거나하게 술을 걸친 뒤였으니, 나는 아주 버르장머리가 없어져 있었다. 책꽂이에 있는 책 몇 권을 뒤적이다 보니, 벼루와 붓, 화선지가 눈에 들어왔다. "아니, 스님, 요즘에는 붓글씨까지 하세요?" 스님은 빙긋이 웃으며 종이를 펼치시는 것이었다. "한 번 써 봐." 초등학교 때 신문지에 붓글씨 연습을 한 이래, 거의 처음으로 잡아 보는 붓이었다. 사군자나 동양화에 대해서는 문외한 인 데다, 붓조차 제대로 잡을 줄 몰랐다. 스님 앞이어서 그랬을까. 대뜸 장난기가 발동했다.

대원군의 난이나 강암의 대나무는 어불성설이고, 그래서 십여 년 전 흑산도에 갔을 때 보고 들었던 풍란을 머릿속에 그려 보았다. 흑산도 어부들은 풍란꽃이 필 무렵이면 안개를 두려워하지 않는다. 풍란꽃이 피면 흑산도는 온통 '향기의 등대'로 돌변한다. 풍란의 짙은 향기는 섬 기슭을 흘러내려 안개와 바다 사이로 난 틈을 타고 사방으로 퍼져 나간다. 아, 하얀 치마처럼 흘러내리는 풍란의 향기라니. 흑산도 어부들은 풍란 향기를 맡으며 항구를 찾아온다. 그러나 등대 같은, 하얀 속치마 같은 풍란 이야기는 이제 전설이다. 일제 강점기 이후, 외지인들이 풍란을 마구 캐 갔다. 그 바람에 풍란꽃이 더는 등대 역할을 해 주지 않아, 흑산도 어부들도 안개가 심한 날은 뱃일을 하지 않는다.

그 흑산도 풍란을 그려 보일 수 있다면 얼마나 좋았을까. 나는 술김에, 오기로, 「석도화론」에 기대어, 한 일— 자를 그어 보기로 했다. 쓰지 않고 '긋기'로 했다. 그런데 웬걸, 파지를 서른 장이나 냈는데도 한 일 자는 제대로 그어지지 않았다. 한쪽이 너무 올라간 것, 가운데 선이 너무 굵은 것, 힘이 없는 것, 꼬리가 경박한 것…. 아무 생각 없이, 단숨에 긋는 선이었는데, 도무지 마음에 드는 것이 없었다. 백 장 가까이 한 일 자를 그어 댔지만, 결과는 마찬가지였다. 당혹스러웠다. 부끄럽기보다는 참담했다. 화까지 치밀었다. 한 일 자 하나 제대로 긋지 못하다니.

손은 마음이었다. 쓰는 손, 긋는 손, 뭔가 만드는 손, 만지는 손, 가리키는 손, 손은 늘 마음이었다. 그러나 손과 마음 사이의 거리는 너무 멀고, 마음에서 손으로 가는 길(회로)은 갈래가 너무 많았다. 빼어난 서예가는 마음과 손 사이가 멀지 않다. 마음에서 손으로 가는 길도 단 한 길, 외길이었다. 마음과 손의 거리를 단축시키고, 그 길을 단순화하기 위해, 서예가들은 언제나 몸과 마음을 가다듬는다. 쉬지 않고 연습하는 것이다. 몸과 마음이 정갈해지지 않는 한, 한 일 자는 절대 그어지지 않는다.

스님은 말없이 내가 종이와 먹과 붓을 남용하는 것을 지켜보셨다. 스님은 내가 수백 번의 한 일 자 긋기에서 무너지고 있음을 훤히 알고 계셨을 것이다. 그 날 나는 알았다. 나는 내 손의 주인이 아니었다. 내 손은 내 것이 아니었고, 내 마음도 내 것이 아니었다. 나는 분열되어 있었다. 그 날 스님 앞에서 나는 알았다. 손과 마음 사이의 거리, 마음에서 손에 이르는 통로. 그 안에 내 삶의 거의 모든 문제가 깃들어 있음을.

손을 장악하자, 손을 제멋대로 방치하지 말자, 손이 곧 마음이다! 그 날 스님 앞에서 얼굴이 벌개진 뒤로, 내가 명심하게 된 '자경문自警文'이다. 손이 곧 마음이다.

나는 습관이다

언젠가 라디오에서 들은 한 마디가 잊히지 않는다. '습관이 바로 그 사람이다'. 나는 무릎을 쳤다. 그랬다. 나는 습관이었다. 나는 누구인가 라는 막막하기 그지없는 질문에 답할 수 있는 흔치 않은 방법이 바로 나의 습관을 들여다보는 것이다. 습관을 고칠 수 있다면, 나는 다시 태어날 수 있는 것이다.

좋은 사람이란, 좋은 습관을 많이 가진 사람이다. 나쁜 사람은 나쁜 습관을 가진 사람이다. 나는 나쁜 사람이다. 좋은 습관이 거의 없기 때문이다. 매일 한 시간씩 걸으려고 하지만, 아직 습관이 되지 못했다. 술과 담배를 아직도 끊지 못하고 있다. 남을 도와야 한다고 다짐하지만, 남으로부터 도움을 받을 때가 훨씬 많다. 가만히 앉아 눈을 감고 마음을 '끄고' 싶어하지만, 그 때마다 마음은 소용돌이친다.

다행스럽게도, 내 주위에는 좋은 습관을 가진 친구들이 많다. 한 친구는 '선물광'이다. 만날 때마다 뭔가 손에 쥐어 준다. 일정한 수입이 없는 천하의 백수인데도 남에게 주기를 좋아한다. 책, 엽서, 초콜릿, 귤, 연필 등등. 친구의 커다란 가방에서는 늘 뭔가 나온다. 그 친구한테서 배웠다. 선물은 마음이었다. 선물하는 습관은 지갑의 두께와 무관했다.

다른 한 친구는 남을 돕는 습관이 있다. 그런데 아무 때나 돕지 않는다. 자기가 도울 수 있는 사안인지 아닌지를 따진 다음, 도울 수 없을 경우, 그 자리에서 돕지 못하겠다고 잘라 말한다. 반면, 도울 수 있을 때는 끝까지 돕는다. 자기 일처럼 소매를 걷어붙이고 달려든다. 그 친구는 "돕다가 중간에 그만두면 돕지 않은 것만 못하다"라고 밀했다. 도중에 돕기를 그만두면 기왕의 관계가 깨질 확률이 크다는 것이었다.

두 친구의 좋은 습관(남을 돕는 것을 습관이라고 말하는 것은 억지에 가깝다. 습관보다는 기질이나 성격, 의지가 적절할 것이다)을 배우기 위해 나름대로 노력해 보았지만, 아직 몸에 배지 않았다. 한때 만년필이나 볼펜 같은 필기도구를 건네주는 버릇이 있었는데, 몇 가지 문제가 있었다. 우선은, 내가 쓰던 것을 선물했다는 것이고, 둘째는 그것이 몽블랑이나 워터맨 같은 명품이었다는 것이다. 받는 쪽에서 부담스러웠던 것이다. 게다가 그것을 선물하는 자리가 술자리였던 것이다.

누군가에게 뭔가를 줄 때에는 세심하게 배려해야 한다. 도움을 받을 때는 용기가 필요하지만, 도움을 줄 때에는 지혜가 필요하다. 그런데 그 지혜는 모두 밖에, 위에 있다. 선생님이나 선배들로부터 배워야 한다는 것이다. 내가 대학교 은사로부터 전수받은 '선물하는 법' 가운데 이런 것이 있다. 가령 철수에게 만년필을 선물한다고 할 때, 만년필 케이스 안에다 '철수는 만년필이 필요하다' 라고 써 놓는 것이다. 철수는 이 글귀를 보는 순간, 부담감을 털어 버린다. 설령 만년필을 원하지 않았다고 해도, 갑자기 만년필이 필요하다고 생각한다. 선물하는 쪽보다 선물을 받는 쪽의 입장이 강해지는 것이다.

'OO는 OO이 필요하다' 라고 써서 선물하는 습관은 이내 몸에 뱄다. 직장을 잃고 어깨가 축 늘어진 후배에게 용돈을 건네줄 때는 이렇게 쓴다. "OO은 술값이 필요하다." 밥 사먹을 돈조차 없는 가난한 학생에게 봉투를 쥐어 줄 때는 봉투 겉에다 "OO은 책값이 필요하다"라고 쓴다.

나쁜 습관은 저절로 들지만, 좋은 습관은 절대로 저절로 몸에 배지 않는다. 나처럼 나쁜 습관이 많은 사람에게는 새로 들여야 할 좋은 습관이 따로 있지 않다. 나쁜 습관을 버리는 것 그 자체가 좋은 습관을 새로 들이는 것이기 때문이다. 요즘 내가 버리고 싶은 나쁜 습관 가운데 하나가 늦게 잠드는 것이다. 일찍 자고 일찍 일어나고 싶은데, 만만치가 않다. 일찍 자려면 삶의 패턴을 전부 재조정해야 한다. 습관은 아무리 작은 것이라고 해도 고치기 어렵다. 작은 습관 하나에 삶의 전부가 연루되어 있기 때문이다. 그래서 작은 습관 하나를 고칠 수 있다면, 모든 것을 고칠 수 있다. 나를 바꿀 수 있다.

습관을 바로 보는 것, 그것이 깨어 있는 정신이다. 습관을 고치는 삶, 그것이 깨어 있는 삶이다. 나는 습관이다. 습관이 바로 나다.

라연구정

김운구 사진

기도하는 법을 알지 못해서

처음엔 어리둥절해하다가, 차츰 난감해지기 시작했다. 친구가 일러 준 대로, 일주문 근처에서 사 들고 간 양초에 불을 붙이고, 쌀 한 봉지를 불전함 옆에 놓았다. 문제는 그 다음이었다. 그 넓고 넓은 대웅전 안에 내가 엎드려 절할 데가 없었다. 아니, 어디에서 어느 부처를 향해야 하는지 나는 모르고 있었다. 평소 눈여겨보지 않은 탓도 있었지만, 불상들이 그렇게 낯설어 보일 수가 없었다.

대웅전 안에는 제법 많은 신자들이 저마다 절을 하고 있었다. 긴 염주를 세며 백팔 배를 올리는 아주머니가 있는가 하면, 무릎 꿇고 앉아서 낮은 목소리로 경을 외우는 할머니도 있었다. 나는 뭔가 결심을 하지 않을 수 없었다. 대웅전 안에까지 들어온 것만 해도 나 같은 무신론자에게는 하나의 사건이었다. 긴 방석을 하나 가져와, 그 위에 단정하게 앉았다. 그리고 마음을 다잡았다. 내 소원이 간절하고, 또 소원을 비는 내 태도가 지극하다면 무엇이 문제란 말인가. 형식이나 절차가 무슨 의미가 있단 말인가.

부처님께 내 속내를 털어놓기로 했다. 몸에 익지 않은 자세로 엉거주춤 절을 올리느니, 이름조차 모르는 보살상에게 비느니, 부처님께 하소연을 하기로 한 것이었다. '부처님, 지금 제 아내 뱃속에서 자라고 있는 아이가 뭔가 이상한 모양입니다. 부디 아무 이상 없이 이 세상에 태어나게 해 주십시오.' 그러고 나서, 나는 그 동안 내가 지은 죄들을 고백했다. 그러고 보니, 나의 삶, 삼십대 후반의 내 삶은 온통 죄로 가득했다. 단 하루, 단 한 시간도 죄를 짓지 않은 경우가 없었다. 심지어 내가 내쉬는 날숨조차도 지구에게 해가 되는 것 같았다.

며칠이나 대웅전을 찾았을까. 일관성과 집중력이 턱없이 부족한 나는 그 해 봄이 끝나는 것과 함께 기도를 접고 말았다. 형식이나 방법의 필요성을 절감한 것이었다. 그렇다고 지나가는 스님을 붙잡고 여쭤 볼 수도 없었다. 아예 불교 신자가 되지 않고서는 제대로 된 기도를 하기가 어려울 것 같았다. 그 무렵 우연히 연극 하는 선배를 만난 자리에서 기도하기가 여간 난감한 것이 아니라고 말했더니, 그 선배가 씨익 웃으면서 이렇게 말하는 것이었다. "나는 말이야, 불교는 감당하기가 어려워. 어떻게 혼자 깨달아 부처가 될 수 있단 말이냐. 나는 쉬운 길을 택했어. 교회에 가서 무조건 하나님께 의탁하는 방법 말이야."

선배는 전혀 세속적인 사람이 아니었다. 계산에 빠른 사람도 아니었다. 그야말로 연극에만 전념하는 맑고 고운 심성을 가진 선배였다. 그 선배의 말을 듣고 나서 기독교에 대해 다시 생각하게 되었다. 그 해 가을이던가. 소설을 쓰는 어느 선생님 댁을 찾아갔다가 '화살 기도'라는 말을 처음 들었다(가톨릭 신자분들은 웃으시겠지만). 선생님이 일러 주신 화살 기도란 다른 것이 아니었다. 화살을 쏘듯이, 가장 단순한 말로 기도를 하라는 것이었다. "우리 아이 빨리 걷게 해 주세요"처럼 짧은 문장으로 기도를 올리라는 것이었다. 그래야 하느님께서 알아들으신다는 것이었다.

화살 기도하는 법을 듣고 나자, 베트남 출신으로 지금은 프랑스에서 포교 활동을 하고 있는 틱낫한 스님이 떠올랐다. 구 년 전인가, 그분이 서울에 왔을 때, 취재차 잠깐 뵌 적이 있는데, 행선行禪을 하라는 것이었다. 규칙적으로 걸으면서 호흡을 하거나, 짧은 기도문을 외우는 선수행법인데, 스님이 프랑스로 돌아가신 뒤 까맣게 잊고 있었다. 실제로 행선을 해 본 것은 지난 해 오월, 걸어서 지리산을 한 바퀴 돌 때였다.

나는 칠 년 전, 그러니까 서른여덟에 '만득이'를 얻었다. 첫 딸아이와 아홉 살 터울이다. 그런데 이 둘째가 여간 '말썽'을 부린 것이 아니었다. 발육이 너무 늦었다. 첫 돌이 지났는데도 혼자 앉지를 못했다. 다섯 살에야 양 손을 잡아 주면 겨우 걸었다. 혼자 일어나 몇 걸음 뗀 것이 지난 해 겨울이었다. 여섯 살에야 걷기 시작했으니, 늦둥이도 보통 늦둥이가 아니었다. 나와 아내, 아니 아내가 감내한 '마음고생'은 굳이 밝히지 않겠다. 그리고 그 고생이 끝난 것도 아니다. 다만, 교회에 다니는 아내가 아들을 통해 은혜와 감사를 느끼고 있다는 사실만 적어 둔다.

지난 해 봄, 큰스님을 따라 열엿새 동안 지리산 팔백오십 리 도보 순례를 할 때, 나는 아무도 모르게 행선을 했다. 걸으면서 아무런 조건을 달지 않고 화살 기도를 올렸다. "우리 아들 걷게 해 주세요." 산청에서 하동으로 넘어가던 엿새째 날, 내 도보 순례는 절정에 도달해 있었다. 몸과 마음이 한없이 자연에 가까워져 있었다. 성인이 된 이후 서울에서 찌든 몸과 마음이 새롭게 태어나고 있었다. 햇빛과 바람, 산과 들, 길과 나 사이에 아무 것도 없었다. 내 마음은 거의 텅 비어 있었다. 나는 걸음을 옮길 때마다 마음 속으로 '화살'을 날렸다. "우리 아들 걷게 해 주세요." 도보 순례 행렬 맨 뒤에서, 나는 처음으로 기도하는 법을 익힐 수 있었다.

불상 앞에 촛불을 붙이고, 걸으면서 화살 기도를 하는 나 같은 무신론자의 고백은 한국의 종교 현실에서 쉽게 받아들여지지 않을 것이다. 아직도 종교 사이의 벽이 높고 완강하기 때문이다. 종교 간의 갈등은 내가 보기에, 전혀 종교적이지 않다. "나는 (직업적) 기독교인을 싫어한다. 왜냐하면 그들이 가장 예수를 닮지 않았기 때문이다"라고 지적한 재미 신학자의 저서가 기억에 오래 남는다. "한국 불교는 너무 귀족적이다"라는 한 스님의 일갈에 대해서도 나는 공감하고 있다. 종교 간 대화가 이루어지지 않는다면, 우리가 바라 마지않는 인간과 인간 사이의 관용, 인간과 자연과의 상생은 가능하지 않다.

지난 해, 새만금 사업을 저지하기 위해 명동성당에서 청와대까지 함께 삼보일배(세 걸음 걷고 한 번 절하는 수행법)를 하던 수경 스님과 문규현 신부의 경건한 모습이 생각난다. 독실한 기독교 신자이면서도 달라이 라마를 존경한다는 현경 교수도 있다. 집 안에 불상과 마리아상을 나란히 모시고 있는 이현주 목사도 있다. 하지만 아직도 부처와 예수를 닮지 않은 종교인들이 더 많은 것 같다.

　가끔 아내는 나에게 교회에 다니라고 권유하면서 이렇게 말한다. "당신은 하나님께서 쓰실 일이 아주 많은 사람이에요"라고. 하지만 나는 아직도 교회나 절에 나가지 않는다. 예수나 부처를 부정하는 것이 아니다. 나같이 나약하고 허술하고 부족한 것이 많은 삶이 어찌 저 '완성된 인간'을 무시할 수 있단 말인가. 나야말로 종교가 필요하다. 하지만 (기업과 다름없는) 교회나 절, 그러니까 그 종교를 수단화하는 제도와 형식을 받아들이기가 힘든 것이다. 나에게 절실한 종교는 내가 마침내 '모방'해야 할 삶의 모델로서의 예수나 부처이다. 내 삶에서 화급한 종교는 성서와 경전이다. 내가 수용할 수 있는 종교석 형식은 아직도 백팔 배나 화살 기도 수준이다.

최후의 아버지, 최초의 아버지

 '노인의 자제.' 초등학교 다닐 때, 선생님들은 나를 저렇게 불렀다. 아버지가 나를 쉰에 나았다고 해서 '쉰둥이'라고 부른 어른들도 있었다. 어릴 적, 늙은 아버지와 어머니는 내게 적지 않은 콤플렉스였다. 내 친구들의 부모는 우리 부모에 견주어 젊디젊었다. 게다가 우리 부모는 황해도에서 내려온 피난민, 실향민이어서 일가 친척이 거의 없었다. 친할아버지, 할머니는 물론 외가 쪽 피붙이도 전혀 없었다. 친구들이 자기 할아버지나 삼촌, 이모를 부를 때 그렇게 부러울 수가 없었다.

 아버지는 1909년생이고, 나는 1959년에 태어났다. 1989년에 돌아가셨으니, 아버지는 20세기를 고스란히 관통하신 것이다. 아버지는 전근대의 끝에서 식민지를 거쳐, 해방 공간과 한국전쟁, 그리고 근대화 시기를 통과해 20세기 말엽에 눈을 감으셨다. 아버지는 그야말로 '너무 많은 시대'를 살다 가셨다. 아버지는 평생 농부였지만, 농부였다고 해서 저 시대와의 불화로부터 멀었던 것은 아니었다.

하지만, 아버지에게 근대는 거의 주입되지 않았던 것 같다. 옷만 해도 그렇다. 아버지는 평생 한복을 고집했다. 양복이 아예 없었다. 아버지의 옷에서 근대는 중절모와 구두까지만이었다. 몇 해 전, 21세기를 맞이하면서, 아버지를 생각한 적이 있다. 아버지에게 과연 '나'라는 것이 있었을까. 사회적 자아는 있었을지언정, 개인적 자아는 거의 없었을 것 같았다. 저 프로이트가 말하는, 서구 사회학과 심리학이 말하는 '주체'는 없었을 것이다. 아버지의 유전자는 전적으로 조선 왕조의 유전자였다. 농경 공동체 문화, 가부장적 문화, 남성 중심적 문화를 그대로 전수받았다. 그러나 아버지는 마지막 아버지였다. 물려받은 대로, 물려줄 수 있었던 마지막 아버지.

그러고 보니, 나는 마지막 아들이자, 최초의 아버지이다. 나는 마지막 아버지로부터 많은 것을 물려받은 마지막 아들이지만, 물려받은 것을 내 아들딸에게 물려줄 수 없는 최초의 아버지이다. 이 사태는 매우 분열증적이다. 아버지는 족보로부터 시작해 관혼상제 일체를 고스란히 내게 전수했지만, 나는 그것을 사용할 수 없었다. 차례와 제사가 아파트로 들어가고, 돌잔치나 결혼식, 이제는 장례식까지 '서비스 업체'가 도맡는다. 특히 아버지의 권위. 내게는 아버지가 누렸던 권위가 전혀 없다. 나는 아내에게 꼼짝 못하는 좀스런 남편이고, 아들딸의 핀잔 앞에서 속수무책인 허약한 가장이다.

한때 좋은 아버지가 되자는 캠페인이 벌어진 적이 있다. 저와 같은 캠페인이 전개될 수밖에 없었던 이유는 분명하다. 최초의 아버지들이

혼란스러워하고 있는 것이다. 이른바 역할 모델이 없기 때문이다. 근대화 프로젝트는 눈부셨지만, 그리하여 가족을 해체하고, 나고 자란 농촌을 버리고 모두들 거대 도시로 빨려 들어갔지만, 새로운 형태의 가족은 그 새로움에 적응할 겨를이 없었다. 아버지는 아버지대로, 어머니는 어머니대로, 아들딸은 아들딸대로 '황무지'에 놓였다. 산업 사회와 가족 사이에는 엄연한 시차가 있었다. 하지만 그 시차를 좁히기 위한 사회적 노력은 전무했다. 국가가 주도한 근대화는 국민을 모두 도시로 끌어들여 놓고는 방치했다. 가족은 더는 가족이 아니었다. 가족 구성원은 '산업 전사'일 따름이었다.

삼 년이 지나면, 아버지가 나를 낳은 나이가 된다. 쉰. 그 때 나는 또 한번 아버지를 놓고 심하게 앓을 것이다. 나이 쉰에 나를 낳아 놓고, 아버지는 무슨 생각을 했을까. 뒤늦게 둘째 아이를 낳았을 때, 내 나이 서른여덟이었다. 분만실 앞에서 나는 손을 꼽고 있었다. 둘째가 대학을 졸업할 때까지, 그러니까 앞으로 이십오 년을 더 벌어야 하는구나, 육십대 중반까지 죽어라고 일을 해야 하는구나, 하며 혼자 중얼거리고 있었다.

푸른빛을 띠던 아버지 손등의 힘줄이 눈에 선하다. 늘 수염에 가려져 있던 입술 왼쪽의 작은 혹도 떠오른다. 큰 코에 유난히 깊고 그윽하던 눈매며, 지포 라이터에서 나던 휘발유 냄새도 또렷하다. 내 두 아이들은 나에게서 무엇을 기억할 것인가. 나는 두 아이에게 무엇을 물려줄 것인가. 물려받았지만, 물려줄 것이 별로 없는 최초의 아버지는 고단하고 외롭다.

촛불은 시, 강력한 시였다

결국 인터넷에서 보았다. 광화문(사실은 세종로다) 네거리와 청계
광장, 시청 앞 서울 광장에서도, 서대문으로, 안국동으로 행진하면서도
찾지 못했던 구호를 블로그에서 만났다. 아스팔트 바닥을 찍은 한 장의
사진. 거기에는 이렇게 씌어 있었다. "소를 생명으로 존중할 때 광우병
은 사라진다."

촛불 시위는 충격의 연속이었다. 여전히 레드 콤플렉스와 지역 감정
에 휘둘리는 전쟁세대만 놀란 것이 아니었다. 권위와 중심을 중시하는
기성세대만 경악한 것이 아니다. 유신세대와 386세대 사이에 끼어 있
는 나는 '한 시대가 갔다'며 시원섭섭해했다. 디지털 게릴라들도 스스
로에게 놀랐을 것이다. 40일 넘게 촛불이 타오르면서, 우리를 놀라게

한 것은 '그들'이 아니었다. 우리가 '우리'에게 놀랐다. 우리 아이들이 이렇게 똑똑하단 말인가, 우리 시민들에게 이런 자발성과 창의력과 실천력이 있었단 말인가, 대중들 안에 이렇게 다양한 '다중'들이 있었단 말인가. 하지만 나는 조금 의아했다. 지난 해 하반기 국제 곡물 가격이 폭등할 때, 우리 사회가 내놓은 최종적 대안은 외국에 식량 기지를 건설하자는 것이었다. 쌀을 제외하면 식량 자급률이 5퍼센트가 안 되는 나라인데, 농업을 되살려야 한다는 목소리는 거의 들리지 않았다. 5월 이후 주말마다 서울 한복판이 '촛불의 바다'로 변했지만, 축산업에 대한 반성은 주요 이슈가 되지 못했다. 먹을거리 전반에 대한 성찰은 눈에 띄지 않았다. 인간 중심주의가 문제의 핵심이라는 근원적 지적에는 '댓글'이 거의 달리지 않았다.

광우병이 의심되는 미국산 쇠고기 수입 반대, 대운하 반대, 공기업 및 의료보험 민영화 반대, 교육의 시장화 반대…, 나 역시 반대한다. 그러나 내가 반대하는 이유는 조금 다르다. 이명박 정부를 탄생시킨 것은 경제 논리였다. 이명박 정부로 하여금 인수위를 꾸리자마자 가속 페달을 밟게 한 '배후 세력'도 경제 논리였다. "이명박은 물러가라"고 외치는 촛불들의 근거와 논리가 이명박 정부에 견주어 훨씬 합리적이지만, 그렇다고 촛불들이 경제 논리를 벗어난 것으로 보이지는 않았다. 촛불 정국을 단순화하면, 가진 자의 무자비한 경제 논리와 못 가진 자의 합리적 경제 논리가 대결하는 구도다. 경제 논리가 공통분모인 것이다.

십수 년 전부터 나는 식탁이 문명사적 전환점이 될 것이라고 믿어 왔다. 광우병 사태의 한 본질은 여전히 식탁이다. 미국산 쇠고기가 들어오지 않는다고 해도 먹을거리의 문제는 그대로 남는다. 만에 하나 정권이 퇴진한다고 해도 현재 수준의 경제 논리가 지속하는 한, 먹을거리의 위험성은 해결되지 않는다. 현재 수준의 경제 논리란, 한 마디로 지구를 과도하게 사용하는 논리, 즉 산업 자본주의 문명을 작동시키는 논리를 말한다. 곡식이나 가축을 생명이 아니라 '공산품'으로 보는 시각, 지구를 무한히 사용할 수 있는 투자 대상으로 여기는 인식이 사라지지 않는 한 식탁은 안전해지지 않는다. 우리 몸이 중금속 저장고가 된다면, 다른 부문의 눈부신 풍요와 편리가 무슨 소용이 있단 말인가.

시민들이 촛불을 켜들고 직시한 것 가운데 하나가 경제 논리의 묵시록적 미래라고 나는 생각한다. 그렇다면, 우리가 고민해야 할 주제는 경제 논리의 다음이다. 지구적 차원에서 보면, 경제 논리는 인간 중심주의의 다른 이름이다. 반인간적이고 반생명적인 경제 논리를 넘어서는 새로운 논리가 바로 생명 논리다. 인간과 인간, 인간과 생명이 서로 평화롭게 공존하는 세상을 건설하는 새로운 에너지가 생명 논리다.

촛불의 바다 한가운데에서 나는 보았다. 세종로 네거리를 가로막은 컨테이너의 정면에다 "경축 명박산성"이라는 현수막을 내거는 '집단 지성'의 창의력과 실천력을. 그것은 시였다. 사태의 본질을 꿰뚫는 강력한 시였다. 언어는 살아 있었다. 한 마디 언어가 세상을 움직였다. 여기에 "소를 생명으로 존중"하는 생명 논리가 가세한다면, 촛불은 우리의 식탁을 밝힐 것이다. 그 때의 촛불은 정권 퇴진 차원을 넘어, 지금과는 다른 민주주의를 넘어, 문명사적 전환을 알리는 신호탄이 될 것이다.

어느 '4학년 7반'의 일기
힘과 용기 사이에서

1월 00일. 실로 오랜만에 중학교 친구들을 만났다. 동창회장이 올해 가 졸업한 지 삼십 년 되는 해라며 여러 차례 연락을 해 왔다. 선생님들 도 모신다는 것이었다. 토요일 오후, 인천의 한 관광호텔 지하 뷔페. 십 수 년 만에 만나는 얼굴에서부터 정말 삼십 년 만에 처음 보는 친구와 선생님들도 있었다. 사실 동창회에 나가려면 용기가 필요하다. 서울에 서 가까운 시골 중학교 출신들. 개중에는 땅부자가 많았다. 동기들 가 운데 나처럼 소 팔고 땅 팔아 대학을 나온 경우는 몇 되지 않는다. 그런 데 대학을 나온 월급쟁이들이 제일 가난하고 전망이 없는 축에 낀다. 아버지가 물려준 땅 덕분에 '시커먼 큰 차'를 모는 친구들 앞에서 나는 직장 이야기를 꺼내지 않았다. 동창회에 참석하지 못한 친구들의 근황 도 물어 보지 않았다. 누구는 벌써 죽었거나, 또 누구는 명예 퇴직을 했거나 부도가 났으리라. '4학년 7반'이면 삶이 크게 커브를 틀 때다. 지나온 삶과 살아갈 삶이 도무지 같지 않다. 경계의 시절이다. 대체 이 사태는 누구 탓인가.

1월 00일. 동창회 뒤끝이 뒤숭숭하다. 교감 선생님께서 "절대 포기하지 마라"는 윈스턴 처칠의 말을 인용하며 축사를 마쳤을 때 한 녀석이 농담 비슷하게 털어 놓은 말. "여기 모인 애들 땅값을 합치면 몇조 원은 될 거야." 땅이 없는 나는 아무 말도 하지 않았다. 동창회에서 나는 많이 참은 것 같다. 노래방에 가서도 나는 애써 옛 이야기만 고집했다. 나는 용기가 없었던 것이다. 요즘 들어 힘과 용기에 대해 민감해진다. '힘과 용기의 차이'라는 시가 있다. 거기에 이런 구절이 있다. "이기기 위해서는 힘이, 져 주기 위해서는 용기가 필요하다." 사십대 중반으로 접어들면서 용기가 절실해진다. 용기가 있었다면 땅부자 친구들 앞에서 나는 아주 유연했으리라.

2월 0일. 휴대 전화 화면을 딸아이 얼굴 사진으로 바꿨다. 딸애가 필리핀으로 어학 연수를 떠난 지 꼭 한 달이 되었다. 아내가 아는 사람을 통해 학교를 소개받고, 비자를 얻고, 비행기표를 끊을 때까지만 해도 대수롭지 않게 여겼다. 그런데 그게 아니었다. 막상 딸애를 보내고 나자, 어쩌면 영영 만나지 못할 수도 있다는 생각이 들었다. 어학 연수를 마치고 그 곳에서 학업을 계속한 뒤, 외국에서 직장을 잡고, 또 외국 남자를 만나 결혼하고…. 맏딸을 결혼시키고 눈물을 뚝뚝 흘린다는 아버지들을 갑자기, 전적으로 이해하게 되었다. 휴대 전화를 열 때마다 딸애가 '아빠, 힘들어 하지마' 하고 말을 걸어오는 것 같다. 나는 힘이 있어야 한다.

2월 0일. 오전 간부 회의에서 '깨졌다.' 임금 협상 시기인데, 간부로서 평사원들을 설득하기는커녕 동조했다는 것이었다. 몇 년 전, 존경하던 상사가 사표를 던지기 직전 내게 이렇게 말했다. 더는 후배들의 노동력에 빌붙고 싶지 않다고. 그 때가 막 명퇴자들이 속출할 때였다. 후배들을 바로 보기가 힘들다. 내가 후배들을 다그치면, 저 혼자 살아남기 위해 저러는 것이라고 할 테고, 무심하게 굴면 능력도 없는 것이 아직도 붙어 있다고 할 것이다. 나는 경계인이다. "사랑하기 위해서는 힘이, 사랑받기 위해서는 용기가 필요하다." 그런데 나는 힘도 없고 용기도 없다.

2월 0일. 사십대 중반에 퇴직을 하고 평균 연령까지 사는 데에 팔억 원이 든다는 얘기를 들었다. 앞으로 삼십 년을 더 사는 데 팔억이 있어야 한다. 아이들 학비나 결혼 자금은 포함되지 않은 액수일 터. 생명 보험과 국민 연금 말고는 재테크라곤 하나도 없으니, 아, 나는 시인입네 하면서 정말 이슬만 먹고 살았구나. 며칠 전 중학교 동창회에서 영어 선생님이 하신 말씀이 떠오른다. "문재, 너 시인 냄새가 풀풀 나는구나." 혹시 그 냄새가 궁핍의 냄새는 아니었을까. "홀로 서기 위해서는 힘이 필요하고, 누군가에게 기대기 위해서는 용기가 필요하다." 힘과 용기가 동시에, 그것도 많이 있어야 하는데, 나는 힘과 용기 사이에서 어지럽기만 하다.

우리를 슬프게 하는 것들
인천고 77회 졸업 30주년 기념식에 부쳐

울음 우는 아이들은 우리를 슬프게 한다. 정원의 한 모퉁이에서 발견된 작은 새의 사체 위에 초추의 양광이 떨어질 때, 대체로 가을은 우리를 슬프게 한다. 가을비 쓸쓸히 내리고 그리운 이의 발길은 끊겨져 거의 한 주일이나 혼자 있게 될 때.

옛 친구를 만났을 때, 학창 시절의 친구 집을 방문했을 때, 그것도 이제는 그가 존경받을 만한 고관 대작, 혹은 부유한 기업주의 몸이 되어, 몽롱하고 우울한 언어를 조종하는 시인밖에 될 수 없었던 나를 보고 손을 내밀기는 하되, 이미 알아보려 하지 않는 듯한 태도를 취할 때—.*

가을은 대체로 우리를 슬프게 한다.

*1970년대 고등학교 국어교과서 에 실려 있던 안톤 슈낙의 산문 '우리를 슬프게 하는 것들' 에서 발췌, 인용한 것이다.

지금은 고층 아파트가 치솟아 있는 신도시, 염전이 있던 자리가 우리를 슬프게 한다. 오후 세시, 역광을 받아 한 번 더 빛나는 억새꽃이 바람에 흔들리고, 교련복을 입고 따라 부르던 철 지난 유행가 한 자락이 들려올 때, 기우뚱거리며 소래철교를 지나는 수인선 열차의 멀어져 가는 풍경이 떠오를 때, 소나기가 지나간 소금창고 뒤에서 몰래 피우던 담배 연기가 생각날 때, 섬에 저녁 불이 하나둘 들어오는 것을 볼 때, 갑자기 그 여자의 옛날 집 주소가 떠오를 때ー.

　보험 광고 모델로 나온 이소룡의 웃는 얼굴은 우리를 슬프게 한다.
　지하에 있는 술집은 더 이상 들어가기가 싫어질 때, 후배들에 이끌려 들어간 노래방에서 송창식이나 조용필의 노래를 고를 때, 게다가 그 노래의 제목이 생각나지 않을 때, 신입사원들이 고래고래 함께 부르는 노래가 소음으로 들릴 때, 가족과 함께 코미디 프로를 보다가 혼자 웃지 않게 될 때ー.

　출근 시간은 우리를 슬프게 한다.
　오전 8시에 지하철에 오르면, 내가 가장 나이가 많은 축에 든다. 오후 3시, 교외로 나가는 지하철에 앉아 있으면, 내가 가장 나이가 어린 축에 낀다. 지하철이나 버스 같은 대중교통 수단은 우리를 슬프게 한다.

　집은 우리를 슬프게 한다.
　아내의 안테나가 온통 아이들에게만 집중되어 있을 때, 술에 취해 새벽에 귀가해 혼자 냉장고 문을 열 때, 아이들이 먹다 남은 우유를 벌컥

벌컥 들이마실 때, 어느 일요일 오후, 텔레비전을 보다 말고, 이 집에 내가 혼자 있을 수 있는 공간이 없다는 걸 새삼 느낄 때, 그리하여 내가 하숙생 혹은 외계인처럼 느껴질 때—.

나이는 우리를 슬프게 한다.

나이를 만으로 계산하기 시작할 때, 아버지가 나를 낳은 나이가 벌써 지나가 버렸다는 사실을 깨달을 때, 프로야구 감독 중에 나보다 나이가 어린 감독이 더 많다는 것이 새삼스러워질 때, 친구들과 만난 자리에서 중고등학교에 다닐 때, 갓 부임한 젊은 선생님들, 특히 여선생님들이 얼마나 젊었던가, 하며 키득키득거릴 때, 그 때 자장면 한 그릇이 얼마였고, 7번 버스 종점과 기점이 어디였으며, 동방극장 2층 좌석이 몇 열이었는지를 놓고 내기를 할 때, 인호봉의 싱커 투구 폼이나 양승관의 삼루타를 놓고 열을 올릴 때, 너구리 장명부에 관한 가십을 늘어놓거나 군대 이야기 끝에 인천의 성냥공장 아가씨를 흥얼거릴 때—.

이 시대는 우리를 슬프게 한다.

우리가 더는 젊지 않다는 것은 사실이 아니라 진실에 가깝다. 4·19세대 선배들에 견주어, 또 386후배들에 비추어 우리가 한 번도 승리하지 못한 세대인데다가 샌드위치 세대라는 것도 우리가 부정할 수 없는 역사다. 우리는 아버지로부터 무엇인가 물려받았지만, 아버지로부터 물려받은 그 무엇을 우리는 우리의 아들딸에게 물려줄 수가 없다. 아버지 같은 아버지는 절대 안 되겠다고 이를 악물었지만, 우리는 아버지 같은 아버지가 되고 말았다. 우리가 어린 아들일 때, 아버지와 대화하지 못했던 것처럼, 아버지가 된 우리는 우리의 아들딸과 대화하는 법을 잘 알지 못한다. 우리가 마지막 아들이자, 최초의 아버지라는 엄연한 현실이 우리를 슬프게 한다.

혈압과 간 수치, 허리 둘레와 체중, 노안과 건망증이 우리를 슬프게 한다.

살아온 날들이 살아갈 날보다 많아졌다는 사실이 우리를 우울하게 한다. 일 중독에서 벗어날 수 없으리라는, 그리하여 놀 줄 모르는 중년 이라는 자각 증세가 우리를 참담하게 한다. 우리 중에 아이를 잘 키워, 노후에 자식 덕을 봐야겠다고 생각하는 친구가 단 한 명도 없다는 것이 우리를 쓸쓸하게 한다. 대통령을 바꾼다고 해서 세상이 바뀌는 것은 아니라는 사실이 우리를 절망하게 한다. 지금까지도 그랬지만, 앞으로도 내가 세상을 바꿀 수 없으리라는 낯익은 패배주의가 우리를 왜소하게 만든다. 에너지와 식량, 인구와 인종, 이념과 종교, 세계화와 양극화 등 지구적 차원에서 보면 인류의 미래가 없다는 거의 상식에 가까운 전망 이 우리를 허탈하게 한다.

삼십 년이 흘렀다.

그 때로부터 우리는 너무 멀리 와 있거나, 아니면 너무 늦게 가고 있 는지도 모른다. 누구는 희망에 속았고, 또 누구는 절망에 졌는지 모른 다. 누구는 능력보다 행운이 더 많았고, 또 누구는 때를 만나지 못했을 수도 있다. 그러나 중요한 것은 우리가 이렇게 살아 있다는 것이다. 보 이지 않는 곳이 미래라는 금언이 우리를 살아 있게 한다.

문은 벽에다 내는 것이다.

벽이 없으면 문을 만들 까닭이 없다. 모든 문은 벽에 있다. 우리의 오늘이, 우리의 지나온 삶이, 아니면 우리의 미래가 벽이라면, 그 벽에 문을 만들어야 한다. 문이 하나 생기는 순간, 벽은 더 이상 벽이 아니다. 벽에다 낸 문은 벽 이쪽의 우리뿐 아니라, 벽 저쪽의 그들도 사용할 수 있다. 문은 벽에다 내는 것이라는 새삼스런 발견이 우리를 행복하게 한다.

이제 조금 천천히 가자는 친구의 말이 우리를 행복하게 한다.

살기 위해 살지 말고, 살기 위해 벌자는 다짐이 우리의 고개를 끄덕이게 한다. 참으면 참을수록 자유가 늘어난다는 경험론이 우리를 다시 일어서게 한다. 소유가 아니라 존재해야 한다는 가르침이 우리로 하여금 내일 아침을 기다리게 한다. 나의 오늘이 있기까지, 나를 도와준 사람이 얼마나 많은지 얼굴을 떠올려 보라. 그 이름들을 하나하나 불러 보라. 우리를 가르친 선생님만 해도 마흔 명이 넘는다. 우리는 절대 혼자가 아니다. 개인이 아니다.

사십대 후반, 명예퇴직을 하고 나서야 알았다.

우리에게는 친구가, 우정이 있다. 우리에게 거의 유일한 사회 안전망은 우정이다. 가족이나 연금, 보험 회사가 아니다. 우정, 우애가 우리를 우리이게 한다. 친구와 우정은 졸업 앨범이나 동창회에서만 찾을 수 있는 과거가 아니다. 우애가, 선후배가, 스승과 선배, 후배가 우리의 오늘이자 내일이다. 이 무지막지한 자본주의가 아직, 아니 끝끝내 상품화할 수 없는 것이 바로 우정이다. 그래서 우정, 우애가 미래다.

　더 젊어질 수는 없어도 더 사랑할 수 있다는 믿음이 우리를 행복하게
한다. 더 많이 가질 수는 없어도 더 나눌 수 있다는 사실이 우리를 행복
하게 한다. 어제보다 조금 더 사랑하고, 어제보다 조금 더 나눌 수 있으
며, 그리하여 어제보다 조금 더 새로워질 수 있다는 엄연한 가능성이
우리를 행복하게 한다. 우리를 슬프게 한 것들이 우리의 벽이었다. 그
벽에 문을 내야 한다. 그러면, 지금 우리를 슬프게 하는 것들이 우리를
행복하게 할 것이다.

미래

주의보

피넌가루에서 라다크로

영화 '잉글리쉬맨'에 대하여

나는 하마터면 '감동적!'이라고 말할 뻔했다.

산성눈 내린다
12월 썩은 구름들 아래
병실 밖 아이들이 놀다 간다
성가의 후렴들이 지워지고
산성눈 하얗게 온 세상 덮고 있다
하마터면 아름답다고 말할 뻔했다
캄캄하고 고요하다

졸시 '산성눈 내리네' 제1연

이 시를 쓸 때의 내면 풍경이 떠올랐다. 영화 음악과 함께 스태프들을 소개하는 자막이 올라가는 순간에 말이다.

요즘 영화 이야기를 하는 않는 사람은 이른바 문화인 축에 끼지 못한다. 그렇다고, 영화에 관한 화제를 꺼내 놓는다고, 영화에 관한 이야기가 오고 간다고 해서 거기 모인 사람들이 단숨에 문화적으로 승격한다고는, 생각하지 않는다. 영화에 관한 이야기가 넘치는 이상한 현상을 나는 정밀하게 분석할 능력이 없다. 다만 활자/책에 견주어 영상/영화가 훨씬 설명적이고, 책 읽기에 견줄 때 영화/비디오는 특정한 공간과 시간을 강요하기 때문일 것이라고 짐작할 뿐이다. 특히 극장은 집중력을 강화하기 위하여 빛과 소리를 차단하는 특수한 공간인 것이다.

내가 잘 아는 선배 한 분은 책을 읽기 위해 가끔 호텔에 들어간다. 좋은 책을 읽으려면 책의 수준에 걸맞은 대접을 해 주어야 한다는 것이다. 좋은 책을 나쁜 시간 속에 갖다 놓으면 그 책의 질은 당연히 떨어진다. 내가 좋아하는 후배 하나는 강릉에 살고 있는데, 책을 읽기 위해 자동차를 몰고, 두 눈이 수평선을 다 담아 내지 못하는, 7번 국도의 한 해변으로 가 거기서 책을 읽는다. 호텔이나 7번 국도 해변에서 읽는 책은 얼마나 달디달 것인가. 읽어야 할 책은 많지만, 그 때마다 호텔에 들어갈 돈도 없고, 달려갈 해변도 없는(하기야 운전 면허증도 나는 아직 없다) 나는 얼마나 궁핍한 독자인가.

궁핍의 여러 목록 가운데 하나가 시간이 없다는 것인데, 자기 시간을 확보할 수 없는 사람처럼 가난한 사람도 또 없다. 한때 게으름이 아름답다면서 이 브레이크 없는 가속도의 시대에 대항하기 위해서는 어슬렁거리는 산책을 해야 한다고 확성기를 틀어 왔으면서도, 정작 나는 하루 스물네 시간 가운데 온전하게 나를 위한 시간을 가질 수가 없었다. 최근에 한용운의 시를 읽다가 "바쁜 것이 게으른 것이다"라는 문장 앞에서 숨이 컥, 하고 막힌 적이 있다. 그렇다. 바쁜 것처럼 게으르고, 부도덕하고, 반인간·반자연적인 것이 또 어디에 있겠는가.

"바쁜 것이 게으른 것이다"라는 한 문장 때문에 나는 회사에 휴가원을 내고 사흘 동안 집 안에 틀어박혀 밀린 잠을 잤다. 내 몸의, 내 삶의 생태는 잠도 모자랄 만큼 문제가 있었던 것이다. 어느 정도 잠을 벌충한 다음, 호텔이나 동해안으로 갈 수 없는 궁핍함과 분주함을 한탄하면서, 그 한탄을 무마시키기 위해 내가 나를 위해 할 수 있는 최선의 배려는 비디오 테이프를 몇 개 빌려 오는 것이었다. 내 몸과 마음은 좋은 책을 읽을 만큼 청결하지 못했던 것이다. 청명한 초가을 대낮, 지난 여름 오존 주의보가 자주 발령되던 서울 동북부 노원구의 한 아파트 15층에서 비디오를 보는 한 '쉰 시인.'

비디오 테이프로 본 그 영화의 원제는 매우 길다. '언덕에 올라갔다가 산에서 내려온 잉글리쉬맨'(우리 나라에서는 그냥 '잉글리쉬맨'이라고 제목을 붙였다). 크리스토퍼 몽거 감독 작품으로 휴 그랜트와 타라 피츠제럴드가 주연이다. 1917년 영국 남서부 웨일즈의 한 작은 마을에서 일어났던 실화를 바탕으로 하고 있다.

마을의 한 노인이 손자에게 1917년 1차 대전 당시에 그 마을에서 벌어졌던 사건을 들려주는 것으로 영화는 시작된다. 영국 여왕의 명령을 받아 지도 측량 기사 두 사람이 마을을 찾아온다. 젊은 앤슨과 술꾼 개런트, 두 측량 기사는 잉글랜드 사람이다. 영화는 전반부부터 웨일즈와 잉글랜드 사이의 지역 감정을 수시로 일러 준다. 이 영화의 키워드는 '1,000피트'이다. 마을이 생기기 이전부터 있어 온 '피넌가루'라는 산을 웨일즈 사람들은 성지로 여겨 왔다. 단 한 번도 이민족에 의해 침략당한 적이 없는 순결한 산이다. 웨일즈 사람들은 피넌가루가 웨일즈를 수호한다고 믿고 있다.

그런데 잉글랜드 측량 기사는 1,000피트가 넘지 않으면 그것은 산이 아니라 언덕이라고 말한다. 높이를 정확히 알지 못한 채 피넌가루를 산이라고 믿고 있던 마을 사람들은 아연 긴장하지 않을 수 없었다. 웨일즈의 성산聖山이, 산이 아니고 언덕이라니, 마을 사람들은 불안과 초조를 감춘 채 피넌가루의 높이를 재는 두 기사를 예의 주시한다. 일차 조사를 마치고 내려온 측량 기사들에게 마을 사람들은 산의 높이를 조심스럽게 묻는다. 아직 정밀한 실측이 아니어서 자신할 수는 없지만, 술꾼 개런트는 "약 980피트"라고 말한다. 마을 사람들은 "그럴 리가 없다"며 술렁거린다.

다음 날 실측에 들어갔을 때에는, 마을의 지도자인 목사와 학교 교사를 비롯, 아낙네와 어린이들까지 모두 피넌가루에 올라가서 두 기사의 측량을 '감독'했다. 그 날 저녁, 마을 사람들은 여관에 딸린 술집에 모여, 초조하게 내기를 건다. 단 한 사람, 학교 교사만이 1,000피트 이하에 내기를 걸었다가 마을 사람, 특히 술집 주인 모건에 의해 '배신자'로 낙인찍힌다. 모건은 학교 교사에게 잉글랜드 피가 섞인 것이 아니냐고 비아냥거린다.

984피트. 잉글랜드에서 온 두 측량 기사는 마을 사람들에게 피넌가루의 정확한 높이를 일러 준다. 그러자 마을은 긴급 회의를 소집한다.

존스 목사가 회의를 주재한다. 목사는 984피트라는 높이는 인정하되, 당국에 피넌가루를 산으로 인정해 달라는 진정서를 보내자고 한다. 피넌가루가 언덕으로 판정받는다면, 전쟁터에서 돌아오는 사람들을 무슨 낯으로 맞이할 수 있겠냐는 것이었다. 이 때 여관 겸 술집 주인인 모건이 새로운 제안을 내놓는다. 목사와 모건은 서로 '철천지 원수'로, 사적으로도 말 한 마디 나누지 않는 사이였다. 모건은 산의 기준이 높이 1,000피트라는 것을 인정할 수 없지만, 만일 1,000피트가 넘어야 산이라면, 산을 높이면 되지 않겠느냐고 주장한다. 결국 이 주장이 받아들여진다.

학교 교사를 빼고, 존스 목사와 모건의 주도 아래 이튿날부터 마을 사람들은 마을의 흙을 퍼올려 피넌가루를 높인다. 전날 밤, 마을 사람들은 이튿날 아침에 마을을 떠나게 되어 있는 두 측량 기사의 발을 묶는다. 자동차 엔진을 망가뜨리고, 그것도 모자라 목사가 앞바퀴에 펑크를 내버린다. 두 기사는 기차를 타고 마을을 떠나려고 하지만, 역무원은 잉글랜드 사람에게 기차표를 팔지 않는다. 언덕은 조금씩 조금씩 산에 육박하고 있었다. 그런데 그 날부터 사흘 동안 폭우가 내린다….

모건은 그 마을 출신 아가씨를 데려와 앤슨을 떠나지 못하게 한다. 마을 사람들의 '음모'와 날씨 때문에 지체된 두 측량 기사. 비가 그치자 마을 사람들은 마지막 시도를 한다. 단 하루. 그 날을 넘기면, 피넌가루는 영원히 언덕으로 기록되는 것이었다. 여든 살이 넘은 존스 목사와 모건을 필두로 마을 사람들은 흙을 퍼 피넌가루를 오르내린다. 결국 여든 살이 넘은 존스 목사가 쓰러져 죽고, 그는 피넌가루 맨 꼭대기에 묻힌다. 마침내 언덕 피넌가루는 산이 된다. 높이 1,002피트. 언덕이 산이 되는 순간, 측량 기사 앤슨과 그 마을 출신 아가씨는 새로 생긴 산 위에서, 존스 목사의 무덤 위에서 서로의 사랑을 확인한다. 언덕을 산으로 만들고, 잉글랜드 출신 기사와 웨일즈 아가씨가 결혼함으로써 영화는 해피 엔딩을 완성한다.

영화 자체로는 거의 완벽한 영화였다. 시나리오도 빈틈이 없고 배우들의 연기며, 웨일즈의 풍경과 마을, 의상…. 하마터면 나는 매우 감동적인 영화라고 말할 뻔했다. 전통과 정체성을 지키려는 웨일즈 사람들의 자긍심은 대단한 것이었다. 잉글랜드에 지지 않으려는 자존심은 빛나는 것이었다. 그러나 피넌가루와 웨일즈 사람들은 이내 20세기 제국주의와 자본주의의 한 원형으로 번역되기 시작했다. 어떻게 보면 이 영화는 20세기 서구 문명의 압축판이었다. 이 영화는 되새기면 되새길수록 섬뜩한 메시지들이 벗겨져 나왔다.

웨일즈 사람들에게 자연은 절대적인 것이 아니었다. 그것은 인간의 의지에 의해 얼마든지 변경/개발 가능한 대상일 뿐이었다. 그 변경/개발의 기준 또한 인간에 의해 결정되는 것이었다. 역사 시대 이전부터 984피트였던 피넌가루의, 즉 자연 자체의 정체성은, 웨일즈 사람들의 배타적인 역사성 앞에서 여지없이 훼손당한다. 피넌가루는 웨일즈 사람들의 소유물이었다. 웨일즈 사람들에게 자연은, 인간과 동등하기는 커녕, 인간이, 인간의 이름으로 언제든지 손을 댈 수 있는 대상이었다. 지구의, 자연의 주인은 오직 인간이었다. 984피트 언덕을 1,002피트 높이의 산으로 거듭나게 한 웨일즈 사람들의 인식과 방법론이 산업 혁명 이래의 서구 문명을 가능케 한 토대가 아니었을까.

산은 자연이다. 그 자연에는 산이 지켜 온 고유의 높이도 포함되어 있다. 언덕이 언덕이고 산이 산일 때, 자연과 인간은 조화로운 관계를 유지할 수 있다. 산을 높일 수 있는 사람들은 산을 낮출 수도 있다. 아예 산을 깎아 없앨 수도 있다.

그렇다고 언덕을 산으로 높인 웨일즈 사람들의 '쾌거'를 지혜와 합리의 소산이라고 평가하기도 어렵다. 피넌가루를 산으로 만들자는 슬로건은 하나의 강력한 지배 이데올로기로 작용한다. 술집 주인 모건은, 자신의 지시 앞에서 머뭇거리는 마을 사람을 "너 하나 때문에 일을 망쳤다는 소리를 듣고 싶어?" 하며 위협한다. 이 위협을 거부한 마을 사람은 학교 교사가 유일하다. 그는 피넌가루의 높이를 두고 내기를 벌일 때 1,000피트 이하 쪽에 내기를 걸었고, 존스 목사가 수업을 받고 있는 학생들을 흙 퍼올리기 작업에 동원해야겠다고 했을 때 '미친 짓'이라고 비판한 유일한 지식인이다. '피넌가루를 산으로!'라는 구호는 그 누구도 거절할 수 없는 지상 명령이었다.

이 영화는 또 종교와 민족주의가 잘못 만났을 때에 어떤 결과를 초래하는지 여실하게 보여 준다. 패륜아로 취급되던 모건은 피넌가루를 산으로 만드는 과정에서 존스 목사와 손을 잡는다. 영화는 모건과 목사가 말을 튼 것을 기적이라고 표현한다. 언덕이 산으로 둔갑하는 순간, 그 정상에서 숨을 거두면서 존스 목사는 모든 걸 모건에게 맡긴다는 유언을 남긴다. 존스 목사가 피넌가루의 정상에 묻히면서, 피넌가루는 종교의 산물이 된다. 제국주의와 그에 따른 산업화/자본주의화의 맨 앞에 종교가 '척후병'으로 나섰다는 것은 이미 널리 알려진 사실이다. 잉글랜드와 웨일즈의 지역 감정은, 냉전 붕괴 이후 지구촌 도처에서 불고 있는 (종교 차이에 의한) 민족 분규의 한 전형으로 확대된다.

피넌가루는 그 존재 자체로 상징이었다. 피넌가루라는 상징이 없었다면 웨일즈는 존재하지 않는다고 마을 사람들은 믿고 있다. 피넌가루가 잉글랜드 측량 기사들에 의해 언덕으로 전락한다면, 그 마을 사람들은 조상들은 물론이고, 전쟁터에 나간 남정네들 그리고 후손들에게도 죄를 짓는 것이었다. 이 영화는 신화와 상징이 어떻게 인간과 사회를 움직이는지, 신화와 상징 앞에서 인간이 얼마나 불합리하며 비이성적이고, 그리하여 무기력한지를 전해 준다.

자연과 인간, 이데올로기와 인간, 신화와 인간 등 다양한 관점에서 피넌가루는 서구 제국주의의 근원 설화처럼 보인다. 피넌가루는 인간 자신만의 편리함과 풍요로움을 위해 자연과 제3세계를 파괴해 온 20세기 과학 기술 문명의 '건국 신화'로 읽힌다. 피넌가루는 그리하여 제단으로 신성화한다.

우리에게 '잉글리쉬맨'이 새삼스러운 까닭은 우리 사회 도처에서 피넌가루들이 우뚝우뚝 솟아나고 있기 때문이다. 지난 한 세대 동안 한국 사회를 한쪽으로만 채찍질한 근대화 프로젝트는 다름아닌 언덕을 산으로 만드는 무모함이 아니었을까. 국민 소득 이만 달러, 세계 초일류 기업, 일등 국가와 같은 표어들이 다름아닌 우리의 피넌가루가 아니었을까. 왜 국민 소득이 이만 달러가 되어야 하는지, 왜 일류 국가가 되어야 하는지에 대한 질문과 반성은 일체 허용되지 않는다. 이만 달러, 일류 국가를 가르는 잣대는 도대체 어디에서, 누가 제시한 것이냐고 의심하려는 순간, 우리 사회는 술집 주인 모건처럼 다그친다. "너 하나 때문에 일을 망쳤다는 소리를 듣고 싶어?" 전체주의의 화법이다. 이것이 군사 문화에 바탕한 획일주의의 채찍이다.

우리가 웨일즈 사람들이라면, 우리에게는 너무나 많은 잉글랜드 사람들이 있다. 북한, 일본, 중국, 미국, 유럽이 모두 잉글랜드 사람들이다. 우리가 웨일즈라면, 우리 안에도 무수한 잉글랜드 사람들이 있다. 남북한, 영호남, 가진 자와 못 가진 자…. 저 많은 잉글랜드 사람들에게 우리는 지고 싶어하지 않는다. 왜냐하면 우리는 오천 년 역사를 지닌 단일 민족이며, 한글과 측우기, 팔만대장경을 가진 우수한 민족이기 때문이다. 그리하여 웨일즈 사람들이 잉글랜드 사람들에게 그랬듯이 지나친 자존심을 앞세운다. 그러나 거의 모든 자존심은 열등감의 다른 말에 불과하다. 광기의 근원은 무지보다는 열등감일 때가 많다. 광기는 그 열등감이 하나의 슬로건 아래 조직화할 때 지속된다. 지속되면서 질문을 거부하는 통념으로 자리잡는다.

'잉글리쉬맨'을 보고 나서, 나는 요즘 헬레나 노르베리-호지의 「오래된 미래」를 읽고 있다. 재생지로 만든, 매우 가벼운 책. 그러나 인류의 미래를 제시하는 매우 무거운 책이었다. 나는 이 책이야말로 호텔이나 7번 국도 해변에서 읽을 만한 책이라고 생각한다.

이 책의 제목 '오래된 미래'는 서양의 직선적 시간관을 뒤집는, 시간에 대한 역설법이다. 미래는 앞에 있다는 직선의 시간관. 세기말이나 종말론은 이 시간관에서 연유한다. 오지 않는 미래는 서구인들이 보기에 '끝없이 유예되는 미래'이다. 그러나 「오래된 미래」의 저자는 서부 히말라야, '작은 티베트'라고 불리는 라다크 사람들이 지켜 내려온 '지속 가능한 생활 양식'에 주목한다.

지속 가능한 생활 양식은 인간이 자연을 지배하지 않는 세계관에서 나온다. 인간은 자연의 형제가 아니라, 자연의 자식들이다. 이 구조에서 모든 것은 연관되어 있다. 모든 것은 순환한다. 순환하지 않는 생활 양식이 쓰레기를 만든다. 그 쓰레기는 거개가 에너지를 일방적으로 소비하는 데서 나온다. 이제 인류 문명은 쓰레기를 배출하는 문명과 배출하지 않는 문명으로 구분되어야 한다. 전자가 제1세계, 즉 개발론에 철저한 피넌가루의 후예들이다. 피넌가루는 이제 '새로운 과거'이다. 후자, 즉 라다크에서 모색되고 있는 반개발론은 '오래된 미래'이지만, 이미 시작되고 있는 마땅한 미래이다.

그런데 한 가지 이상한 것은 피넌가루에서는 벌써부터 라다크를 모델로 삼고 있는데(대표적인 사례가 간척지를 다시 바다로 돌려 주는 네덜란드의 환경 정책이다), 우리를 포함한 많은 라다크들은 이미 사라져 버린 피넌가루를 목표로 삼고 있다. "안 되면 되게 하라," "우리도 할 수 있다" 따위의 깃발이 펄럭이고 있는 것이다. 벽에 부닥친 서구 문명의 탈출구가 동양 문명이라고 말하면서도, 많은 라다크들은 청바지에 선글라스를 쓴 채, 전통 문화를 부끄러운 것으로 치부해 버리고 개발론의 전위로 달려나가고 있다. 우리만 그런 (혹은 그러했던) 것이 아니다. 중국이나 베트남, 남미에 가 보라. 날마다 거대한 피넌가루들이 솟아오르고 있다.

피넌가루에서 라다크로 이어지면서, 시인이 맞서 싸워야 할 유일한 '적'은 당대 문명이라는 생각이 들었다. 나는 한때 "나는 이 인류를 선택하지 않았다"라고 발언하면서, 도시 문명을 거부하는 것만으로도 시인의 한 책무를 다할 수 있을 것이라고 합리화하고 있었다. 그런데 아니었다. 시인은, 만일 그가 진정한 시인이라면, 그가 모든 실존을 걸고 맞닥뜨려야 할 대상은 다름아닌 시인이 속한 당대였다. 이제 이 문명, 이 문명이 강요하는 통념과 정면으로 맞설 수 있는 유일한 개인은 시인이다! 피넌가루로 흙을 지고 올라가는 당대 문명을 '오래된 미래'인 라다크로 향하게 하는 사업이 시인의 임무라는 자각. 그것은 지속 가능한 생활 양식을 모색하고 그것을 실현하는 일이다.

'잉글리쉬맨'의 감독은, 인류의 미래, 더 정확하게는 서구 문명의 미래를 비관하고 있는 것 같았다. 그리하여 피넌가루를 향하여 야유를 퍼부었는지도 모르겠다. 영화는 맨 마지막에, 최근의 피넌가루를 찾아간다. 거기에는 현재의 마을 주민들이 피넌가루를 쌓아올릴 때의 흑백 사진을 들고 영화 카메라 앞에 서 있었다. 그들의 표정은 자랑스러운 것이었다. 그 때 영화 속의 한 목소리가 그 마을 주민들에게 말한다. "이 영화를 찍고 나서 다시 산의 높이를 재 보았더니 997피트였다." 그러자 영화 속의 마을 주민들이 놀란 듯 손을 치켜들었다. 누군가를 부르는 모양이었다. 피넌가루 기념탑을 향하고 있던 카메라가 반대쪽으로 돌아가자, 아, 마을 사람들이 양동이에 흙을 퍼담아 피넌가루를 향해 올라가고 있었다.

예수는 생태주의자였다

　전날 책을 들추어 보지 않았다면 강연회에 가지 않았을 것이다. '석유를 둘러싼 전쟁이냐, 태양을 통한 평화냐'라는 강연 주제가 기자에게 이중적으로 다가왔다. 미국의 이라크 침공에 때맞추어 유럽의 대표적 생태 저술가를 초청했다는 것은 높이 살 만했지만, '태양을 통한 평화'는 그저 레토릭으로 보였다. 저 평화가 바드다드에서 죽어 가는 어린이들과는 너무 동떨어진 문학적 은유로 읽혔던 것이다.

　재생 가능 에너지를 통해 인류의 평화를 앞당기자는 생태 저술가의 신간 「생태주의자 예수」(손성현 옮김, 나무심는 사람)도 선뜻 손길이 가지 않았다. 공격 명령을 내린 미국의 부시 대통령이 '독실한' 기독교 신자라고 하지 않던가. 게다가 생태주의자라면 부처가 훨씬 오래 되었고, 20세기에만 해도 소로와 간디, 스코트 니어링이 있었다. 하다 못해

한 세대 전 우리의 농부들이 있었다. 문제는 새로운 주의 주장이 아니었다. 문제는 언제나 실천이다.

그런데 그게 아니었다. 정치학에서 출발해 역사학, 철학을 거쳐 신학까지 전공한 생태 저술가 프란츠 알트 박사는 정치가와 기업가, 교회와 신학자의 탐욕과 무지 몽매를 질타하는 '삐딱한 사상가'였다. 대안을 모색하는 새로운 사상가를 발굴해 온 방송인 출신이며, 에너지 문제라면 어디든 달려가는 실천적 지식인이었다. 그가 쓴「생태주의자 예수」는 생명의 위기가 인류 최대의 문제로 떠오른 21세기의 초입에서 2,000년 전의 예수를 '부활'시키고 있었다.

알트 박사는 산상 수훈(설교)을 하는 예수가 생태적 예수라고 규정하며, 예수의 생태학적 메시지를 다음과 같이 정돈했다. "사람들 사이의 평화 없이는 자연과의 평화는 없다. 그러나 자연과의 평화 없이는 사람들 사이의 평화도 없다."

지난 4월 3일 일요일 오후 3시, 서울 이화삼성교육문화관 소강당. 서울을 처음 방문한다는 프란츠 알트 박사는 이라크 전쟁의 원인부터 짚었다. 20세기 후반에 일어난 전쟁들은 두말 할 것도 없이 석유와 같은 에너지를 배타적으로 확보하기 위한 전쟁이라는 것이었다. 널리 알려져 있듯이 석유는 사십 년 뒤에는 바닥이 난다. 천연 가스는 육십 년, 우라늄은 사십육 년, 석탄은 백 년 뒤에는 고갈된다.

알트 박사는 석유와 같은 재생 불가능한 에너지를 사용하는 한 인류의 전쟁은 불가피하다고 강조했다. 전쟁을 없애고, 지구촌 전체가 평화와 행복을 영위하기 위해서는 태양열, 풍력, 수력, 바이오매스(열 자원으로 사용되는 동식물의 폐기물)와 같은 재생 가능한 에너지를 적극 도입해야 한다는 것이다. 태양열과 같은 재생 가능 에너지는 무한하다. 가령 태양은 인류가 일 년 동안 쓸 에너지를 불과 팔 분 만에 보낸다. 유럽 연합은 2050년까지 재생 불가능 에너지 사용량을 현재의 60퍼센트 수준까지 줄이고 나머지 40퍼센트를 모두 재생 가능한 에너지로 대체하는 '에너지 시나리오'를 추진하고 있다.

통역 시간을 빼면 한 시간 반에 걸친 알트 박사의 강연은 「생태주의자 예수」에 담긴 내용, 즉 다양하고도 구체적으로 전개되고 있는 '태양의 시대' 프로젝트에 견주면 아주 빈약한 것이었다. 그의 책은 태양과 바람 에너지를 비롯해 교통과 수자원, 농경, 축산, 음식, 노동 문제에 이르기까지 예수를 재발견한 복음서였다. 책을 덮고, 강연 내용을 받아적은 취재 수첩을 다시 펼쳐 드는데 이런 문장이 떠올랐다. '더 이상 빌려 올 미래가 없는 이 때, 이 책은 아마 세상을 바꿀 수 있는 마지막 책인지도 모른다.'

개와 더불어, 개같이

포니, 포니였다. 내가 열두어 살 무렵, 우리 집에 처음 들어온 강아지. 한나절 넘게 방바닥에 엎드려, 중학교에 다니는 형의 영어 사전을 뒤져 지은 이름이었다. 포니는 발바리 새끼였다. 발바리라는 개의 품종은 물론 없다. 발바리는 바둑이나 삽살이처럼 개의 크기나 모양을 규정하는 비공식 언어였다. 발바리는 황구(똥개)에 견주어 작고 귀여웠다. 제법 이국적인 분위기가 있었다. 포니는 즉각 내 동생이 되었다.

돌아보면, 1970년대 초반, 서구화는 개의 세계에서도 가파르게 진행되고 있었다. 나는 전기가 열 살 때 들어온 시골에서 자랐거니와, 그 농촌에서도 셰퍼드와 포인터를 비롯해 불독, 도사, 스피츠 따위를 볼 수 있었다. 내가 열 살 무렵, 저 외국 개들을 한 눈에 구별할 수 있었던 배경에는 남다른 '독서량'이 있었다. 향원의 만화들. 코가 동그란 남자

주인공(이름은 생각나지 않는다)과 꼭지라는 꼬마 여자애가 나오는 향원의 만화에는 꼭 개(투견)가 나왔던 것이다.

삼십여 년 전, 저 외국 개들은 단순한 개가 아니었다. 저마다 출신국의 긍정적이고도 강력한 이미지를 전파하는 '매체'였다. 셰퍼드를 보라. 그 늠름한 체격은 새까만 시골 아이를 제압하고도 남았다. 잘 훈련된 셰퍼드(훈련받지 않은 셰퍼드는 상상조차 할 수 없었다)는 곧 기계 같은 독일 병정이었다. 포인터는 또 어땠나. 군살이라곤 전혀 없는, 그리하여 언제든 사냥감을 향해 튀어나갈 준비를 갖추고 있는 포인터는 서양 귀족들의 고급스런 여가 생활을 떠올리게 했다. 불독이나 스피츠 역시 서양의 전투력과 우아함으로 번역되었다. 그러니 셰퍼드를 키우는 집은 똥개를 키우는 집과 전혀 다른 집이었다. 개는 신분증이었다. 셰퍼드 새끼 한 마리 구하지 못하는 내 아버지가 얼마나 초라해 보였던지. 조국 근대화의 기치를 내세워 초가집을 부수고, 서낭당을 없애는 새마을 운동은 개의 영역에서도 그대로 적용되었다. 셰퍼드를 앞세워 똥개를 주눅들게 한 것이다.

똥개의 이름을 영어로 달아 주던 사태도 같은 맥락이었을 것이다. 도꾸, 해피, 메리, 쫑…. 누렁이, 삽살이, 바둑이 따위로 불리던 황구들이 하루 아침에 창씨 개명을 한 것이다. 그러고 보면, 요즘 영어식 이름을 따로 명함에 박는 풍속이나, 이메일 주소를 두어 개씩 지어 갖는 것도 누렁이가 도꾸로 바뀐 시대적 흐름과 무관하지 않을 터. 인간이 개를 길들인 것 못지않게, 우리는(특히 한국인은) 개의 품종(유행)을 바꾸어 가며, 개에 이름을 붙이며 길들여진 것이다. 개가 서구화한 과정은 그대로 한국인의 서구화 과정과 일치한다. 개와 더불어, 개와 같이, 한국인은 미친듯이 서구화했다.

포니라는 이름을 짓고 나서, 나는 의기양양했다. 누가 강아지 이름을 포니라고 지을 수 있으랴! 나는 근대화의 전위였다. 1970년대 후반, 현대자동차에서 생산한 국산 1호 승용차 이름이 포니였을 때, 나는 나의 예언자적 능력을 새삼 확인했다. 중학교, 고등학교를 거치며, 죽어라고 영어와 세계사, 화학과 정치경제를 배우며, 나는 모범적으로 서구화하고 있었다. 강아지 포니에서 국산 자동차 포니('마이 카 시대'라는 유행어가 있었다)에 이르는 기간이, 멋도 모르고 치열했던 나의 서구화 과정이었다. 서구 문명에 길들여지는 과정이었다(박정희는 조련사였고, 어린 나는 강아지였다!).

사회에 진출(진입)하고 나서도 개는 줄곧 내 일상적 삶의 한가운데에 있었다. 결혼 초기에는 푸들 한 마리를 얻어 키웠는데, 이놈은 전화를 받을 만큼 영리했다. 아이를 낳기 전이었으니, 낮에는 집에 아무도 없을 때가 많았다. 그런데 저녁에 집에 돌아와 보면, 수화기가 내려져 있었다(그 때는 전화기를 방바닥에 놓고 있었다). 전화벨이 울리면 주둥이로 수화기를 내려놓는 것이었다. 어릴 때 기르던 포니도 영리했다. 여름철, 찐 옥수수를 던져 주면 엎드려서 두 앞발로 옥수수를 돌리며 앞니로 옥수수를 뜯어 먹었다. 아, 세상에 영리한 개들은 얼마나 많았던가. 아내가 어릴 적 키우던 개는 비 오는 날이면 창가에 앉아 눈물을 흘리던 감성파였다고 한다.

처음 만나는 사람이거나, 사적인 모임에서 화제가 떨어지면 개를 키워드로 삼아 보라. 개를 혐오하거나 무서워하지 않는 사람이라면, 누구나 개에 관해 오 분 이상 신나게 이야기 할 수 있다. 물에 빠진 주인을 구했다거나, 천릿길을 되돌아와 주인을 찾았다는 전설적인 개가 아니더라도, 저마다 개에 관한 선명한 체험들이 있다. 개를 좋아하는 사람들이 자서전을 쓴다면, 아마 키우던 개에 따라 시기를 구분할 것이다. 그래, 아버지와 불화하던 나의 소년기는 그 스피츠가 없었다면 견디기 힘들었을 것이다…, 이런 식으로.

"가축은 역진화한 동물이다. 그 중에서도 개가 가장 심하게 역진화했다." 이 같은 지적을 접하지 않았다면, 아마 나는 지금도 개를 사랑하고 있을 것이다. 인류가 정착 생활을 할 수 있게 한 것은 농사였다. 밀과 보리, 쌀과 옥수수를 경작하면서 채집 시대를 마감할 수 있었다. 동시에 수렵 사회도 막을 내렸다. 소, 돼지, 닭, 말, 양, 개 따위 야생 동물이 가축으로 길들여진 것이다. 개의 조상은 늑대로 알려져 있다. 지금도 북미 고원 지대나 툰드라에는 늑대가 무리를 지어 살고 있다. 인간은 늑대로부터 야성을 거세해, 인간에게 순종하는 개를 만들어 냈다. 야생 동물과 가축을 구분하는 경계는 단순하다. 먹이를 스스로 구할 수 있으면 야생이고 그렇지 않으면 가축이다.

개가 야성을 강탈당하고 인간의 필요에 의해 길들여져 온 과정은 인간이 자연을 대상화하고 수탈, 착취, 파괴하는 과정과 다르지 않다. 이 같은 폭력적인 '문명화 과정'을 반성하게 한 계기가 생태학이었다. 1970년대 초반에 출현한 심층 생태학은 인간과 자연의 관계를 전복시키는 획기적인 기획이었다. "모든 것은 서로 연결되어 있다"라는 상호 연관성을 제1의 강령으로 삼고 있는 생태학은 멀게는 기독교 사상에서부터 가깝게는 서구의 이성 중심주의를 비판한다. 자연은 물론 인간 이성까지 도구화한 서구 이성 중심주의는 과학 기술과 손잡았다. 콜럼버스의 배는 제국주의의 군함으로 변모했고, 방직공장 증기 기관은 제국주의의 철도를 달렸다. 어릴 적 내가 시골에서 두려움과 함께 부러워하던 셰퍼드와 포인터는 저 함대와 철도를 타고 온 것이었다.

얼마 전 「인간들이 모르는 개들의 삶」(엘리자베스 마셜 토머스 지음, 정영문 옮김, 해나무)을 읽었다. 미국의 저명한 동물학자(작가이자 인류학자이기도 하다)인 저자는 자기 집에서 시베리안 허스키를 여러 마리 키우며, 그 개들을 관찰했다. 그 결과 개들은 서로 의사 소통을 하며, 놀이를 하고, 엄격한 위계 질서를 유지하는 한편, 인간보다 개를 원한다는 놀라운 결론에 도달했다. 이 책은 동물 행태학의 뛰어난 성과로 꼽히는데, 내가 감동한 대목은 저 시베리안 허스키 무리들이 인간을 떠나 자신들만의 '사회'를 건설하는 과정이었다. 저자는 개들을 데리고 시골로 이주해, 개들을 위해 상당히 커다란 우리를 만들어 주었는데, 개들이 주인 몰래 땅 속에 굴을 파는 것이었다. 그러고는 서서히, 아니 자연스럽게 주인에게 무심해져 갔다. 그렇게 잘 길들여졌는 줄 알았는데, 허스키들은 어느 새 자신의 야성을 복원했다.

내가 생태학적 문제 의식이 없었다면, 나는 본성을 회복한 허스키들에게서 어떤 불안감을 느꼈을 것이다. 조상으로부터 물려받은 유전 형질 못지않게 성장 과정에서 체화한 획득 형질의 중요성에 비중을 두어 온 내게, 허스키들의 '귀향'은 낯설어 보였다. 조련, 즉 길들이기에 실패한 것 아닌가. 개들은 언젠가, 조건이 갖추어지면 자연으로 돌아갈 수 있다는 것 아닌가. 인간의 통제력은 얼마나 허술한 것인가. 인간 중심주의의 전형적인 반응이었다.

나는 자연으로 돌아간 허스키들에게서 어떤 희망을 보았다. 늑대처럼 무리를 짓고 고요한 평화를 누리는 허스키들에게서 생태학적 미래를 내다볼 수 있었다. 돌아보면, 인간은 늑대였다. 인간이 늑대였을 때, 인간은 자연을 두려워했다. 자연과 조화를 이루고자 했다. 하지만 늑대가 개로 역진화하는 동안, 인간은 자연을 지배하면서, 지구의 권좌에 오르는 듯했다. 자연을 개처럼 부리는 동안, 자연은 순순히 인간의 명령을 따르는 듯했다. 하지만 자연은 인간의 이성과 과학 기술로는 결코 제어할 수 없는 '복잡계'였다. 대량 생산, 대량 소비, 대량 폐기에 길들여진 인간이 성공이라고 인정한 모든 성취가 생태학의 관점에서는 결정적 실패였다.

늑대가 애완견으로 길들여지는 사이, 자연과 더불어 온전했던 인간은 대량 소비 사회의 게걸스런 소비자로 전락하고 말았다. 우리는 개와 더불어, 개같이 길들여져 왔다. 나는 개가 개처럼 보이지 않는다. 인간이 인간처럼 보이지 않는다.

벌기 위해 사는가, 살기 위해 버는가

세대 별은 물론이고 계층 별, 직업 별로 다를 것이다. 늘어난 여가를 주체하지 못하겠다는 답변도 제법 있을 것이다. 주5일 확대 실시된다는 뉴스를 접한 뒤, 내가 일하는 매체의 홈페이지에 띄울 설문 문항을 작성하기 위해 잠깐 동료들과 미팅을 가졌다. 지난 해 가장 먼저 주5일 근무제를 실시한 금융권이나, 올해부터 이 제도를 받아들인 대기업 직장인들의 경험담이 궁금했던 것이다. 물론 온라인 조사여서, 그 신뢰성은 떨어지지만, 최소한의 흐름은 읽을 수 있을 것 같아, 한 가지 질문에 여섯 가지 선택지를 만들어 인터넷에 띄웠다.

주5일 근무제 실시 이후 늘어난 여가 시간을 어떻게 활용하십니까?

1. 취미 생활, 공부 등 자기 계발에 힘쓴다.

2. 외식, 여행 등 가족과 함께 보낸다.

3. 소비 규모가 늘어나 부업을 갖고 있거나, 앞으로 가질 생각이다.

4. 늘어난 여가 시간이 오히려 부담스럽다.

5. 아직 적당한 여가 활용법을 찾지 못하고 있다.

6. 이전과 달라진 바 없다.

아마 주5일 근무제를 경험하지 않은 네티즌들도 '앞으로 실시된다면'이라는 가정 아래 설문에 응했을는지도 모른다. 이 글을 읽는 독자들 가운데 주5일 근무제에 해당하지 않는다 하더라도, 벌써 저 여섯 가지 중에 하나를 선택했을는지도 모르겠다.

나만해도 '사오정'에 속하는 세대여서 휴가, 여가, 놀이에 대한 반감이 없지 않다. 야근은 물론 철야를 밥 먹듯이 하면서 이십대 후반과 삼십대 중반을 건너왔다. 회사 일 앞에서 사적인 용무는 입 밖에 낼 수가 없던 시절, 군사 독재 치하에서 경제개발 5개년 계획과 새마을 운동을 이끌었던(혹은 이끌려 갔던) 우리의 선배들은 '공과 사'를 엄격하게 구분하는 것을 미덕으로 삼았다. 공과 사의 경계는 분명했을뿐더러 높았다. 가령, 토요일 오전까지 근무한 뒤 결혼식장으로 갔다거나, 이사하는 날, 새로 이사간 집 약도를 회사에서 팩시밀리로 받았다는 선배들, 큰애 날 때, 회사에서 회식을 하고 있었다는 선배들이었다. 우리의 선배들은 한 마디로, 일밖에 모르는 일 중독자들이었다.

일 중독은 전염성이 강했다. 사회 분위기가 일을 우선했다. 노는 사람은, 게으른 작자는, 직장을 자주 옮기는 기회주의자는, 집에 일이 있다며 술자리에서 슬그머니 빠져나가는 좀팽이는, 애인과 약속이 있다며 먼저 일어서는 후배는 '싹수가 없는 인종'이었다. 그리하여 1980년대 초반, 월급쟁이 생활을 시작한 나는 우리의 위대한 선배들과 별 차이가 없었다. 나는 유능한 일 중독자였다. 주말이나 공휴일이 없었다. '월화수목금금금'이었다.

지난 구월 초, 엿새 동안 설문을 실시한 결과, 모두 573명(명이 아니라 건이라고 해야 옳을 것이다)이 응답했다. 결과는 내 예측을 크게 벗어나지 않았다. '1번 자기 계발에 힘쓴다'는 답변이 160표(28퍼센트), '2번 가족과 함께 보낸다'가 109표(19퍼센트). 주5일 근무제 이후 늘어난 여가를 바람직하게 활용하고 있는 이들이 47퍼센트에 가까웠다. 아마 이들은 젊은 세대이거나, 평소 꿈을 세우고 그것을 성취하기 위해 자기 관리를 잘하는 건실한 시민일 것이었다.

'3번 부업을 갖거나 가질 생각이다'는 (내 예상을 벗어나) 의외로 적었다. 50표(9퍼센트). 1970년대 서유럽에서 주5일 근무제가 일상화했을 때, 적지 않은 직장인들이 쉬는 대신 부업을 갖더라는 것이었다. 이웃집에서 피아노를 사면 그 동네 전부가 피아노를 사는 소비 행태를 가진 우리 사회에서, 늘어난 여가는 충동적인 소비 욕구를 부채질해, 오히려 노동량이 늘어날 것이라는 나의 고약한 선입견은 빗나가고 있었다.

그러나 4번에서 6번까지의 응답 빈도를 살펴보니, 내 예측이 부정확한 것은 아니었다. '4번 늘어난 시간이 부담스럽다'(103표, 18퍼센트), '5번 적당한 여가 활용법을 못 찾았다'(80표 14퍼센트), '6번 이전과 달라진 바 없다'(71표, 12퍼센트) 등 부정적인 반응이 44퍼센트에 육박한 것이다. 긍정적인 변화를 보인 1번에서 3번까지의 답변과 비숫한 수준. 그렇다면, 주5일 근무제 경험자 가운데, 절반은 늘어난 여가를 감당하지 못하고 있는 것이었다.

나는 주5일 근무제에 담겨 있는 사회적 의미를 확대 해석하는 편이다. 주5일 근무제가 사용자와 노동자, 정부가 오랜 '대화' 끝에 마련한, 덜 세련된 정책이라 하더라도, 그것이 불러 올 변화는 만만치 않을 것이기 때문이다. 해방과 건국, 전쟁과 분단, 근대화와 세계화를 거치는 동안, 우리 사회는 그야말로 앞만 보고 달려왔다. 지금은 남북 화해와 함께 일 인당 국민 소득 이만 달러 시대라는 캐치프레이즈가 걸려 있다. 사회학자들이 '압축 발전'이라고 명명하는 시대를 숨가쁘게 달려왔고, 또 달려가야 한다. '고지가 바로 저긴데!'라는 구호가 들려오는 시기에, 일 주일에 이틀을 쉴 수 있다는 사회적 합의가 나온 것이다.

하지만 정작 사회적 합의가 필요한 시점은 지금부터다(전면적인 주5일 근무제는 2011년에 시행된다). 휴일이 하루 더 늘어났다고 해서 삶의 질이 그만큼 높아지는 것은 아니다. 설문 조사에서 3번에서 6번까지에 응답한 53퍼센트의 사람들에게는 늘어난 여가가 부담스럽기만 하다. 이들의 일과 여가에 대한 인식이 바뀌어야 한다. 1번과 2번에 응답한 사람들도 마찬가지다. 왜 자기 계발을 하고 왜 가족과 함께 시간을 보내야 하는지에 대한 답변이 마련되어 있어야 한다. 이 문답은 본질적인 것이다. 그리고 이 문답에는 다음 두 개의 선택지밖에 없다. '벌기 위해 쉬느냐, 쉬기 위해 버느냐.'

그 동안 우리 사회의 여가는 노동의 연장이었다(주말에도 회사 일을 생각하는). 만일 우리 사회가 '쉬기 위해 번다'라는 합의에 이른다면, 우리 사회는 그 순간부터 달라질 것이다. 연봉이나 아파트 평수, 자동차 배기량이 아니라 '삶의 질'이 사회적 논의의 초점이 된다면, 그리하여 많이 소유하는 것이 아니라 많이 누리는 삶이 훨씬 더 가치가 있다는 공감대가 형성된다면, 지금 우리 사회가 안고 있는 고질적인 문제들은 해결될 것이다. 진정한 부자는 많이 소유한 사람이 아니고, 필요한 것이 많지 않은 사람이라는 잠언이 있다. 현재와 같이 욕망을 충족하는 방식으로는 삶의 질은 절대 개선되지 않는다.

앞으로 십 년 안에 주5일 근무제가 전면적으로 실시된다. 일 중독자들은 일 중독자들대로, 신세대들은 신세대들대로, 사용자와 노동자, 정부 당국자들은 또 그들대로 묻고 묻고 또 물어야 한다. '나는 벌기 위해 사는가, 살기 위해 버는가?'

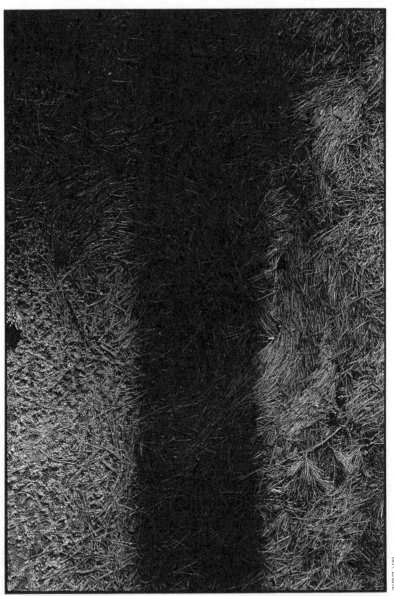

오후산정

누가 불꽃놀이가 아름답다고 했는가

아들애가 하늘을 가리키며 소리쳤다. "아빠, 저것 좀 봐!" 서쪽에서 동쪽으로 비행운이 그어지고 있었다. 가을 하늘. 그야말로 구름 한 점 없었다. 어느 시인의 시구처럼 '손을 담그면 손끝이 시릴 것 같은' 하늘이었다. 비행기는 비행운의 맨 앞에서 날치새끼처럼 반짝이고 있었다. 이제 막 여덟 살로 접어든 아들이 어디로 가는 비행기냐고 물었다. 아마, 북경에서 일본 삿포로나 미국으로 가는 여객기일 것이라고 말해주면서, 하늘에도 비행기들이 다니는 길이 있다고 덧붙였다.

내가 나고 자란 동네는 김포공항과 가까운 곳이어서 어릴 때부터 자동차보다 비행기를 많이 보았다. 하지만 막 이륙하거나 착륙하기 위해 급하게 선회하는 비행기들이어서 비행운은 없었다. 간혹, 까마득히 높은 하늘에서 비행운을 발견하면, 탄성을 질렀다. 친구들을 불러 목 뒷

덜미가 뻐근해질 때까지, 비행운의 한쪽이 흐지부지 풀어져 없어질 때까지 하늘을 올려다보곤 했다. 내가 아들만한 나이였을 때 비행운은 인공위성이나 유에프오 못지않은 신비감을 자아냈다.

비행운의 원리에 대해서는 일찍 알았지만, 비행운의 폐해에 대해서는 성인이 된 뒤에도 몰랐다. 비행기를 타고 유럽을 네다섯 번이나 다녀올 때도 별로 의식하지 못했다. 대중 매체가 하루가 멀다 하고 물과 땅, 대기 오염이 심각해지고 있다고 보도할 때에도 비행기가 배출하는 오염원은 염두에 두지 못했다. 공장보다 자동차가 대기 오염의 주범이라는 소리를 들었을 때 잠깐 놀랐을 정도였다. 십여 년 전인가, 비행기 제트 엔진이 뿜어 내는 배기 가스가 하늘을 너럽히고 있다는 조사 보고서를 접했을 때 적지 않은 충격을 받았다.

자동차가 대기 오염의 주범이라면, 자동차와 똑같은 에너지를 사용하는 비행기나 기차, 선박 들도 당연히 유해 가스나 중금속을 배출하리라는 것을 왜 눈치채지 못했을까. 명색이 시인이라는 작자가, 이른바 보이지 않는 것을 보는 존재라는 시인, 그것도 젊은 시인이 비행운을 보면서 '하늘에 피는 억새꽃'이라는 즉물적인 이미지나 떠올리고 있었으니. 나는 내가 아주 한심했다.

1990년대 중반 어느 겨울날이었다. 북한산 북동쪽 기슭, 수유리에 살고 있을 때였는데, 함박눈이 소리없이 내리고 있었다. 북한산 초입, 소나무들이 눈을 맞고 있었다. 낙락장송이 자기가 뒤집어 쓴 눈의 무게를 못 이겨 우지끈, 가지가 부러지는 장면을 상상하며, 삼십대 중반, 내 삶이 지고 있는 눈을 생각하고 있었다. 내 삶의 짐이 무거우면, 나도 무너지리라, 하면서 내 삶의 어제와 오늘을 돌아보았다. 어쩌면 내 욕심이 가장 무거운 짐일는지도 모른다, 내가 감당할 수 있는 만큼만 지고 가자며 나를 추스르려는데, 문득 머릿속에서 스파크가 일어났다.

어, 저 눈, 저 탐스러운 눈도 모두 산성눈이잖아! 봄부터 가을까지, 비만 오면, 산성비라며 우산을 쓰고 난리들인데, 함박눈에 대해서는 대부분 '무방비'였다. 특히 어린아이와 젊은이들은 눈을 축복처럼 받아들였다. 산성비가 자동차 배기 가스였다면, 산성눈은 비행운 같은 것이었다.

얼마 전 서울에서 세계불꽃축제가 열렸다. 우리 나라를 비롯해 이탈리아, 중국, 호주 네 나라가 참가해 시월 둘째 주와 셋째 주 토요일 저녁, 63빌딩 앞 한강 시민공원에서 불꽃놀이가 펼쳐졌다. 이틀 동안 모두 사만오천 발의 불꽃이 쏘아 올려졌는데, 이백만 명 가까운 시민들이 운집했다고 한다. 관람객들은 대중 교통을 이용했다고 하지만, 한강 양쪽을 오가는 자동차들이 불꽃놀이를 구경하기 위해 멈추거나 서행하는 바람에 교통 체증이 이만저만이 아니었다고 한다. 불꽃축제 홈페이지 게시판에 들어가 봤더니, 대부분 축제에 대해 만족하고 있었다. 행사장에 가는 방법에서부터 어디에서 보아야 가장 잘 볼 수 있느냐, 프로그램은 무엇이냐, 너무 환상적이었다는 등 네티즌들의 반응은 뜨거웠다.

불꽃놀이는 중국에서는 폭죽, 일본에서는 화화花火라고 한다. 우리 나라에서는 연화煙花라고도 부른다. 불꽃놀이는 인간이 공동체를 이룩하고 이른바 자연과 인간과의 관계를 설정하기 시작한 이래, 인간과 더불어 이어져 온 축제의 상징이었다. 불에 대한 인간의 정서는 유구하고 또 보편적인 것이었다. 불은 신과 인간을 이어 주는 매개였고, 숭배의 대상이기도 했다. 폭음과 더불어 하늘에서 개화하는 거대한 불꽃은 보통 사람들의 상상력을 훌쩍 뛰어넘으면서도 불에 대한 인간의 근원적 감수성을 자극한다. 불꽃놀이를 보며 맥박이 빨라지지 않는다면 분명 어딘가 잘못되어 있는 사람이다.

내가 불꽃놀이를 가까이에서 제대로 본 것은 십 년 전이었다. 가족과 함께 대전에서 열리는 엑스포를 관람했는데, 날이 어스름해지자, 전시장 앞을 흐르는 작은 강을 중심으로 거대한 퍼포먼스가 진행되었다. 강 가운데에서 물줄기가 일렬로 솟아오르는가 싶더니, 그 물줄기가 어느새 스크린으로 변하는 것이었다. 물의 축제는 곧바로 불의 축제로 옮아 갔다. 펑, 하는 폭음이 들리는가 싶으면, 하늘에서 거대한 불꽃이 만개했다. 그 화려한 불꽃은 순식간에 사라지는 것이어서 더욱 아름다웠다. 그야말로 명멸하는 '빛의 분수'였다. 그런데 끊임없이 불꽃이 폭발하는 동안 매캐한 연기가 몰려왔다. 비행운과 산성눈에 이어, 불꽃놀이 또한 화려함 뒤에 숨어 있는 '오염원'이었다.

환경 단체나 관련 학계에서는 불꽃놀이의 '그늘'에 대해 아직 관심을 갖고 있지 않다. 환경 단체에 전화를 걸어 문의했더니 불꽃놀이에 관해 언급할 만한 전문가가 없다며 대기 오염을 전공한 학자들을 소개했다. 환경대학원의 한 교수에게 전화를 걸어 보았더니 불꽃놀이에 대한 학문적 접근은 아직 없는 것으로 안다고 답했다.

축제 주최측은 염려할 만한 수준이 아니라고 말했다. 폭음은 행사장 주변 주민들에게 피해를 주지만, 나머지는 문제가 안 된다는 것이었다. 가령 불꽃에 들어가는 화학 물질에서 나오는 오염 물질은 자동차 배기가스와 비슷한 정도이고, 연기는 모두 공기 중에서 산화한다는 것이었다. 불꽃의 잔해 또한 종이 성분이어서 수질에 영향을 주지 않는다는 것이었다. 게다가 불꽃놀이가 그렇게 자주 있는 것도 아니어서 걱정하지 않아도 된다고 말했다. 비행운이나 산성눈에 비하면, 불꽃놀이는 큰 문제가 아닐 수 있다.

그러나 깨끗한 물, 건강한 땅, 맑은 공기가 우리 당대뿐 아니라 우리 다음 세대들에게 물려줘야 할 '신의 부동산'이라면, 불꽃놀이를 보며 마냥 환호만 할 수는 없다. 문제는 문제 의식이다. 깨어 있는 마음이다. 우리가 마음놓고, 아니 거의 폭력적으로 사용하고 있는 물과 땅, 공기는 우리가 미래로부터 빌어다 쓰는 것이다. 우리는 거액의 융자를 받은 채무자들이다.

불꽃놀이에서 밤하늘을 배경으로 명멸하는 불꽃만을 볼 일이 아니다. 불꽃놀이는 채무자들인 우리가, 이 문명이 미래에서 끌어다 쓴 돈으로 벌이는 '잔치'일는지도 모른다.

강아지를 본 선생님은 어떻게 하셨을까

자동차, 아니 자동차를 타고 달리는 것에 대해 명상한 시인이 있었다. 그 시인에 따르면, 자동차 주행에서 중요한 것은 흔히 '빽 미러'로 불리는 사이드 미러나 룸 미러라는 것이다. 나는 아직 운전면허증이 없어서 잘 모르지만, 면허증이 없다고 해서 자동차를 타지 않는 것은 아니므로, 그 시인의 글을 충분히 이해할 수 있었다.

그 시인의 에세이를 한 마디로 압축하자면 이렇다. 앞으로 달리기 위해서는 좌우와 뒤를 잘 살펴야 한다. 앞만 보고 달릴 수는 없다. 나는 자동차를 타고 가면서 삶의 한 비밀을 발견한 시인의 눈에 감탄하지 않을 수 없었다. 자동차는 달리기 위해 존재하지만, 거기에 브레이크나 후미등, 방향지시등, 사이드 미러 따위의 보조 장치가 없다면 자동차는 '무법자'가 되고 말 것이다.

또 연말이다. 내가 한 해 동안 몰고 다닌 '자동차'(삶)를 잠시 세워 놓고, 지나온 길을 돌아본다. 나 역시 과속했고, 불법 주차를 했으며, 중앙선도 넘고, 음주 운전도 했다. 브레이크를 밟아야 할 때에 가속 페달을 밟은 적이 얼마나 많았던가, 사이드 미러만 보았어도 부딪치지 않았을 일이 얼마나 많았던가.

　그런데 이번 연말에 내가 떠올리는 얼굴은 아주 새삼스럽다. 올 한해에도 수많은 인물들을 만났다. 하지만 이 어수선한 연말에 내가 혼자 떠올리는 얼굴은 아주 어린 얼굴이다. 초등학교 2학년쯤 되었을까. 이름도 모른다. 말 한 마디 나눠 본 적도 없다. 그런데도 그 얼굴, 아니 그 봄날 아침의 등굣길이 기억에 생생하다.

　막 목련이 벙글던 지난 5월 어느 날 아침, 출근길이었다. 초등학교가 가까운 이면 도로여서 횡단보도에는 통학 지도를 하는 어머니들이 제복을 입고 나와 있었다. 길 건너편에 제복을 입은 어머니 둘과 어른 몇이서 한 아이를 둘러싸고 있었다. 가까이 다가갔더니, 채 열 살이 안 되었을 것 같은 초등학교 학생이 하얀 털북숭이 강아지를 안은 채 울상이었다. 오전 아홉시가 거의 다 되어 있었다.

　한 어머니가 아이에게 물었다.

　"왜 안 건너가니?"

　아이가 기어들어가는 목소리로 답했다.

　"강아지 때문에요…."

　어른들과 아이 사이에 몇 마디가 오가자, 대충 사정을 넘겨짚을 수 있었다. 아침에 집을 나오는데 강아지가 졸졸 따라나오더라는 것이었다. 부모님은 맞벌이여서 먼저 출근을 한 다음이고. 아이는 강아지를 보고 자꾸 집으로 돌아가라고 하는데도, 강아지는 아랑곳하지 않았다. 워낙 강아지를 좋아하는 아이는, 하루 종일 혼자 있을 강아지가 안쓰러워 일단 품에 안고 학교를 향하던 길이었는데, 횡단보도에 다다르자, 막상 학교에 갔을 때 어떤 일이 벌어질지 알 수 없어 난감했던 모양이다. 다시 강아지를 집에 놓고 가자니 지각을 할 것 같고.

내가 본 것은 거기까지였다. 그런데 출근을 하고 나서도 그 아이와 강아지가 잊히지가 않았다. 상상이 꼬리를 물었다. 통학 지도를 하는 어머니가 그 강아지를 잠시 맡았다가 하굣길에 전해 주었을까. 아니면 지각을 하는 한이 있더라도 다시 집으로 돌아가 강아지를 놓고 학교로 갔을까. 그것도 아니라면, 강아지를 안고 교실로 들어갔을까.

나는 애써 세 번째 상상 쪽에 내기를 걸었다. 아이는 조마조마한 심정으로 강아지를 안고 교문을 통과한다. 5분쯤 늦었을 것이므로, 운동장은 텅 비어 있고. 계단을 오르고 복도를 지나는데, 강아지가 낑낑거린다. 아이는 강아지를 꼭 껴안아 준다. 3층까지 올라가, 복도를 지나 살며시 교실 뒷문을 연다.

그 다음에 어떻게 되었을까. 선생님께 혼이 난 뒤 강아지를 안고 집으로 돌아갔을까. 강아지 때문에 교실이 난리법석이 되지나 않았을까. 나는 또 상상을 한쪽으로 몰아갔다. 선생님은 아이가 강아지 때문에 지각한 것을 단박에 이해하고, 강아지를 양호실에 데려다 놓고 쉬는 시간마다 가서·볼 수 있게 했을 것이다. 강아지 한 마리가 그 날 그 교실을 '아주 특별한 날'로 만들었을 것이다,라고 나는 상상했다.

또 한 해가 간다. 모든 것이 달라진 것 같지만, 달라진 것은 거의 없어 보인다. 나는 이번 연말에, 강아지를 안고 어쩔 줄 몰라하던 아이의

'그 길었던 아침'을 내 '사이드 미러'로 삼고자 한다. 만일 그 아이가 선생님한테서 혼쭐이 나고, 아이들에게 놀림을 당한 나머지, 강아지를 안고 울면서 혼자 집으로 돌아갔다면, 우리 사회의 앞날은 결코 밝지 않다.

내가 그 아이의 선생님이라면 어떻게 했을까. 나 역시 화를 내며 당장 집으로 돌아가라고 소리치지나 않았을까. 약간의 파격을 수용하는 사회가 성숙한 사회이다. 그 때 파격은 고정관념을 깨 준다. 빈틈없는 일상의 삶에 숨통을 터 준다. 우리를 둘러싸고 있는 낡고 오래 된 것들을 다시 보게 한다.

하얀 강아지가 들어왔을 때 탄성을 지르며 포용해 주는 교실이 있어야 한다. 다른 것이면 무조건 나쁜 것이라고 내몰아치는 사회는 사이드 미러가 없는 사회, 브레이크가 없는 사회이다.

세상에서 가장 무서운 체벌

방과 후, 학생 몇이 교실에 남아 있다. 저마다 뭔가 읽고 있다. "이른 아침에 먼지를 볼 수 있게 해 주셔서 감사합니다." 눈을 감고 "그래, 허리를 낮출 줄 아는 사람에게만 보이는 거야"라고 중얼거리는 학생도 있다. 십여 분이 흘렀을까. 학생들이 교실을 나선다. '방과 후 교실'이 끝난 것이다. 학생들은 담임 선생님을 찾아가 시를 한 편씩 암송한다. 담임 선생님이 "내일도 지각할 거야?"라고 묻는다.

물가 상승, 어린이 유괴 살인 및 납치 미수, 흔들리는 남북 관계, 대운하 논란, 막판 총선 판세…, 뒤숭숭한 뉴스가 끊이지 않는 요즘, 오랜만에 반가운 기사를 만났다. 지각한 학생들에게 시를 한 편씩 외우게 한다! 광주 지역 한 중학교 교사가 채찍 대신 시를 들었다는 것이다. 국어 교사려니 짐작했는데, 주인공은 사회과 교사였다. 그래서 더 놀랐다.

시를 쓸 때는 몰랐다. 이십 년 넘게 시를 써 왔고, 시집을 네댓 권 펴냈지만, 시가 독자에게 어떤 의미인지 크게 신경 쓰지 않았다. 시와 시인과의 관계에만 집중했다. 뒤늦게 시 읽기와 시 쓰기를 가르치면서 눈을 떴다. 대학 신입생에서부터 환갑이 넘은 기업인에 이르기까지 다양한 사람들과 시를 사이에 놓고 이야기를 나누면서 확인했다. 시는 나이와 성별, 직업과 관심사를 막론하고 '반성'이었다. 좋은 시는 독자에게 자신의 삶을 돌아보게 했다. 지각생에게 시를 외우게 한 중학교 교사는 시의 본질을 꿰뚫었던 것이다.

남보다 빨리 가고, 남보다 많이 가져야 한다는 강박증에 시달리는 사회에서 스스로를 돌아보는 계기를 갖기란 거의 불가능하다. 경제적 공포에 휘둘리는 사회에서 삶의 척도는 언제나 외부에 있기 때문이다. 소유의 양과 소비의 양이 삶의 질을 판정한다. 그리하여 현대인은 살기 위해 벌지 않고, 벌기 위해 산다. 쓰기 위해 산다. 현대인은 소비자인 것이다. 소비자에게는 반성이 필요 없다. 소비를 통해 자기를 확인하고, 인정받고, 과시하려는 욕망만 있을 뿐이다.

평소 '괜찮다' 싶은 정신과 전문의 한 분이 있었는데, 얼마 전부터 존경하기로 했다. 시의 위력에 대해 잘 알고 있었던 것이다. 그분은 요즘 시 읽기를 통해 마음의 상처를 치유하는 프로그램을 준비하고 있다. 그분이 보기에, 인간의 불행은 거개가 인간 관계에서 비롯한다. 나와 나는 물론, 나와 너, 나와 우리, 나와 그들 사이의 관계를 제대로 설정하지 못하기 때문에 불행하다는 것인데, 시가 그 관계를 바로 보게 하고, 관계를 새롭게 구성하게 해 준다는 것이다. 시의 치유 능력을 믿어온 나는 박수를 쳤다.

지각생에게 시를 외우게 하는 것은 벌이다. 시는 학생들이 엄연한 벌이라고 받아들일 만큼 낯설고 불편한 그 무엇이다. 담임 선생님에게 인사를 하고 돌아서는 순간, 방금 암송한 시를 다 까먹을 수도 있다. 시보다 차라리 팔굽혀펴기가 낫다는 학생도 있을 것이다. 하지만 나는 확신한다. 십 년, 이십 년 뒤 어느 날, 중학교 때 외웠던 시가 튀어나올 것이다. 그 순간, 무릎을 칠 것이다. '아, 그게 그런 뜻이었구나.' 그 때부터 자기 자신과 세계를 바라보는 눈이 달라질 것이다. 시에는, 특히 성장기에 외운 시에는 그런 힘이 있다.

광주 무등중학교 2학년 1반 지각생들이 달달달 외운 다음, 담임 진선주 선생님 앞에서 검사를 받는 시는 '햇살에게'(정호승) '제비꽃에 대하여'(안도현) '단추를 채우면서'(천양희) 등이라고 한다. 짧은 시들이다. 나는 그 반에서 지각생이 사라지면 어떡하나 걱정하다가, 이런 상상을 잠깐 했다. 학생들에게 시를 외우게 하는 '가장 강력한 체벌'을 허용하기로 했다는 새 정부의 발표가 나자, 일선 교사와 학생들은….

아름답고 무서운 원고료

　며칠 동안 상자를 거들떠보지도 않았다. 사무실에서 우체국 택배로 받은 것인데, 발신자가 '우리원식품'이었다. 주소도 낯설었다. 보성군 벌교읍 마동리. 도무지 떠오르는 사람이 없었다. 더러 집에서 배추며 유기농 쌀을 택배로 받아 보았지만, 누가 보내는지 미리 알고 있었다. 그런데 이번만큼은 오리무중이었다. 종이 상자 옆면에는 '25년 유기농 농사의 우리원농장'이라고 적혀 있었다. 생태 환경 문제에 관심을 가지면서, 유기농 분야 선각자들의 이름은 한두 번 들어 본 터였다. 하지만 우리원농장, 우리원식품은 낯설었다.

　내용물이 쉽게 상할 것 같지는 않았다. 홈쇼핑에서 수산물이나 버섯을 주문하면서 알았다. 유통 기한에 민감한 것들은 스티로폼에 담겨 있었다. 내가 받은 택배는 일반 종이 상자였으므로, 보관에는 큰 문제가 없을 것이었다. 오월 어느 주말, 우편물들을 정리하다가 우리원농장에서 온 상자를 뜯어 보았다. '생명의 쌀.' 유기농 쌀이었다. 그런데 비닐로 된 포장지 왼쪽 상단에 '시업詩業과 농업農業의 만남'이라는 제목 아래 제법 긴 문장이 타원형의 노란색 바탕 위에 인쇄되어 있었다.

"대저 농업이란 신성한 노동을 통하여 사람의 먹을거리를 수확, 평등하게 나누기까지 온 과정을 일컫는 성스러운 의식의 동의어이기도 합니다. 선인들은 일찍이 농업을 그저 풀을 키우는 하농과 곡식을 거두는 중농, 땅을 기름지게 만드는 상농, 그리고 사람들을 기르는 성농聖農으로 대별한 바 있습니다. 「시경」은 절체절명의 농민들에게서 쌀을 구하여 소정의 원고료로 대신하고자 합니다. 감히 단언하건대 우리 나라 농업을 지키는 일이야말로 우리 시업을 든든히 하는 것이라고 확신하는 바입니다. 귀한 원고를 주신 선생님께 감사드리며 건승, 건필을 기원합니다. —시의 거울, 시의 경계 「시경」"

아차 싶었다. 택배로 받은 유기농 쌀은 원고료였던 것이었다. 그러고 보니 지난 삼월 초에 보낸 짧은 시 한 편이 생각났다. 그 때 원고 청탁서를 받았는데, 원고 마감일과 시를 보낼 이메일 주소만 신경을 썼지 원고료에 대한 언급은 눈여겨보지 않았다. "원고료는 우리 농업을 지키는 생명의 유기 농법으로 농사를 지어 수확한 무공해 쌀로 드립니다. 원고량에 따라 10킬로그램, 20킬로그램, 30킬로그램 등 다양하게 지급합니다. 반드시 원고 말미에 원고료를 받을 수 있는 주소를 명기해 주시기 바랍니다." 원고 청탁서를 제대로 읽었다면, 나는 저 택배 상자를 방치하지 않았을 것이다. 배달 사원에게 수고하신다는 인사말도 빼놓지 않았을 것이다. 그리고 받자마자 뜯어 보고 꽤나 반가워했을 것이다.

가끔 문단 실정에 어두운 분들이 "시 한 편 쓰면 얼마나 받느냐?"는 질문을 해 온다. "한 편 당 평균 삼만 원쯤 됩니다. 원고료가 없을 때도 있구요"라고 답해 주면 대부분 깜짝 놀란다. 시 한 편 쓰면 몇십만 원쯤 받는 줄 아는 사람들도 제법 있다. 삼사 년 전부터 계간 문예지를 중심으로 시 원고료를 '대폭' 올렸지만(편당 칠만 원 안팎이다), 아직도 일부 시 전문 월간지에서는 원고료를 책정하지 않는다. 원고료는 1980년대 이래 이십 년 가까이 전혀 변화가 없었다. 물가 상승률을 따진다면 해마다 줄어든 셈이다.

소설가들은 어떤지 몰라도 원고료에 민감한 시인들은 많지 않다. 전업 시인이 현실적으로 불가능할 뿐만 아니라, 문예지 사정을 누구보다 빤히 알고 있기 때문이다. 하지만 원고료는 정말 '맛있는 돈'이다. 막 시를 발표하기 시작하던 이십대 초중반, 선배들로부터 들은 이야기가 지금도 생생하다. "시 원고료? 그거 소주 한 잔 하기에 딱 좋은 액수지." 문예지 수가 워낙 적어 시 청탁을 받기가 어렵던 시절, 시 한 편을 발표하고 원고료를 받으면, 그 원고료는 반드시 술값으로 나갔다. 1980년대에도 한 편에 이삼만 원이었으니 서넛이 모여 대폿집에서 거나하게 취할 수 있는 액수였다.

내가 처음 받은 원고료가 생각난다. 등단한 이듬해였으니까, 1983년이었다. 그 무렵에는 계간 문예지가 다 폐간당하고, 월간지 한두 개가 겨우 명맥을 유지하고 있었다. 젊은 시인들은 동인지와 무크지를 통해 암울한 시대와 맞서고 있었다. 「평민시」라는 무크지에 시를 발표했는데, 그 해 가을이었나, 원고료를 받으러 오라는 것이었다. 이화여대 앞

사거리에 있는 출판사 편집실로 갔더니, 나중에 방송인으로 유명해진 발행인이 노란 봉투를 건네는 것이었다. 나중에 봉투를 열어 보니 이만 칠천 원에 동전이 몇 개 더 들어 있었다. 삼만 원에서 세금을 뗀 것이다. 당시의 나에게는 거금이었다. 그 첫 원고료는 그 날 저녁, 학교 앞(그때 나는 복학생이었다)에서 다 날렸다! 그 동안 신세만 지던 친구들을 불러모아 막걸리 잔치를 열었던 것이다.

대학을 졸업하고, 시집을 내고, 문단 언저리에 가끔 얼굴을 내밀었다. 그 사이 원고료를 받는 횟수가 조금씩 늘어갔다. 원고료를 받는 횟수가 늘어나면서 원고료에 대한 애틋함도 조금씩 줄어들었다. 시에 대한 순정이 훼손되고 있었다. 시인으로서의 자의식도 무뎌지고 있었다. 나는 거대 도시의 한복판에서 삼십대 중반을 넘어 어느 새 사십대 초반으로 접어들고 있었다. 사십대 초반의 어느 봄날, 나는 회사 옆에서 농업박물관과 마주쳤다. 그리고 그 날부터 '농업박물관 소식' 연작을 쓰기 시작했다.

농업을 시 속으로 끌어들일 무렵, 나는 농사를 지으며 시를 쓰는 동년배 시인들을 만났다. 경기도 남양주에서 유기농 포도를 키우는 류기봉 시인과 경기도 화성에서 유기농 쌀농사를 하는 이덕규 시인, 그리고 양봉을 하는 경남 진주의 이종만 선생. 이들은 '시인과 농부'가 아니라 '시인 농부' 혹은 '농부 시인'이었다. 나는 이 세 분을 감히 나의 미래, 아니 문학의 미래, 인간의 미래라고 말한다. 나는 도시적 삶이 인간과 문학의 미래를 견인하리라고는 생각하지 않는다. 현재와 같은 도시적 삶은 땅, 즉 농촌을 착취하는 삶의 방식이기 때문이다.

며칠 전, 류기봉 시인은 포도꽃이 피었다는 이메일을 보내 왔다. 이

덕규 시인은, 전화를 걸었더니, 이틀 전 논에 오리 새끼들을 풀어 놓았다고 말했다. 해마다 벌과 함께 꽃을 따라 북상하는 이종만 선생은 지금쯤 강원도 남쪽에서 밤꿀을 채취하고 있을 것이다.

원고료 대신 유기농 쌀을 받아들고, 아직도 도시적 삶을 버리지 못하고 있는 사십대 중반의 나를 돌아본다. 재생 용지로 만든 책(생태학 관련 서적 말이다)을 주로 읽고, 땅과 생명을 주제로 하는 시를 쓰면서도, 나는 거대 도시의 한복판에서 오늘도 쓰레기를 배출하고 있다. 시인은 농부여야 마땅하고, 인간은 땅에 뿌리를 내려야 온전한 인간으로 거듭날 것인데, 농부가 되지 못한 나는, 도시를 떠나지 못하고 있는 나는, 원고료로 받은 10킬로그램짜리 '생명의 쌀'을 감히 뜯어 보지 못하고 있다. 내 시가 저 쌀 한 줌만큼의 효용이 있을 것인가. 내 시 쓰기는 농약과 비료를 치지 않는 저 농부의 지극한 정성을 흉내라도 내고 있는 것일까.

내 시업은 '하농'이었다. 풀이나 겨우 키우는 하급 농업이었다. 저 온전한 쌀로 지은 밥을 한 그릇 지어 먹으면 시가 한 줄 나올지도 모를 텐데, 나는 부끄러워, 밥이 목구멍으로 넘어가지 않는다.

윤구병 사진

"한참 말 안 들을 나이로군"

문학판에서도 잘 모른다. 일간지 문학 담당 기자들과 가까운 문인들도 언론계의 호칭까지는 귀담아듣지 않는다. 문단에서는 나이든 어른을 선생님이라 부르고 오 년 정도 터울이면 형, 동생 하지만, 언론계에서는 무조건 '선배'라고 부른다. 일 년 고참이든 십 년 이상 대선배든 다 선배다. 선배 '님'이라고 하지 않는다. 직위도 마찬가지다. 부장님, 국장님이라고 하지 않는다. 김부장, 박국장이다.

나에게 김훈은 선생님이거나 형님이기 이전에 선배였다. 1987년 여름 어느 날, 인사동의 한 식당에서 처음 만난 날부터 선배였다. 당시 나는 이십대 후반의 무명 시인이었고, 영향력 없는 잡지사의 어수룩한 기자였다. 당시 삼십대 후반이던 그가 그 큰 두 눈으로 빤히 쳐다보며 던진 질문을 나는 선명하게 기억한다. "몇 살이냐?" 내가 "올해 스물여덟

입니다" 하고 답하자, 선배가 말했다. "한참 말 안 들을 나이로구나."
한참 말 안 들을 나이!

선배는 그 때 한국일보 문학 담당 기자였다. 그의 기사는 언론계와 문단은 물론 지식인 사회를 충격하고 있었다. 그의 기사는 육하 원칙(객관주의)에 입각한 기사가 아니라, 글 쓰는 이의 주관에 바탕한 '문장'이었다. 파격이었다. 김훈은 기자가 아니었다. 문단에서 인정하는 문사였다. 그는 팬레터를 받는 거의 유일한 기자였다.

1980년대 후반, 시운동 동인들은 한 달에 한 번씩 인사동 카페에 모였다. 동인을 이끌던 하재봉 형이 시집 합평회를 열었다. 새로 나온 시집 가운데 한 권을 선정해 합평회를 가졌는데, 시집의 주인공뿐 아니라, 기형도, 박해현, 성석제, 원재길 등 동인이 아닌 젊은 문인들도 참석했다. 1부는 재봉 형이 관장했지만, 2부 술자리는 김훈 선배가 좌장이었다. 김선배는 가차없는 심사위원장이었다. 젊은 글쟁이들이 노래를 뽑고 나면, 선배로부터 한마디씩 들어야 했다. 음정, 박자에서부터 자세, 감정, 선곡의 적합성에 이르기까지, 선배는 촌철로 '살인'했다. 그 자리에 모인 젊은 시인들은 저마다 가수였다. 그 무렵 김선배의 지정곡은 "우리는 말 안 하고 살 수가 없나"로 시작되는 '솔개'였다. "언젠가 가겠지, 푸르른 이 청춘"으로 시작되던 '청춘'도 있었다. 그 무렵, 우리는 인사동에서 술 마시고 노래하고 춤을 췄다. 그러나 술 마시고 노래하고 춤을 춰 봐도 달라지는 것은 없었다.

선배에게는 동년배 친구가 거의 없었다. 선배는, 선배의 선배들과 자주 부딪치는 모양이었다. 대신 십 년 아래 젊은 문인들과 놀았다. 김훈 선배 주위에 모이는 후배들은 '한참 말 안 들을 나이'에다 거개가 '마음의 불구자'들이었다. 1989년 봄, 기형도가 죽었을 때, 마음의 불구자들은 한동안 미쳐 있었다. 시운동은 그 때 팜플렛을 발행하고 있었는데, 기형도 추모 호에 쓴 선배의 글 마지막 문장을 지금도 기억한다. "그래, 그 곳에도 누런 해가 뜨더냐. 다시는 돌아오지 말아라."

한참 말을 듣지 않을 나이의 내게 김훈 선배는 직업인으로서뿐만 아니라 인생의 선배였다. 술과 음식에서부터 노래, 등산, 여행은 물론이고 고전과 전통, 영문학, 일본 문화에 이르기까지, 나는 거의 모든 것을 선배에게서 배웠다. 이십대 후반부터 사십대 초반까지, 그러니까 1990년대 초반부터 2000년대 초반까지, 나는 선배와 더불어 월급을 벌었다. 내가 매체를 옮길 수 있었던 것도 선배의 충고와 권유 때문이었다. 그런데 삼 년 뒤, 선배가 내가 있는 직장으로 왔다. 그 뒤 십 년 가까이 한솥밥을 먹었으니, 나에게 선배는 단순한 선배가 아니었다. 1990년대 후반, 잠시 출판사에서 일할 때, 한동안 고민을 해야 했다. 출판사 편집자들이 나에게 "말투까지 김훈 선생님을 닮았다"는 것이었다. 전화 받는 목소리는 물론이고, 특히 술자리에서 더욱 그렇다는 것이었다. 나는 너무 많이 배웠던 것이다. 어디 말투뿐이랴. 내가 쓴 기사, 내가 쓴 산문의 어떤 아이디어, 어떤 표현, 또 어떤 리듬(문체)의 저작권은 나의 것이 아니었다. 선배의 시각과 문장을 모방해 왔던 것이다.

선배의 글 읽기에 대해 말해야 한다. 이성복 시인이 「남해금산」을 펴낸 직후였다. 선배는 이성복 시에 대해 기사를 몇 줄 썼는데, 그 때 나에게 이렇게 말했다. "「남해금산」을 백 번 읽었다." 그는 많이 읽을 뿐 아니라, 깊이 읽는다. 「태백산맥」에 대한 기사를 쓸 때, 그는 그 소설을 정독하면서 대학 노트에다 인물이며 사건, 구성, 문체 따위를 하나하나 정리했다. 선배는 탐욕스럽고 까다로운 독자이다. 사표를 내고(그는 한 국일보에서뿐 아니라 시사저널에서도 자주 사표를 냈는데, 그 때마다 사표는 어떤 사안에 대한 강력한 의사 표현이었다. 그의 사표는 '칼' 일 때가 많았다) 집에서 쉴 때(그럴 때 선배는 '시간이 달다'라고 말했다), 선배는 자신의 이름 뒤에 '독서가'라고 밝혔다. 김훈(독서가).

　선배의 글 쓰기는, 저 혹독한 글 읽기의 연장이다. 그는 이백 자 원고지에 연필로 글을 쓴다. 한 원로 평론가가 '신석기 시대의 글 쓰기'라고 명명했거니와, 그의 연필은 그의 온몸이었다. 그는 온몸으로 연필을 밀고 나간다. 선배의 책상 아래 낭자하던 파지며, 지우개 똥, 담배 꽁초를 나는 잊지 못한다. 선배의 첫 책인 「내가 읽은 책과 세상」에서부터 「풍경과 상처」, 「빗살무늬토기의 추억」을 거쳐 「자전거 여행」, 「밥벌이의 지겨움」, 「칼의 노래」, 「현의 노래」가 다 온몸으로 원고지를 채워 나간 결과이다. 선배의 글은 곳곳에서 경쾌하게 읽히지만, 저 글 쓰는 모습을 목격한 나는 경쾌하게 읽히는 대목일수록 천천히 읽는다. 가장 힘들게 씌어졌을 부분이기 때문이다.

　「내가 읽은 책과 세상」은 선배가 처음 펴낸 책이다. 1989년, 이 책이 처음 나왔을 때, 내 주위의 젊은 글쟁이 가운데 몇몇은 첫 문장을 외우고 있었다. "내일이 새로울 수 없으리라는 확실한 예감에 사로잡히는 중년의 가을은 난감하다." 그 때 나는 삼십대 초반이어서 저 난감함이 절실하지 않았다. 이 책은 몇 년 뒤 서점에서 사라졌지만, 이후 선배의 글과 책에서, 선배의 삶과 사유 속에서 「내가 읽은 책과 세상」은 분명하게 살아 있었다.

선배의 내일은, 즉 선배의 중년은 가을이 아니었다. 선배는 오십대 초반에 본격적으로 소설을 쓰기 시작했고, 오십대 초반에 사회부 기자로서 사건 현장에 뛰어들었다. 선배는 산악자전거를 타고 오십대로 달려들어갔다. 선배의 중년은 난감하지 않았다. 젊은이들보다 더 젊었다.

선배의 글 쓰기에 대해 말해야 한다. 선배의 글 쓰기는 연주다. 「칼의 노래」 초고를 완성하고 나서, 선배는 내게 말했다. "이번에는 중중모리를 구사했다." 내가 알기로, 그는 주제를 정하기 전에, 먼저 그 글에 적합한 박자를 고른다. 24박에서 2박 사이, 휘모리장단에서 진양조장단 사이에서 리듬을 정한다. 그 리듬이 몸에서 숙성한 다음, 몸에서, 몸을 통해 나아간다. 그의 문장이 질주와 저격의 성격을 표현할 때, 그 문상의 리듬은 2박자이다. 반면 그의 문장이 풍경을 묘사하거나, 관능을 이끌어 갈 때, 그의 문장은 진양조장단에 가까워진다. 그의 글(쓰기)은 연주다.

삼십대 후반에 이르기까지, 나는 선생님이나 선배들을 쫓아다녔다. 친구나 후배들을 만나는 시간보다 선생님이나 선배들을 더 좋아했다. 그런데 마흔이 가까워지던 어느 날, 돌아보니 내 뒤에 후배들이 자욱했다. 당혹스러웠다. 내가 선배들을 따라다니는 동안, 후배들을 거들떠보지 않은 것이었다. 나는 헛기침을 하며, 나를 추슬렀다. 그리고 후배들에게 묻기 시작했다. "너 몇 살이냐?" "음, 한참 말 안 들을 나이로구나." 그러나 그뿐이었다.

나는 선배가 되어 있지 못하다. 최근 몇 년 동안, 선배가 되기 위해 나름대로 노력했지만, 나는 아직도 '한참 말 안 들을 나이'의 후배에

머물러 있다. 아, 선배는 그 많은 술값을 다 어떻게 감당했을까. 선배는 그 많은 후배들의 술주정과 '민원'을 어떻게 다 처리해 온 것일까. 나, 선배에게서 모든 것을 배운 후배지만, 내 후배들에게는 나, 아직 선배가 되지 못하고 있다. 내 잘못이다. 나는 선배의 문체와 말투에서 어느 정도 벗어나 있지만, 나는 아직 성인이 되지 못한 것이다.

누군가의 선배가 되기 위해 내 삶과 글을 돌아볼 것이지만, 내가 김훈 선배의 후배라는 사실만큼은 앞으로도 포기하지 않을 것이다. 선배 앞에서 나는 계속 '말 안 들을 나이'를 유지할 것이다. 나는 배워야 할 것이 많고, 선배는 또 선배대로 더 높이, 또 더 멀리 가야 할 곳이 있기 때문이다.

그 책이 좋은 책이라면 그 책은 느림에 관한 책이다

"그가 진정한 시인이라면, 그 시인은 심오한 생태학자이다"라는 말이 있다. 「녹색평론」에 자주 등장하는 문장인데, 내 생애와 더불어 가는 몇 안 되는 금언 가운데 하나이다. 나는 저 빛나는 언어를 다음과 같이 번역해 책의 무게를 다는 데 써먹곤 한다. '그 책이 좋은 책이라면, 그 책은 반드시 느림에 관한 책이다.' 물론 이 때의 책은 문학을 포함한 인문학 분야의 책을 말한다.

느림은 빠름을 전제하고 빠름에 저항하지만, 그렇다고 해서 느림이 단지 속도의 테두리에 가두어지는 것은 아니다. 나는 모든 대안적 문화가 느림에서 나온다고 믿고 있다. 느림에서 돌봄이 나오고, 나눔이 나오며, 더불어 살기가 나온다. 돌봄이란, 자기 자신에 대한 성찰이고, 뭇 생명들에 대한 관심과 배려이다. 나눔은 전 지구적 차원의 생태 문제를 인지하게 하여, 스스로 선택한 가난한 삶을 도모하게 한다. 그리고 더불어 살기는 스스로 선택한 가난에서 비롯한다. 그러니까 느림은, 새로운 삶의 방식을 위한 처음이자 끝이다. 느림이 미래로 가는 문이다.

1987년, 나는 '게으른 사람은 아름답다'라는 시를 쓴 적이 있다. 도시 생활이 강력하게 혹은 은밀하게 요구하는 속도에서 벗어나고 싶었던 것이다. 내 몸 자체가, 다시 말해 유전자가, 나의 생체 리듬이 도시가 강요하는 속도와 어긋나고 있었다. 속도에 적응하는 동안, 나는 내가 아니었다. 나의 '게으름'은 그 뒤 산책과 발효(기다림)의 이미지로 이어졌다. 게으름은 곧 느림이었다.

1993년이던가, 우연히 가톨릭 전문 서점에 들어갔다가 「게으름의 찬양」이라는 아주 작은 책을 발견하고 착잡했던 적이 있다. 아, 게으름의 미학에 대한 저작권이 나에게 있는 것이 아니었구나, 하는 안타까움에, 일찍이 나와 같은 생각을 가졌던 선각들이 있었구나, 하는 반가움이 겹쳐졌다. 내가 도시 문명의 그늘을 '산책'하는 동안(그 한 결실이 졸시집 「산책시편」이다), 느림을 주제로 한 책들이 자주 눈에 띄었다. 밀란 쿤데라는 소설 「느림」을 발표했고, 경제학 분야에서는 「게으를 수 있는 권리」가 나왔으며, 생태학 분야에서는 「월든」, 「오래된 미래」, 「아름다운 삶, 사랑 그리고 마무리」, 서양 근대화 과정에서 시간의 개념에 대한 다양한 시각을 정리한 「시간」, 모험을 통해 '고유의 시간'을 되찾으려한 「느림의 발견」 등 느림의 책 목록은 갈수록 풍부해졌다.

이 중에서 나를 감동시킨 책은 「게으름의 찬양」과 「오래된 미래」, 「아름다운 삶, 사랑 그리고 마무리」, 「시간」이었다. 「게으름의 찬양」(분도출판사, 장익 옮김)은 벨기에의 신부 러클레르크가 20세기 초반, 일찍이 자전거의 속도로 돌아가야 한다고 역설한, 유명한 연설문이다. 내 기억에 따르면(이 책이 너무 매혹적이어서 그 동안 여러 권을 사서 가까운 이들에게 선물하곤 했다), 자동차를 타고 가는 사람은 길가의 풍경에서 분리되지만, 자전거나 도보로 여행하는 사람은 풍경과 하나가 된다는 메시지가 지금도 생생하게 남아 있다. 이 때의 풍경은 생애일 수도 있다. 이 책은 나로 하여금 느림의 미학을 추구하게 한 '복음' 같은 책이다.

헬레나 노르베리 호지가 히말라야 서북부의 오지 라다크의 전통 문화를 현장에서 보고한 「오래된 미래」는 나의 화두로 자리잡고 있다. 라다크의 자연 환경과 역사, 전통 문화가 어우러져 있는 공동체적 삶의 방식이 얼마나 환경 친화적이며, 얼마나 인간적인 것인지를 증명한 이 책은 우리가 가야 할 미래는 과거나 현재와 단절된. 전혀 새로운 삶의 방식이 아니라, 우리가 버린 것, 잃어버린 것, 잊어버린 것에서 창출되는 새로운 문화일 것이라는 결론이었다. 물질적으로는 결코 풍족하지 않지만 아무도 가난하다고 생각하지 않는 라다크의 공동체 문화는 진보, 즉 개발론에 의해 저질러지는 빠름의 야만적 질주에 브레이크를 걸고 있다.

「아름다운 삶, 사랑 그리고 마무리」는 '타고난 비순응주의자'인 스코트 니어링의 삶을, 그의 반려자였던 헬렌 니어링이 기록한 책이다. 일백 번째 생일을 지내고, 오랫동안 준비해 온 방식(음식을 끊었다)으로 죽음을 맞이한 스코트의 삶은, 크게 둘로 나뉜다. 전반부는 미국 자본주의 사회를 비판하는 비타협적 사회주의자의 삶이었고, 후반부는 도시를 떠난 '땅에 뿌리박은 삶'이었다. 그의 땅에 뿌리박은 삶은 "적게 소유하고 풍부하게 존재하라"는 것이었다. 일상 생활에서 번잡스러움을 피하고, 마음의 평정을 유지하며, 이웃과 나누고, '하나의 생명'(신)을 관찰하라고 스코트는 권유한다. 스코트는 속도의 제국주의에 반기를 들고 느림의 삶을 완성한 거의 유일한 사람이었다.

독일 뮌헨대학교 교수인 칼하인츠 A. 가이슬러가 지은 「시간」은 한마디로 느림의 잠언집이다. 그는 "나는 바쁘다, 고로 나는 존재한다"는 서구 근대적 삶의 명제를 "나는 머무른다, 고로 존재한다"라고 뒤바꾸고 싶어한다. 가이슬러는 서양 고전을 뒤져 느림의 미학을 언급한 명문들을 곳곳에 배치하며 시간의 생태학을 선보인다. "원래 나는 지금과는 다른 사람이었다. 다만 원래의 나로 사는 것이 좀체 허락되지 않았을 뿐이다"(호르바트, 오스트리아 현대 극작가)랄지, "많은 사람들에게 인생은 이미 지나가 버렸다. 그들이 인생에 필요한 장비를 갖추는 사이에"(세네카) 또는 "생각이 깊은 사람이라면 어떤 유혹이 있어도 경주에서 일등을 하고 싶어하지 않는다"(프란츠 카프카)와 같은, 깨달음이 도처에서 빛난다.

느림은 이제 선택의 문제가 아니다. 느림은 '나'를 찾고자 하는 사람이라면 당연히 체득하고 실천해야 할 절체절명의 삶의 방식이다. 느림은 삶의 주인이 되는 방법인 동시에, 삶의 주인이 추구해야 할 삶의 목적이다. 느림이 기다림을 낳고, 우정을 낳고, 사랑을 낳는다. 그리하여 느림은 뭇 생명과 더불어 사는 삶을 가져다 준다.

늘 곁에 두고 아껴 읽는 책이 있다면, 다시 펼쳐 보라, 그 책들은 어떤 방식으로든 느림의 아름다움에 관하여 이야기하고 있을 것이다. 느림이 없는 책이라면, 그 책은 좋은 책이 아니다.

격월간 녹색평론

우리에게 희망이 있다면, 그리하여 인간이 22세기를 맞이할 수 있다는 희망이 있다면, 그 희망은 '칠천 명' 가운데에서 나올 것이다. 그 칠천 명이 바로 격월간 생태 전문지 「녹색평론」을 구독하는 사람들이다 (돌려가며 읽거나, 지난 호를 구해 보는 독자들까지 추산하면 이만 명이 넘을 것이다).

"우리에게 희망은 있는가"라는 암울한 질문을 던지며 1991년 11월에 창간된 「녹색평론」은 우리 사회, 아니 자본주의 문명에 대한 가장 강력한 비판이고 성찰이며 대안이다. 발행인 겸 편집인 김종철 선생(전 영남대 영문학과 교수, 문학비평가)은 한국 사회에서 찾아보기 힘든, 몇 안 되는 근본주의자이다.

나처럼 게으른 시인에게 「녹색평론」은 서늘한 '경전'이다. 삶과 문화를 움직이는 '보이지 않는 손'의 정체를 밝히는 동시에, 마음과 몸, 생명과 우주의 신비를 깨달아야 할 시인에게 「녹색평론」은 따가운 죽비이다. 눈 부릅떠라, 재앙은 오고 있는 것이 아니라, 이미 와 있다, 깨어 있는 눈으로 보라, 미래는 지나갔다며 등줄기를 후려갈기는 죽비!

「녹색평론」은 인간 중심주의, 다시 말해 인간의 인간에 대한 '지속적인' 자해 행위 앞에서 절망한다. 하지만 이 '작은 담론'은 지속 가능한 삶의 양식을 모색하는 진정한 진보주의이다. 이 담론을 공유하는 독자들을 학자, 예술가, 작가, 농부, 활동가 따위로 구분하는 것은 아무런 의미가 없다. 저 직업들은 생명을 '위기 이후'로 몰아붙인 산업 문명의 강요에 의한 구분이기 때문이다. 달리 말해, 저 직업들은 자연을 도구화해 온 산업 문명에 적응하기 위한 안간힘에 다름 아니다. 「녹색평론」 독자들은 '새로운 사람들'이다.

내가 이해하기에, 이 산업 문명은 인간을 과잉과 결핍이라는 양 극단 사이에 위치시킨다. 이 문명 속의 인간들은 욕망과 속도, 건강과 풍요를 추로 삼아 무한 진자振子 운동을 하고 있다. 과잉 혹은 결핍, 아니면 과잉과 결핍이 겹쳐져 있는 문명이 '마지막 문명'일 수밖에 없는 까닭은, 멈출 수가 없기 때문이다. 스스로 정지하려 하지 않기 때문이다. 가까운 미래, 아니 닥쳐온 재앙이 빤히 보이는데도 이 문명 속의 인간은 변화하지 않으려고 한다.

생명의 위기를 목도하면서 나는 내가 인간이라는 사실에 진저리를 쳤다. '만물의 영장'이라는 인간, 지구의 주인이라는 인류를 신뢰할 수가 없었다. 크고 빠른 것에 대항하여 작고 느린 것을 추구하며, 흙(소규모 농업)이 갖고 있는 미래성을 강조하는 글을 끄적거리면서도, 나는 감히 인간에 대한 희망을 말할 수 없었다.

　생태적 위기의 원인은 인간 중심주의에 있으므로, 그 동안 인간이 누려 온 자연에 대한 폭력적인 지위를 포기하고 나무의 입장으로, 새와 짐승의 눈높이로 돌아가야 한다(역의인화)고 주장하면서도, 나는 내가 가증스러웠다. 나는 이 문명이 제공하는 혜택을 거부하지 않은 채, 인간 중심주의를 공격했던 것이다.

　나 같은 이중적 지식인에게 「녹색평론」은 두려운 감시자였다. 나는 「녹색평론」에서 자전거의 위력을 확인했고, 컴퓨터가 자랑하는 기억 능력이 얼마나 허망한 것인지를 알았고, 세계화가 얼마나 반인간적인 질주인지를 깨달았고, 이 땅에서 흙과 더불어 생명의 미래를 일구는 아름다운 선구자들을 만났다. 격월간 「녹색평론」뿐만이 아니다. 녹색평론사가 펴내는 단행본들도 저마다 '경전'이었다. 「오래된 미래」, 「우리들의 하느님」, 「나락 한 알 속의 우주」, 「간디의 물레」를 나는 늘 곁에 두고 틈이 날 때마다 펼쳐 놓고, 내 삶의 꼴을 돌아보곤 한다.

　인간 중심주의를 지양하는 삶은 불편함을 선택하는 삶이다. 모든 과잉, 예컨대 화석 에너지를 사용하는 엔진들, 흙과 물의 죽음 위에서 생산성만을 추구하는 화학 농법들, 버릴 수조차 없는 소비재들, 젊음에 대한 집착, 부와 권력에 대한 광기 따위의 과잉으로부터 과감하게 등을 돌리는 삶이다.

　생명과 더불어 사는 삶, 지속 가능한 삶은, 자연 속에서 자연과 더불어 결핍을 자기화하는 삶이다. 이미 많은 혜안들이 지적했거니와, 스스로 선택한 가난은 가난이 아니다. 강요당한 가난은 견디기 어려운, 반인간적인 비극이지만, 선택한 가난은 물질적 결핍을 정신적 풍요로 바꾸어 주는, 새롭고 적극적인 삶의 방식이다.

어떤 의미에서 근본주의는 위험하다. 비타협주의는 생태 파시즘과 연결될 수 있다고 우려하는 시각도 없지 않다. 그러나 종교나 예술, 학문이나 정치, 어느 분야를 둘러보아도 현재의 결핍과 과잉의 관계를 역전시키려는 인식과 의지가 보이지 않는다.

나는 「녹색평론」과 그 독자들 속에서 '오래된 미래'를 발견한다. 이 '작지만 매운 매체'와 독자들이 생태적 삶, 지속 가능한 삶, 다시 말해 자연에 대한 인간의 폭력을 제거하고 결핍을 선택한 아름다운 삶의 모델을 제시한다면, 미래는 아직 지나간 것이 아니다. 채 일만 부가 넘지 않는 '작은 매체'가 서 있는 자리는 이처럼 의미심장하다. 「녹색평론」이 인류의 마지막 매체가 될 것인가, 아니면 새로운 삶의 방식을 제시한 최초의 매체가 될 것인가. 그것은 인간 중심주의를 언제, 어떻게 버리느냐에 달려 있다.

그리고 '하루빨리 버려야 할' 인간 중심주의는 바깥에 있지 않다. 다름 아닌 '내 안'에 있다. 우선 나부터 가난해지자. 작아지자. 단순해지자. 그리하여 더불어 풍요로운 존재가 되자.

척추로 읽어라

빵집은 쉽게 빵과 집으로 나뉠 수 있다
큰 길가 유리창에 두 뼘 도화지 붙고
거기 초록 크레파스로
아저씨 아줌마 형 누나님
우리집 빵 사 가세요
아빠 엄마 웃게요, 라고 쓰여진 걸
붉은 신호등에 멈춰선 버스 속에서 읽었다
그래서 그 빵집에 달콤하고 부드러운 빵과
집 걱정하는 아이가 있다는 걸 알았다
나는 자세를 반듯이 고쳐 앉았다

금세 한 장의 그림이 그려진다. 이면우 시인의 '빵집'이라는 시의 일부이다. 시 속의 화자는 버스를 타고 퇴근하는 길에 빵집 유리창에 붙은 어린아이의 글씨를 본다. 아마 빵이 잘 팔리지 않는 모양이다. 어린아이는 빵이 많이 팔려야 집안에 웃음꽃이 핀다는 사실을 알고 있다. 하지만 손님을 끌고 올 수는 없고. 결국 '광고'를 하기로 한 것이리라. 어쩌면 부모님이 빵이 잘 팔리면 아이가 원하는 선물을 사 준다고 약속했는지도 모른다. 아이의 때묻지 않은 마음이 빵 냄새처럼 풍겨 온다.

그런데 나는 갓 구워 낸 빵처럼 따뜻한 아이의 마음 못지않게 시 속의 화자의 변화에 주목한다. 화자는 빵집에 나붙은 삐뚤삐뚤한 글씨를 보고 '자세를 반듯이 고쳐 앉았'다. 자세를 바로 한다는 것은 정신이 퍼뜩 들었다는 뜻이다. 나는 이 시에서 책과 책읽기의 진정한 모델을 발견했다. 아이가 빵집 유리창에 써 놓은 글이 책이라면, 그것을 보고 자세를 바로 하는 퇴근길의 화자는 진짜 책을 좋아하는 독자다.

책을 많이 읽는 것도 좋지만, 바른 자세로 읽는 것 또한 중요하다. 누워서 읽을 수 있는 책은 많다. 시간을 죽이기 위해 집어드는 책도 부지기수다. 목차만 훑어보아도 필요한 정보를 파악할 수 있는 책도 많다. 다 좋다. 하지만 퇴근길 버스 속에서 아이의 글씨를 보고 자세를 반듯이 하는 이 시의 화자처럼 척추를 곧추세우고 읽어야 하는 책이 있다.

책 속에 길이 있으니, 그 책 속으로 얼른 들어가라는 '교장 선생님'의 훈화가 아니다. 오히려 그 반대다. 책을 읽되, 때와 장소를 가려 읽으라는 것이다. 때와 장소를 가려 책을 읽을 수 있다면, 그 사람은 이미 일정한 경지에 올라 있는 사람이다. 책에 따라 그 책을 읽는 때와 장소가 달라진다. 더 정확하게 말하면 책을 읽는 자세가 확연하게 차이가 난다.

내가 존경하는 분들 중에 남다르게 책을 읽는 분이 몇 있다. 먼저, 호텔방에서 책을 읽는 분이 있다. 남들이 여름 휴가를 떠날 때, 그분은 평소 읽고 싶었던 책을 한 보따리 싸들고 시내에 있는 호텔로 들어간다. 일 주일쯤 두문불출하며 책읽기에 빠져든다. 여름 휴가철에 도심의 호텔만큼 한적한 장소도 드물다. 돈이 조금 들어가지만, 방해받지 않고 집중을 유지하는 데는 이만한 방법도 흔치 않다.

또 한 분은 매주 일요일 아침이면, 맑은 정신으로 책상에 앉아 한 시간 동안 책을 본다. 일요일 아침 한 시간을 '호텔 방'처럼 확보해 놓은 것이다. 일요일 아침에 읽는 책은 평소 필요에 의해 펼치는 책과는 성격이 다른 책이다.

세 번째 사람은 세계 최고의 부호인데, 일 년에 한 달씩 휴가를 내고 틀어박혀 책만 읽는다고 한다. 휴가를 마치고 다시 집무실에 돌아가면 새로운 아이디어가 쏟아져 나온다고 한다.

호텔에 들어가 책을 읽는 분은 30년 가까이 기자 생활을 하다가 쉰이 넘어 소설가로 변신한 김훈 선생이다. 「칼의 노래」나 「자전거 여행」과 같은 문장이 하루 아침에 나온 것이 아니다. 두 번째 분은 동국대 국문과에 계시는 문학 평론가 황종연 교수다. 황교수는 풍요로운 이론과 날카로운 안목으로 정평이 나 있는데, 내가 보기엔 저 일요일 아침의 참선 수행 같은 독서가 그 비결 가운데 하나가 아닌가 싶다.

세 번째 사람은 누구나 다 아는 사람이다. 바로 빌 게이츠. 그는 "어릴 때 마을 도서관이 없었다면 오늘의 나는 없었을 것이다"라고 고백한 적이 있다. 책과 더불어 성장한 그는 마이크로소프트사를 설립하고, 그

것을 세계 최고의 기업으로 끌어올린 뒤에도 책읽기를 게을리하지 않고 있다.

그런데 한번 상상해 보라. 김훈 선생이나 황종연 교수 그리고 빌 게이츠가 책을 읽을 때 어떤 자세일까. 빌 게이츠한테서는 직접 들어 보지 않아서 모르겠지만, 적어도 앞의 두 분은 정좌하고 책을 읽는다. 정좌란 척추를 곧추세우는 자세를 말한다. 스님들이 깨달음을 구하고자 용맹정진할 때, 척추를 수직으로 세운다. 척추가 흐트러지는 순간, 집중력은 깨져 버린다. 숙비가 날아가게 마련이다.

호텔에서 책을 읽기란 쉽지 않다. 일요일 아침 혼자 있을 수 있는 시간과 공간을 확보하기도 만만치 않다. 빌 게이츠처럼 비행기를 타고 홀로 조용한 휴양지를 찾기란 더욱 불가능하다. 하지만 지하철에서든, 교실이나 강의실에서든, 화장실에서든 척추를 바로 세우고 읽는 책이 한두 권 있다면 오케이.

척추를 곧추세우고, 다시 말해 온몸과 마음을 집중해 읽은 책이 한두 권 있다면, 당신은 책 속에서 이미 길을 찾았을 것이고, 또 그 길 위에서 새로운 길을 찾아 나갔을 것이다. 책을 몇 권 읽었느냐는 결코 중요하지 않다. 척추를 곧추세우고 읽은 책이, 또는 그런 자세로 읽고 싶은 책이 과연 몇 권이 있는지가 책읽기의 핵심이다. 척추로 읽는 책이 진짜 책이다.

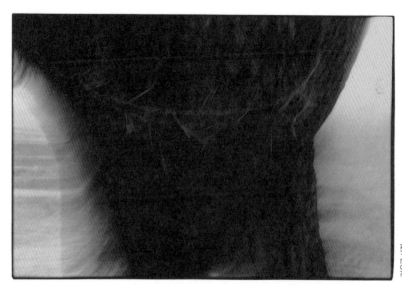

흔들린 사진

최근에 나온 열화당 사진 문고 「강운구」의 맨 마지막 사진. 2003년 경남 합천 마현에서 찍은 네 컷짜리 연작의 마지막 컷, 흔들린 사진 (219쪽 사진)이다.

이 사진에 대해 강운구 선생은 다음과 같은 토를 달았다(이 책의 별미 가운데 하나가 선생이 직접 달아 놓은 사진 설명이다).

"마지막 것은 흔들렸다. 나는 그 실수를 기꺼이 받아들인다."

몇 년 전, 운 좋게도 강운구 선생을 따라 1박 2일 동안 지리산 일대를 어슬렁거린 적이 있다. 그 때 처음으로 카메라를 든 강운구 선생을 바로 곁에서 지켜볼 수 있었다.

운봉의 한 벌판에서 돌장승을 찍을 때였던가. 아, 선생의 두 다리는 굳건했다. 선생은 손으로 셔터를 누르는 것이 아니었다. 두 팔을 겨드랑이에 밀착시킨 것이 아니었다. 두 발을, 아니 온몸을 지구에 고정시킨 것이었다. 셔터 소리가 나기 직전과 직후, 선생은 숨을 죽였다.

그 순간 땅은 움직이지 않았다. 세계는 정지되어 있었다.

움직이는 세계를 포착하기 위해 카메라는 움직이지 않아야 한다는 숙명은 역설적이다. 그런데 그런 숙명을 누구보다 깊이 체득하고 있는 선생이 '흔들린 사진'을 보여 주고 있다.

대가의 파격이라고 넘어갈 수도 있지만, 나는 저 흔들린 사진 앞에서 흔들린다. 인간의 야만적인 탐욕(개발 지상주의)을 묵묵히 지켜보고 있는 사백 년 묵은 소나무의 마음이 보이기 때문이다. 또 그 소나무 앞에서 안타까워하는 카메라의 마음이 읽히기 때문이다.

나는 저 흔들림을 감히 받아들인다. 땅이, 생명이 흔들리고 있는 것이다. 아프고, 아프고, 또 아프다.

*이 글은 「여행하는 나무」(글 사진 이미지프레스, 2005)의
 '사진가 연구 강운구: 내가 좋아하는 강운구의 사진 한 장'(120-121쪽)에 실렸던 것이다.

이

음식이

어디서

오셨는가

식탁 위에 올라온 지구

"식탁 위에 지구가 올라온다." 집 앞 슈퍼마켓에 갔다 오는 길에 퍼뜩 떠오른 문장이다. 빨간색 채소와 과일이 몸에 좋다기에 페트 병에 든 토마토 주스를 사 오다가 상표를 보았다. '원산지; 포르투갈.' 아주 멀리서 온 토마토였다. 식탁에 올라온 음식들의 '고향'을 하나하나 살펴보기 시작한 것은 그 때부터였다.

콩과 깨는 중국, 밀가루와 쇠고기는 미국과 호주, 포도와 포도주는 칠레, 치즈는 덴마크, 포도주는 프랑스와 칠레(호주도 있다). 식탁은 지구촌이었다. 국내산 먹을거리는 많지 않았다. 문제는, 수입 농산물이 아니더라도 누가, 어디에서, 언제, 어떻게 생산한 것인지 알 수가 없다는 것이었다. 내가 분명하게 알 수 있는 농작물은 현미와 포도즙, 단 두 가지였다. 현미는 경기도 화성에서 오리 농법으로 지었고, 포도즙은 경기도 남양주에서 농약과 비료를 일체 뿌리지 않고 키운 포도를 짠 것이다.

집에서 먹는 음식이 이럴진대, 하루 한 끼 이상을 밖에서 사 먹어야 하는 직장인들은 그 음식에 들어가는 재료가 어디에서 온 것인지 알 길이 없다. 콩과 밀, 쇠고기와 닭을 어느 나라에서 누가, 어떤 장소에서, 무얼 먹여 키우는지 알 수는 없지만, 어쨌든 식탁까지 지구가 '배달'되는 것만은 분명하다. 식탁 위에 올라온 지구. 나는 숟가락과 젓가락으로 날마다 지구를 내 몸 속에 투입하고 있었다.

식탁 위의 지구. 이것은 은유적인 표현이 아니다. 엄연한 사실이다. 제국주의와 자본주의가 농산물을 수탈하고, 유통시키며 진전을 거듭했다는 세계사를 펼쳐 볼 필요조차 없다. 자동 판매기에서 커피 한 잔을 뽑아 들며 '이 커피가 어디에서 왔을까'라고 묻는 순간, 농축산물이 이동하는 경로가 머릿속에 그려진다. 지구 전체가 느껴진다.

이 음식이 어디서 왔는가.
내 덕행으로 받기가 부끄럽네.
마음의 온갖 욕심 버리고
육신을 지탱하는 약으로 알아
보리를 이루고자 공양을 받습니다.

지리산 북쪽, 남원시 산내면에 있는 천년 고찰 실상사 공양간 배식대에 붙어 있는 게송이다. 한시 형태로 되어 있는 것을 우리말로 다듬은 것이다. 세 해 전 어느 봄날, 실상사를 찾았다가 눈에 번쩍 띄었다. 그 전부터 익히 보고 들었던 공양 게송이었지만, 그 날은 전혀 다른 울림으로 다가왔다. 그 날은 내게 아주 특별한 날이었다.

몇 해 전, 수경 스님을 단장으로 한 '지리산 팔백오십 리 도보 순례단'에 끼어 하루 평균 24킬로미터씩, 함양에서 출발해 산청, 하동, 구례를 거쳐 남원에 이르는 길을 걸을 때였다. 길 위에서 걷고, 먹고, 자며 많은 것을 보고 느꼈다. 우회 도로가 모두 직선으로 바뀌고 있었고, 모든 도로는 걷는 사람이 아니라 달리는 자동차를 위한 것이었으며, 단 하루도 덤프 트럭과 포크레인을 만나지 않은 날이 없었다. 시골에서 중학교를 다닐 때 걸어 본 뒤로, 그렇게 온몸으로 걷기와 하나가 된 적도 없었다. 분단 상황의 엄연함, 생태계의 위기, 농촌의 공동화에 대한 체감 온도도 높아졌다. 하지만 저 도보 순례에서 내가 가장 크게 깨달은 것은 밥이었다. 먹는다는 것.

하동에서 섬진강 하구를 만나, 섬진강을 거슬러 구례 쪽으로 올라가던 오월 중순, 맑은 날이었다. 버찌가 한창 익어 가고 있었다. 그 날 순례단은 섬진강 허리께 둑방에 앉아 점심을 먹었다. 순례단은 하루 세 번, 플라스틱 대접(분식집에서 흔히 볼 수 있는)에 자기가 먹을 만큼 밥을 담고 그 위에 세 가지 반찬을 얹는다. 여기에 국 한 그릇을 곁들이는데, 두 가지 조건이 있다. 첫째가, 절대 남기면 안 된다는 것이고, 둘째, 설거지는 두루마리 휴지 두 조각으로 해결한다는 것이다. 길 위에서 생활한 지 일 주일이 넘었는데도, 밥과 반찬, 국의 양을 맞추기가 쉽지 않았다. 남을 때가 많았다. 하루 종일 걷는다는 '특수 상황'이긴 했지만, 사십 년 넘게 하루 세 번씩 먹어 온 밥인데, 자기가 먹을 밥을 예측하지 못하다니, 난감했다.

마침 점심을 드시고, 나무 그늘에서 쉬고 있던 스님께 여쭈었다. "스님, 밥 양을 맞추기가 여간 어렵지 않습니다." 그랬더니 스님께서 씨익 웃으시며 이렇게 말하는 것이었다. "그거 알면 다 깨달은 거야!" 그 날 저녁, 소설 「토지」의 무대 평사리로 들어갈 때까지, 나는 먹먹했다.

도보 순례는 오월 십팔일 오전, 실상사에 도착하면서 막을 내렸다. 그 날 순례단은 실상사 공양간(식당)에서 점심을 먹었는데, 공양간 배식대에 저 '게송'이 붙어 있었다. 섬진강 가에서 들은 수경 스님의 말씀과 겹쳐져 저 다섯 행의 게송이 '천둥처럼' 들려왔다. 그 때부터 밥에 대해 까다로워지기 시작했다. 먹는다는 것에 대해 예민해지기 시작했다. 식탁 위에 올라와 있는 지구와 '대화'하는 사태에 이른 것도 다 그 때문이었다. 먹지 않고는 살 수 없다, 배설하지 않고는 살 수 없다. 이 두 가지 단순한, 그러나 무섭기까지한 사실을 유념하기 시작한 것이다.

'이 음식이 어디에서 왔는가' 라는 질문은 '이 음식은 어디로 가는가' 라는 물음을 내장하고 있다. 얼마 전, 회사 화장실에서 소변을 보다가 몸서리를 쳤다. 벽에 붙어 있는 소변기가 바다로 보였던 것이다. 바다의 입이 십층 건물까지 올라와 있었다. 내가 버린 오줌이 소변기를 통해 하수구와 강을 거쳐 바다에 이르는 길이 빤히 보였다. 식탁 위에 올라온 지구가 화장실을 통해, 하수구를 통해 다시 지구로 돌아가는 것이었다. 내 몸을 거쳐 순환하는 '거대한 원圓'을 실감한 것이다.

선禪에 대해 공부한 적도 없고, 선 수행을 통해 마음의 어떤 미답지를 밟아 본 적도 없다. 다만 선은 늘 깨어 있으려고 하는 마음가짐일 것이라고 나름대로 정리하고 있을 따름이다. 화두를 붙잡고 토굴에서 용맹정진하는 수행은 내게 너무 높고 멀다. 거대 도시에서 직장에 얽매여 밥을 벌어야 하는 나 같은 사람에게는 밥을 먹을 때는 밥에, 걸을 때는 걸음에, 꽃을 볼 때는 꽃에, 사람을 만날 때는 그 사람에게 집중하라는 '위빠사나'가 어울리는 듯하다. 수처작주隨處作主, 즉 어디에서든 주인이 되라는 선가의 가르침을 실천할 수는 없지만, 가능하면 매 순간, 내가 내 느낌, 내 행위, 내 마음의 주인이 되고자 하는 의지를 잃지 않으려고 한다.

나는 깨달음을 상식의 차원에서 이해하고자 애를 쓴다. "우리는 모두 연결되어 있다." 이 말은 아메리카 인디언 추장이 한 세기 전쯤, 땅을 팔라고 요구하는 백인들에게 한 말이다. 그 추장이 화엄경을 읽었을 리 만무하다. 불과 한 세대 전만 해도 우리의 어머니들은 흙을 파기 전에 손바닥으로 땅을 두드렸다. 땅 속에 있는 미물들이 놀라지 않도록 미리 배려한 것이다. 이 땅의 어머니들은 숨을 들이마실 때 생명(벌레)이 들어갈까봐 천으로 입을 가리고 다니는 인도의 자이나교 수행자와 다를 바 없다.

이 음식이 어디에서 오는가. 먹을 때마다 이 질문을 잃지 않는다면, 우리 삶의 방식이 조금씩 달라질 것이다. 내 몸에서 나온 이것이 어디로 가는가. 배설을 할 때마다 이 물음에 대한 답을 할 수 있다면, 지금과는 다른 삶의 방식에 대한 실천 가능한 의견들이 모아질 것이다. 깨어 있으려고 노력하면, 내가 어디에 있고, 어디로 가고 있는지 알 수 있다. 내가 무엇과 어떻게 연결되어 있는지 알 수 있다. 모든 생명이, 나아가 무기물을 포함한 모든 존재가 서로 연결되어 있는, 살아 있는 네트워크라는 '상식'을 받아들인다면, 생명과 생명 사이가 평화로운 세계는 그만큼 가까워질 것이다.

식탁 위에 지구가 올라온다. 우리 몸 속으로 우주 전체가 들어왔다가 나간다.

내 몸이 신전인데

내 귀를 의심했다. 서울에서 출판사를 하다가 삼 년 전 전북 임실로 들어가 농사를 짓고 있다는 젊은이가 "내 몸이 신전神殿이다"라고 말했다. 나는 뒤통수를 한 대 얻어맞은 듯했다. 몇 해째, 몸을 시의 화두로 삼고 소위 '몸 시詩'라는 걸 써 오고 있는 처지였는데, 내가 써 온 수십 편의 시가 귀농 삼년차 농투성이의 한 마디에도 못 미치는 것이었다.

바야흐로 시절은 오월, 그것도 지리산 남쪽 기슭이었다. 함양에서 산청을 에돌아 하동으로 들어서는 길이었다. 전국에서 모여든 스물두 명의 '순례꾼'들이 십육일 동안 지리산 외곽을 걷던 중, 하동으로 넘어가는 고갯길에서 하룻밤을 지낼 때, '내 몸이 신전'이라고 말하는 젊은 농부와 인사를 나누었다. 나이보다 훨씬 젊어 보였다. 얼굴 피부가 결이 고운 나무 속살 같았다.

이튿날부터 자세히 보니, 그 친구는 틈이 날 때마다 막 돋아난 푸성귀를 뜯어 물통에 담곤 했다. 모든 풀이 차(茶)라는 것이었다. 여럿이 음식을 먹을 때는 까탈을 부리지 않았지만, 생식이나 채식에도 일가견이 있어 보였다. '신전 안에 어떻게 함부로 만든 음식을 모실 수 있느냐'라고 말하는 것 같았다. 깨끗하고 단정한 음식 때문이었을까. 그 친구는 언행에도 흐트러짐이 없었다. 주위와 쉽게 어울리면서도 어떤 품격이 있었다. 화이부동和而不同. 그러면서도 파격이 있었다. 낮 동안 도보 순례를 마치고 해질 무렵 숙소로 쓸 천막을 치고 나면, 더러 탁주가 몇 순배 돌았는데, 낯빛이 거나해진 그 친구는 벌떡 일어나 춘향가 한 대목을 늘어놓곤 했다. 나는 오랜만에 여백이 있는 삶, 향기가 나는 삶과 마주하고 있었다.

도보 순례는 길 위에서 먹고, 길 위에서 잠잔다. 음식을 준비하는 팀이 따로 있었지만, 절대 음식을 남기면 안 되었고, 물로 하는 설거지도 불가능했다. 지리산을 한 바퀴 도는 길 위에서 나는 몇 번이나 절망했다. 사십 년 넘게 하루 세 끼 꼬박꼬박 밥을 먹어 왔으면서도, 정작 내가 남기지 않고 먹을 수 있는 밥의 양을 모르고 있었다. 길 위에서 밥을 먹을 때, 나는 늘 두어 숟가락씩 과식했다. 실로 오랜만에 몸으로 돌아간 나는 식탐을 어쩌지 못했다.

오월 하순, 서울로 돌아온 지 사흘 만에 나는 원상태로 돌아가고 말았다. 보름 넘게 걸으며 몸 구석구석에서 팽팽했던 근육이며, 신록에 물들었던 눈동자며, 지리산에 내장되어 있는 비극의 현대사며, 겨우 길들였던 식습관 따위가 모두 사라졌다. 내 몸을 신전으로 여기고, 그 신전 안에다 올바르게 키운 음식만을 모시자던 나의 다짐은, 서울에서 여지없이 깨져 나갔다. 집에서 아내가 차려 주는 음식은 선택과 통제가 가능했지만, 식당에서 사 먹는 점심과 저녁 술자리는 어찌할 수가 없었다.

1990년대 중반, 내가 환경 문제에 새삼 눈뜰 무렵, 원주에서 대하 소설 「토지」 마무리 작업에 몰두하고 계시던 박경리 선생을 찾아뵌 적이 있다. 환경 문제에서도 선각인 선생은 텃밭에다 직접 채소 농사를 짓고 있었다. 인터뷰를 마치고 작별 인사를 나누려는데, 갑자기 선생께서 텃밭으로 향했다. 한창 성이 나 있는 풋고추를 따서 주섬주섬 봉투에 담아 주시는 것이었다. 매운 고추 매니아인 나로서는 황감했다. 「토지」의 작가가 자신의 '토지'에서 키운 순결한 풋고추였다. 원주 시계를 벗어나자마자, 처음 나오는 식당에 들어가, 막된장부터 시켰다. 아, 그 풋고추 맛이라니. 첫맛은 따가울 정도로 매웠지만, 입 안에 환한 향기가 도는 듯했다. 종당에는 단맛까지 났다. (정말 매운 고추는 양주를 마실 때 곁들여 내오는 멕시코산 절인 고추다. 굵은 멸치보다 작은 그 연녹색 고추는 그야말로 매운데, 오직 매운맛 한 가지이고, 그 매운맛도 뒤끝이 불쾌하다. 멕시코산 절인 고추는 음식이라기보다 화공 약품에 가깝다.)

박경리 선생이 키운 풋고추를 '시식'한 직후, 나는 한 음식이 식탁에 오르기까지 그 과정이 투명하게 밝혀진다면, 그것이 바로 생태, 환경 운동의 절정이자 음식 혁명이라고 생각했다. 먹을거리의 고향과 성장 과정, 그리고 가공과 유통 과정이 명백하게 드러난다면, 그 순간, 인류는 전혀 새로운 문명에 진입해 있는 것이라는 확신을 갖기에 이르렀다. 제아무리 자기 몸을 신전으로 떠받들고 싶어도, 그 신전에 모실 음식의 '이력서'를 작성할 수 없다면, 그 신전은 버림받은 신전이다. 도보 순례를 할 때 만난 젊은 농부나 텃밭에서 고추를 키우던 박경리 선생이 되기 전까지 내 몸은 신전이 될 수가 없었다.

향긋한 쑥국이 그리운 봄날. 쑥을 캐러 갈 수도 없고, 슈퍼마켓으로 달려가 쑥을 한 봉지 사 오기도 저어스럽다. 그렇다면 어찌할 것인가. 먹지 않을 수는 없는 노릇. 대신 나는 음식 일기를 써 보기로 작정했다. 아직 신전은 아니지만, 내 몸 속으로 들어가는 음식이 과연 무엇인지 일기를 쓰다 보면, 최소한 균형은 잡을 수 있을 것이다. 당장 여기서 시작해 보자.

'오늘은 마감 때문에 새벽에 일찍 출근. 회사 근처에서 매식: 바지락과 두부가 들어간 된장찌개, 흰 쌀밥 반 공기, 반찬은 통통한 콩나물과 고춧가루가 많이 들어간 김치, 어묵 무침은 손대지 않았음. 회사 들어가는 길에 원두 커피. 오전 9시에 벌써 담배 세 개비. 오전 10시, 국화차. 오전 10시 30분, (배달해서 먹는)돌미나리즙 150밀리미터. 점심 먹기 전에 다시 커피 한 잔. 후배가 준 목 캔디 하나, 오후 2시에 늦은 점심: 대구머리탕, 꽁치구이와 물미역, 생굴….' (어, 음식 일기, 이거 장난이 아니네.)

누가 라면을 함부로 말하는가

느림을 얘기하면서 라면을 예찬한다? 그렇다. 나는 인스턴트 식품의 아버지인 라면에서 취향과 느림의 단서를 건져 올릴 작정이다. 결론부터 말하면(이것도 느리게 살기에 역행하는 화법이지만) 라면은 단순한 식품이 아니다. 도시인들에게 거의 마지막으로 남아 있는 '요리'이다. 도시인들은 라면 앞에서 집요하다. 자기 고집을 꺾지 않는다. 라면 앞에서 도시인들은 적극적인 개인이다.

십여 년 전, 나는 한때 라면을 끊은 적이 있다. 동료 기자 가운데 먹을거리에 아주 까다로운 친구가 있었는데, 라면을 '장복'하면 몸에 큰 탈이 난다는 것이었다. 라면을 튀긴 기름이 그렇게 좋지 않다는 것이었다. 그 때부터 나는 오후 다섯시에 먹던 간식을 자장면으로 바꾸었다. 과음을 하고 난 다음 날 또는 늦은 밤, 속이 출출할 때 찾곤 하던 라면과 나는 단호하게 헤어졌다.

　내게 라면은 아주 특별한 음식이었다. 1970년대 초반, 내가 초등학교 삼학년 때인가, 처음으로 라면을 먹어 본 기억이 나는데, 아, 세상에 이렇게 맛있는 음식이 다 있는가, 하고 국물까지 깨끗이 비운 냄비를 바라보며 감탄을 거듭했다. 어디 끓인 라면만 그랬던가. 하굣길에 누가 라면 한 봉지를 사면, 예닐곱 명이 달려들어 생라면을 씹어 댔다. 그것은 새로운, 훌륭한 과자였다. 그뿐인가, 스프를 손바닥에 올려놓고 혀로 핥아먹던 모습이라니.

　그 뒤 나의 성장기는 라면과 동행하는 성장기였다. 대학에 들어가자 라면은 간식이 아니라 주식의 반열로 올라섰다. 언젠가는 컵라면 한 상자로 겨울을 난 적도 있다(컵라면은 결코 라면이 아니다. 컵라면과 라면이 같다고 하는 사람은 돌고래와 상어가 같다고 말하는 것과 다르지 않다). 이십오 년 가까이 먹어 온 라면을 끊고 나자, 허전하기가 이루 말할 수 없었다. 자장면은 입에 들어갈 때는 매혹적이지만, 뒷맛이 영 개운치 않았다. 어떤 때는 머리가 띵해질 때도 있었다. 사실 자장면보다는 곁들여 나오는 양파를 먹기 위해 중국집에 갈 때가 많다. (우리 회사 옆 중국집은 이십 년이 넘었는데, 아직도 손으로 면발을 뽑는다. 주인도 아직 바뀌지 않았다.)

　다시 라면을 찾기 시작한 것은 이삼 년 전이다. 라면에 대해 다시 생각하게 된 것이다. 생태학적인 문제 의식을 누구 못지않게 강조하는 글쟁이가 라면을 옹호한다는 것은 자연스럽지 않다. 생태론이 지구를 구하는 거의 유일한 인식론이자 실천론이라고 믿고 있는 글쟁이가 공장에서 대량 생산되고, 또 대량 소비되는 제품을 '느리게 살기'의 한 목록에 올려놓는 것도 어불성설이다. 하지만, 나는 라면의 원료나 제조, 유통 과정을 상찬하려는 것이 아니다. 라면을 끓여 먹는 방식의 다양함에 대해 집중하려는 것이다.

만일 어떤 자리에서 화제가 떨어져 분위기가 썰렁할 때가 있으면, 다음과 같은 화제를 던져 보라. 좌중이 곧바로 야단법석으로 돌변할 것이다. "혹시 라면 끓이다가 싸운 적들 없으신가?" 이 한 마디면 만사 형통이다. 세 사람이 모인 자리건, 열 사람이 모인 자리건 관계가 없다. 놀랍게도 한국의 성인 남녀들은 라면에 대한 기억이 저마다 두어 상자씩은 된다. 어디 자기 경험뿐이랴. 부모부터 가족들, 친구들, 친구의 친구들에 이르기까지 저마다 다른 라면에 대한 기호를 털어놓느라, 자리는 아연 시끌벅적해진다.

내 후배 가운데 하나는 신혼 시절에 라면 때문에 부부 싸움을 대판했다. 그 후배는 십수 년 넘게, 저만의 라면 끓이는 법이 있었는데, 신부가 번번이 그 '원칙'을 따라 주지 않았다. 그 후배 특유의 라면 끓이기는 끓는 물에 라면을 다 넣지 않고, 밤톨만큼 따로 떼어 놓는 것이었다. 라면이 익는 동안, 그 생라면을 씹어먹는다는 것이었다. 라면 조리법에 대해 적지 않은 컨텐츠를 주워들었지만, 이런 방식은 그야말로 특이한 것이었다.

라면을 끓이는 과정이야 단순하다. 물을 붓고, 끓기를 기다렸다가, 라면과 스프를 넣고, 적당히 익으면 후루룩 입에 집어 넣는 것이다. 하지만 과정마다 색다른 방식들이 동원된다. 맹물을 고집하는 사람이 있는가 하면, 콩나물을 넣는 사람, 멸치를 넣는 사람, 김치를 넣는 사람, 아예 물 대신 우유를 넣고 끓이는 사람도 있다. 물을 얼마나 붓느냐 하는 것도 간단치 않은 문제다. 라면을 먼저 넣느냐, 스프를 먼저 넣느냐, 이것도 큰 논쟁거리 가운데 하나다. 라면을 넣을 때에도 이 등분을 하느냐, 사 등분을 하느냐, 아니면 통째로 넣느냐를 놓고 언성이 높아진다. 그 다음, 언제 불을 끄느냐가 또 관건이다. 면발이 꼬들꼬들하지 않으면 젓가락도 대지 않는 사람이 있는가 하면, 푹 삶아서 풀어진 라면이 아니면 밥상을 뒤집어엎는 경우도 있다.

문제는 계속된다. 아, 계란을 넣는 시기. 계란을 푹 익혀 먹는 사람, 계란 노른자를 미리 풀어서 집어 넣는 사람, 라면이 다 익은 다음에 계란을 넣는 사람, 그것을 또 휘휘 저어 풀어 놓고 나서, 크음, 입맛을 다시며 달겨드는 사람, 계란을 넣으면 라면 고유의 맛과 향이 사라진다며 아예 계란의 '계' 자도 꺼내지 못하게 하는 사람…. 사정이 이렇다 보니, 네 식구 한가족인 경우, 한꺼번에 라면 네 개를 끓일 수 없는 지경에 이르고 만다. 아무리 가부장적인 아버지라도, 그리하여 주방에는 얼씬거리지 않는 고지식한 중년이라도, 라면만큼은 손수 끓여 먹는 경우가 많다. 그리하여 분식집에서 라면을 사 먹지 못하는 사람도 많다. 라면을 주문할 때, 일일이 저 수많은 조리법을 주장하기 힘들기 때문이다.

돌아보면, 지난 한 세기는 국수에서 라면으로, 라면에서 다시 컵라면으로 이행한 세기라고 압축할 수 있다. 전근대 시기에서 국수는 그야말로 별식이었다. 일상에서 일탈한 축제의 음식이었다. 국수는 잔치를 빛내는 음식이었거니와 장수를 의미했다. 반면 라면은 근대화의 출발선과 거의 일치한다. 나에게 라면이라는 시대적 아이콘은 박정희와 멀지 않다. 라면이 일상 속으로 진입하는 동안, 한국은 근대화라는 속도전을 치러 냈다. 라면은 증산, 수출, 건설을 지상 목표로 한 근대화 프로젝트의 '양식'이었다. 국민소득 일만 달러의(그 성격과 실제 내용이 어떻든 간에) 식사 시간까지 아껴 가며 이뤄 낸 것이었다. 밤샘 공부와 야근 및 잔업을 가능하게 한 것은 라면의 힘이었다.

라면과 컵라면이 공존하는 것 같지만(돌고래와 상어처럼), 라면과 컵라면 사이에는 분명한 단절이 있다. 라면에는 위에서 살펴본 것처럼 개인의 기호가 완강하게, 그리고 배타적으로 내장되어 있다. 하지만 컵라면은 일률적이다. 거기에는 개인의 취향이 들어갈 틈이 없다. 뜨거운 물과 일회용 작은 젓가락이 있을 뿐이다. 하다못해 단무지조차 끼어들 여지가 없다.

라면이 각종 재료와 조리 방식을 수용하는 반면, 컵라면은 그 자체로만 존재한다. 라면에 삼 분 안팎의 기다리는 시간이 있다면, 컵라면이 물에 풀어지는 시간은 그보다 훨씬 짧다. 라면이 식탁을 거의 떠나지 않는 반면, 컵라면은 주방과 식탁을 훌쩍 벗어난다. 그러니 라면이 근대의 식품이라면, 컵라면은 탈근대의 식품이다. 조사해 본 적은 없지만, 라면 세대와 컵라면 세대는 확연히 구분될 것이다. 라면이 이른바 386세대를 상징하는 식품이라면, 컵라면은 그 아래, 영상 이미지와 친화력이 강한 디지털 세대의 '주식'일 것이다.

나는 국수와 라면의 중간에 위치한다. 컵라면은 내가 감당하기 힘들다. 기대하거니와, 나는 라면의 시대가 좀 오래 가기를 바란다. 라면은 개인의 기호가 다양하고 또 강력하게 들어간 식품이기 때문이다. 라면은 거의 유일하게 '역진화'한 먹을거리다. 더는 인스턴트 식품이 아니다. 보라, 요즘 누가 밥을 짓는가. 밥은 전기밥솥의 컴퓨터 회로가 짓는다. 김치는 물론이고, 찌개거리며, 국거리, 샐러드까지 공장에서 만들어진다. 주방이 없어지고 있다. 보통 사람들의 요리법도 사라지고 있다. 사정이, 사태가 이럴진대, 누가 라면을 함부로 여길 수 있단 말인가.

라면을 끓이면서 도시인들은 저마다 '자기 자신'으로 돌아간다. 물의 양을 맞추면서, 면의 상태를 살피면서, 자기만의 방식으로 계란을 깨 넣으면서, 도시인들은 회심의 미소를 짓는다. 아, 돌아보라, 둘러보라, 또 내다보라. 우리 도시인들이 언제 자기 자신으로, 개인으로 돌아갈 수 있단 말인가. 우리 도시인들이 언제, 어디에서, 또 누구 앞에서 저토록 강하게 자기 자신을 주장하고, 표현하고, 또 실현한단 말인가.

라면은 오래 가야 한다. 라면이 사라지는 순간, 개인이 선택하고 관리하고 유지할 수 있는 취향은 사라지고 만다. 라면의 시대가 종말을 고한다면, 그 순간이 '주체의 소멸'이다. 컵라면의 시대가 도래한다면, 그것은 개인이 아니라 소비자의 시대가 도래하는 것이다. 그 때의 취향은 개인이 아니라 (불특정 다수로 전락한) 소비자의 취향이다. 라면의 시대를 연장시킬 수 있다면, 우리에게는 가능성이 있다. 이른바 슬로푸드를 호출해 복원할 수 있는 희미한 가능성 말이다.

안도현 시인의 시 '너에게 묻는다'를 패러디해야겠다.

라면 한 그릇 함부로 대하지 마라, 너희가 언제….

나는 송이인가, 소나무인가

봄 두릅, 가을 송이. 봄가을 제철 음식을 나는 이같이 표현하곤 한다. 두릅과 송이 사이에는 공통점이 거의 없지만, 내게는 있다. 여럿이 모여 먹는다는 것이다. 봄에는 친구들과 함께 두릅 잔치를, 가을에는 송이를 놓고 지기들을 불러모은다. 봄 두릅은 경기도 남양주에서 포도 농사를 짓는 후배 시인이 보내 주는데, 새벽에 산에 올라 직접 딴 것이어서 향기가 보통이 아니다. 몇 번 두릅 맛을 본 친구들은 봄이 오는가 싶으면 연락을 해 와 "두릅 먹을 때가 되었는데" 하며 먼저 귀띔을 한다.

하지만 송이는 사정이 조금 다르다. 워낙 귀하고 비싼 것이어서 최상품은 꿈도 못 꾼다. 그리고 굳이 최상급을 먹을 까닭도 없다. 강원도 양양이 고향인 후배에게 온라인으로 몇만 원을 송금한 뒤 "D급 1킬로그램만 보내라"고 하면 며칠 뒤 스티로폼 박스가 배달된다. 회사 근처 단골 술집에 송이버섯 향기가 진동을 하고, 예닐곱 명이 하룻저녁 흔쾌해진다.

두릅 맛은 일찍부터 알았지만, 송이는 한참 뒤에야 만났다. 육칠 년 전, 삼십대 후반에야 처음으로 송이 맛을 보았다. 인사동의 한 카페였다. 그 날 나는 혼자 그 카페에 들어섰는데, 마침 한 테이블에서 고기를 굽고 있었다. 워낙 음식 솜씨가 좋은 주인이어서 더러 별식을 내놓곤 했는데, 그 날은 조금 달랐다. 미술 평론가와 출판사 사장 등 평소 아는 얼굴들이 눈에 띄었다. 나를 보자, 대뜸 의자 하나를 비우며 와서 앉으라는 것이었다. 등심에 와인, 그리고 송이버섯이 있었다. 아, 그 때 처음 맛본 송이의 맛과 향이라니. 불판에 살짝 구운 것도 일품이었지만, 날 것을 가늘게 찢어 소금에 찍어 먹는 송이회가 더 훌륭했다. 그 날, 내 반생은 송이 이전과 송이 이후로 나뉘었다. 나는 단 한 번에 송이에 넘어갔다.

송이 맛을 본 그 이듬해, 속리산 언저리에서 농사지으며 글을 쓰는 친구를 만나러 갔을 때, 그 친구가 송이버섯 이야기를 꺼냈다. 속리산 소나무 숲에도 송이가 제법 난다는 것이었는데, 송이 철이 오면, 그 친구는 버너에 라면 몇 개 넣고 산에 오른다고 했다. 송이를 따다가 출출해지면 버너에 라면을 끓이는데, 거기에 송이 부스러기를 한두 개 넣으면 라면 맛이 '환상적으로' 변한다는 것이었다. 그 귀한 송이를 라면에 넣어? 나는 친구가 송이를 모독한다고 생각했다. 나에게 송이는 제철 음식 가운데 가장 높은 데에 자리잡고 있는 '귀족'이었다.

송이는 소나무와 공생 관계이다. 소나무 뿌리 끝 부분에서 자라는 송이는 소나무로부터 탄수화물을 공급받는 대신, 소나무에게 땅 속의 무기 양분을 전해 준다. 일방적인 기생이 아니라 쌍방향의 공생이다. 전문가들이 이 공생 관계 때문에 인공 재배가 어렵다고 한다. 소나무와 공생하며 자라서 그런 것일까. 송이는 어떤 음식과도 잘 어울린다. 송이 자신의 맛과 향을 잃지 않으면서도 음식의 맛을 한 차원 업그레이드시켜 준다.

몇 해 전, 홈쇼핑이 막 시작되었을 때, 북한산 송이를 '충동 구매'한 적이 있다. 북한산이어서 그런지 가격이 높은 편이 아니었다. 며칠 뒤 송이가 왔는데, 등심과 함께 살짝 구워 먹다가 날것을 소금에 찍어 먹기도 했다(카페에서 배운대로). 송이가 온 주말, 문득 속리산 친구가 떠올라, 평소 잘 먹지 않던 라면을 끓였다. 라면이 푹 익었을 때, 송이 몇 조각을 넣어 보았다. 아, 그것은 라면이 아니었다. 전혀 새로운 음식이었다. 국물 맛이 그렇게 깊고 부드러울 수가 없었다. 그 뒤 모든 음식에 송이 몇 조각씩을 넣었다. 된장찌개는 말할 것도 없고, 콩나물국에도 넣었다. 송이는 모든 음식과 '공생'했다.

올 가을에는 송이 생각을 하지 못했다. 추석이 빨랐을 뿐만 아니라, 팔월에 얼마나 자주 비가 왔던가. 그런데 추석이 지난 구월 하순, 우리 동네 중국 음식점에서 '송이버섯탕, 일만 원'이라는 플래카드를 내걸었다. 그 때서야 '아, 송이 철이구나'라며, 가족을 불러냈다. 그 중국 음식점은 일산에서 내로라하는 곳이었는데, 송이버섯탕에는 송이버섯보다 다른 버섯이 훨씬 많았다. 면발 사이로 찾아보았더니, 송이는 새끼손가락만 하게 잘라 넣은 것이 '딱 하나'씩 들어가 있었다. 그래도 제법 향기가 났다.

지난 여름, 청송에서 한옥 체험관을 하는 친구가 청송에도 송이가 제법 나온다며 한번 내려오라고 했지만, 결국 틈을 내지 못했다. 이번 가을에는 친구들을 불러내 송이 잔치를 하지 못하고 넘어간다. 대신 '송이의 미학(味學/美學)'을 함께 나누고자 한다.

송이와 소나무의 공생 관계가 여간 새삼스럽지 않다. 공생은 곧 상생이 아닌가. 송이의 상생은 소나무와의 사이에서 그치지 않는다. 송이는 다른 모든 음식과 잘 어울린다. 송이의 미학을 관찰하다 보면 더불어 살아야 한다는 생태적 슬로건이 떠오른다. 땅에 뿌리박은 삶, 다시 말해 생태적 삶이란 별 다른 것이 아니다. 송이와 같은 공생하는 삶이다.

내 삶은 공생이라기보다는 기생이었다. 내가 받은 은혜들을 나는 얼마나 쉽게 잊어버렸던가. "은혜는 돌에 새겨 넣으라"는 서양 속담이 있다. 그만큼 은혜를 잊기 쉽다는 말이다. 올챙이 시절을 생각하지 않는 개구리도 마찬가지다. 은혜를 입지 않은 인간, 올챙이 시절을 거치지 않은 개구리는 없다. 생태적 삶이란, 이 땅이, 이 물과 공기가, 이 음식이, 나아가 이 지구와 우주 전체와 내가 연관되어 있다는 인식에서 출발한다. 공생은 '대화'이기도 하다. 송이와 소나무는 서로 대화를 나누는 것이다.

내 삶의 뿌리 끝 부분에는 어떤 송이가 있는가. 송이버섯인 나는 또 어떤 소나무의 뿌리에 뿌리를 내리고 있는 것인가. 나는 언제 송이이고, 또 누구에게 소나무인가. 친구들아, 송이는 없지만, 겨울이 오기 전에 한번, 한번은 모여야겠다.

가을의 전설, 가을 전어

몇 해 전, 아시안 게임 취재차 부산에 내려갔다가 '친구'들을 만났다. 서울에서 십 년 넘게 공부한 뒤에 고향 부산으로 내려가 대학 강단에 서고 있는 친구가, 멀리 서울에서 친구가 왔다며 자기 친구들을 불러냈는데, 고등학교 졸업 동기생들이었다. 모두 동갑나기여서 화끈하게 통했다. 이내 서로 말을 놓았다. "우리가 남이가(좋은 의미에서)!" 영화 '친구'의 무대인 부산에서 우리는 저 1970년대 후반, 유신 말엽으로 돌아가 있었다.

내 경험에 의하면, 옛날에 먹던 음식 이야기가 화제에 오르기 시작하면 나이가 들었다는 증거다. 이십대 젊은이들이 모이는 자리에서는 결코 어린 시절 음식이 화제의 중심으로 진입하지 못한다. 삼십대 중반을 통과할 무렵, 또래 친구들이 편안하게 만나는 경우를 유심히 살펴보라.

그들이 고향 친구라면 더 말할 것도 없다. 어린 시절 늘 가까이하던 '향토 음식'에 관한 얘기를 할 때, 그들의 표정이 얼마나 환해지는지.

　부산 친구들은 서울과 지방의 현격한 격차에 관해 울분을 터뜨리다가, 가을 전어 이야기가 나오자, 한없이 도량이 넓어졌다. 십수 년 전 봄, 삼천포 앞 바다에 갔을 때, '봄 도다리, 가을 전어'라는 말을 들었던 적이 있다. 그런데 '봄 도다리'만 기억에 남고 '가을 전어'는 잊어버리고 있었다. 부산 친구들이 아니었다면, 가을 전어의 전설은 오랫동안 남의 일로 남아 있었을 것이다.

　전어는 일 년 내내 잡히지만, 추석 직후, 1킬로그램 당 가격이 이만 원 정도일 때가 제 맛이다. 부산에 닷새 동안 머물면서 친구들한테서 두 번이나 가을 전어 대접을 받았는데, 나는 그야말로 첫술에 녹아 버렸다. 영광도서 뒷골목에 있는 오래 된 횟집이었는데, 회 모양이 특이했다. 포를 뜨듯이 전어 살을 발라 낸 것이어서, 큼직했다. 전어회 한 점을 입에 넣었더니, 입 안에서 여러 차례 '변신'을 거듭했다. 찰지고 쫄깃쫄깃한 맛이 첫인상. 하지만 몇 번 씹다 보면 스르르 녹아 버린다. 고소한 맛은 아마 씹는 맛일 테고, 연한 향기까지 느꼈던 것 같다.

　부산 친구는 "전어는 참깨가 서 말"이라고 말했다. 그만큼 고소하다는 것이었다. 전어에서 참깨 맛을 본 것은 그 이틀 뒤였다. 두 번째 전어회 역시 영광도서 뒷골목에서 먹게 되었는데, 이번에는 전어회를 무채처럼 가늘게 썰어 내왔다. 가느다란 뼈가 함께 씹히는 맛이 과연 고소했다.

　서울로 돌아온 뒤에도 전어회 맛이 입 안에 감도는 것 같았다. 가을의 전설을 혼자 만끽한 것이 미안해서, 일요일 오후 식구들을 데리고 강화도 맞은편, 대명포구로 향했다. '가을 전어의 황홀함을 만끽하게 해 주리라.' 대명포구(대곶이라고도 부른다)는 북적거렸다. 오랜만에 맡는 갯내음이 오히려 향긋했다. 주차장에 차를 대고 나오는 길에, 마침 나이 지긋하신 어른이 계시기에 "요즘 전어 철이지요?"라고 여쭈었다.

"그럼, 집 나간 며느리도 전어 굽는 냄새가 나면 돌아온다고 하잖어." 어르신의 답변은 흔쾌했다. 그래서 내처 다시 물었다. "전어를 제대로 먹으려면 어느 집으로 가야 합니까?" "그런데 여기는 아직 전어가 안 잡혀. 어시장을 한번 둘러봐. 잡어들도 괜찮거든." 나는 맥이 빠졌다. 어시장에는 새우와 꽃게가 한창이었지만, 전어는 한 마리도 없었다. 강화 앞 바다는 아직 가을이 아니었다. 기운이 빠진 나는, 아내와 두 아이들을 데리고 횟집으로 들어가 도다리 한 접시를 시켰다. 우리 식구는 시월의 강화 앞 바다에서 '봄 도다리'를 씹고 있었다.

전어는 성질이 아주 급하다. 어부들에게 잡히면 제 성질을 못 이겨 죽어 버린다고 한다. 하기야 성질이 느긋한 물고기들이 얼마나 될까. 십수 년 전만 해도 서울에서 오징어회는 먹을 수가 없었다. 갈치, 멸치, 고등어 따위들도 그랬다. 서울까지 운송하는 동안 다 죽어 버린다는 것이었다. 하지만, 몇 해 전부터 '00수산'이라는 대형 횟집 체인이 들어서면서, 웬만한 회는 서울에서 즐길 수 있게 되었다. 제주도 갈치 횟집도 얼마나 많아졌는가. 나는 전어도 그럴 줄 알았다. 설령 강화 앞 바다에서 전어가 잡히지 않더라도 회를 실어나르는 트럭이 포구에 몇 번 들락거렸을 줄로 알았던 것이다.

결국 서울 한복판에서 다시 '가을'로 돌아올 수 있었다. 서대문 근처 횟집 앞을 지나다가 '가을 전어 있습니다'라는 현수막을 본 것이다. 전어회, 전어물회, 전어구이, 전어덮밥 등 메뉴도 다양했다. 바로 옆 건물에 근무하는 부산 출신 친구를 전화로 불러 냈다. "메뉴는 내가 정한다. 너는 무턱대고 먹어야 한다. 절대 후회 안 할 것이다." 무슨 혐오 식품인 줄 알았다가, 전어 횟집 간판이 보이자, 친구는 탄성을 내질렀다.

"아, 전어. 전어는 그냥 전어라고 하면 안 돼. 반드시 가을이 앞에 들어가야 한다구. 가을 전어!"

성질이 급한 탓인지, 이른바 고급 어종에 속하지 못하는 '잡어'여서 그런지 전어는 양식을 하지 않는다고 한다. 양식이 되지 않는 '못된' 물고기가 몇 종 남아 있다는 것이 왜 이토록 반가운 것일까. 아, 내 몸 안에는, 내 마음 속에는 과연 '자연산'이 몇 퍼센트나 남아 있는 것일까.

그 겨울날의 숙박료, 굴

굴 장수 아줌마. 해마다 김장철이면 굴을 한 양푼 머리에 이고 찾아오던 덕적도 아줌마. 내가 어렸을 때, 그러니까 초등학교 입학 전부터, 중학교에 다닐 때까지였으니 십 년 넘게 우리 집을 드나들었다.

우리 집은 채 백 호가 되지 않는 면소재지의 한가운데에 있었다. 그런데 그 한가운데가 마을의 입구이기도 했다. 마을 집들은 뒷동산을 중심으로 체크 모양(나이키 로고 같은)으로 늘어서 있었는데, 우리 집이 그 체크의 맨 아래였다. 사시사철 마을을 찾는 보따리장수들은 거개가 우리 집에서 첫 보따리를 풀었다.

굴 장수 아주머니가 찾아오기 전, 들판이 누렇게 변해 갈 무렵이면 꿀 장수 할머니가 오셨다. 꿀 장수 할머니는 김천 분이셨다. 어린 시절, 서울과 인천 말고, 내가 알고 있던 국내 지명 가운데에 김천이 가장 먼

곳이었다. 나에게 가을과 겨울은 꿀과 굴로 왔다. 이미 허리가 많이 굽어 있던 꿀 장수 할머니는, 하굣길에 나를 만날라치면, 치마를 걷어 올려 복주머니에서 동전 몇 개를 꺼내 내 손에 쥐어 주시곤 했다. 할머니가 집게손가락으로 찍어 주던 그 꿀맛은 달기보다는 아리고 떫고 텁텁했다.

꿀 장수 할머니가 며칠 머물다 가시면, 우리 집 식구들은 "굴 장수 아줌마가 오실 때가 됐는데⋯" 하며 누구랄 것도 없이 버스 정류장 쪽으로 눈길을 자주 두었다. 그러면 그렇지! "아이고, 허리야" 하며 굴 함지를 툇마루에 내려놓는 소리. 굴 장수 아줌마가 오신 것이다. 김장철이 가까워진 것이다. 서리 내릴 때가 된 것이다.

우리 집은 결코 큰 집이 아니었다. 방 두 개에 부엌 두 개가 딸린 기역 자 초가였다. 안방도 넓지 않았다. 울타리가 없으니 그 흔한 사립문도 없었다. 그야말로 '열린 집'이었다. 아버지의 '손님 접대'는 근동에서 소문이 났을 정도였다. 당신께서는 술을 한 모금도 입에 대지 않으시면서도, 술을 그렇게 잘 권하실 수가 없었다. 인심 못지않게 입담도 좋으셨다.

꿀 장수 할머니가 숙박료로 내밀고 간 꿀은 일 년 내내 '귀한 약'으로 쓰였지만, 냉장고가 없던 시절, 굴은 그야말로 김장철이 아니면 만날 수 없는 제철 음식이었다. 굴 장수 아줌마의 숙박료 역시 덕적도 강굴 한 사발이었다. 아주머니가 머무는 사흘 동안, 우리 집 식탁의 주인공은 단연 굴이었다. 굴 한 접시에 간장 한 종지기. 아버지는 숟가락 가득 굴을 담고, 그 숟가락을 간장에 살짝 찍은 다음, 한 입에 드셨다.

아버지를 따라 나도 간장에 찍어 먹는 굴을 참 좋아했다. 그러던 어느 해 김장철, 중학교에 다니는 사촌 형이 우리 집에 함께 산 적이 있는 데, 그 형은 굴을 쳐다보지도 않았다. 하도 궁금해서 "형, 왜 이렇게 맛 있는 굴을 안 먹는 거야?" 하고 물었더니 "꼭, 코 같잖아" 하는 것이었 다. 그 소리를 들은 뒤부터, 나도 십 년 넘게 '코'를 먹지 않았다.

굴과 다시 상봉한 것은 군에서 제대하고 복학한 다음, 아내와 연애하 던 때였다. 1980년대 초반, 갑자기 굴들이 서울 거리를 점령하기 시작 했다. 날씨가 쌀쌀해지면 주먹만 한 석화를 가득 실은 소형 트럭이 곳 곳에 서 있었다. 석화만 파는 리어카도 눈에 띄었고, 포장마차 한 구석 에도 석화가 있었다.

아, 얼마나 오랜만에 먹어 보는 굴이던가. 그런데 옛날 굴이 아니었 다. 덕적도 아줌마가 따 오는 강굴은 새카맣고, 크기도 아주 작았다. 새 끼손톱만 했다. 십여 년 만에 서울에서 다시 만난 석화는 양식굴이어서 엄청나게 컸다. 컸을 뿐만 아니라 그 맛있는 생굴을 초고추장에 찍어 먹 는 것이었다. 간장을 달라고 하면, 굴 파는 아저씨가 나를 이상한 눈으 로 쳐다보았다. 나중에 알았지만, 회를 좋아하는 사람들은 초고추장이 아니라 간장에 찍어먹기를 좋아한다. 아버지는 해물에 관한 한 '선각' 이었다.

덕적도 아줌마를 까맣게 잊고 있던 이십대 후반, 덕적도가 내 앞에서 얼쩡거렸다. 덕적도가 고향인 장석남 시인이었다. 아마 내가 후배인 장 석남 시인을 누구 못지않게 좋아하는 데에는 덕적도 굴 장수 아줌마에 대한 따뜻한 기억도 한몫하리라. 갯일에 찌들지 않았더라면 아주 고운 얼굴이었을 아줌마. 둘째 형에게 당신 딸을 소개시켜 주겠다는 말도 오 갔는데, 굴 장수 아줌마도 이젠 파파 할머니가 되셨으리라.

장석남 시인은 내게 기억을 되살려 주었을 뿐만 아니라, 덕적도 강굴을 구할 수 있는 '비결'까지 일러 주었다. 인천 연안부두 어시장에 가면, 덕적도 강굴이 있었다. 몇 해 전 겨울, 그와 함께 인천에 갔다가, 그 강굴을 사 온 적이 있다. 며칠 동안, 나는 강굴과 더불어 아주 행복했다.

제철 음식은 제철뿐만이 아니라 제 장소가 있다. 그 시기에, 그 곳에 가야 제철 음식을 만날 수 있다. 얼마 전, 목욕탕에 갔다가 "백 리 밖에서 난 음식은 먹지 말라"는 표어를 보고, 등줄기가 서늘했던 적이 있다. 신토불이도 저만하면 거의 근본주의 수준이다. 오랜만에 덕적도 굴장수 아줌마를 떠올리며, 우리 집 식탁을 찬찬히 살펴본다. '이 음식들다 어디서 왔는가.' 쌀이며 배추, 무, 두부, 된장, 고추장, 간장…, 날마다 먹는 이 먹을거리들을 누가 어디서 어떻게 키웠는지, 어느 길을 타고 우리 집 식탁까지 올라왔는지 나는 전혀 알지 못한다. 며칠 전, 덕적도 아줌마가 생각나 횟집에서 시켜 먹은 싱싱한 굴 한 접시 또한 마찬가지다.

도시인들이 집에서 제철 음식을 즐기기란 거의 불가능하다. 제철 음식이란 엄밀하게 말해서 '그 지역 음식'일 때가 많기 때문이다. 주문진항에 부려진 오징어가 몇 시간 뒤면 서울에 있는 횟집에 닿고, 강원도평창에서 채취한 산나물이 전국 각지로 배달되는가 하면, 한겨울에도 수박과 참외를 먹을 수 있는 시대이지만, 제철 음식은 그 때, 그 지역에가야 제대로 맛볼 수 있다.

제철 음식은 결코 '별미'가, '특별한 음식'이 아니었다. 그 시절, 산과 들, 강과 바다에서 나는 먹을거리가 곧 제철 음식이었다. 그러니 제철 음식은 자연의 선물이었다. 제철 음식은 자연의 시계였다. 비닐 하우스 안이 일 년 내내 여름이고, 그 여름을 냉동·냉장 장치가 지속시켜 주는 시절, 그만큼 인간은 자연으로부터 멀어져 있다. 계절로부터 단절되어 있다. 도시는 계절을 추방했다.

겨울 매생이국을 아십니까

운이 좋았다. 목포 공항으로 마중 나온 김선태 시인은 "오늘 매생이국 못 먹을 뻔했다"라고 말했다. 안개가 심해 비행기가 회항할 가능성이 아주 높았다는 것이다. 서울 하늘은 쾌청해서 비행기가 목포에 내릴 수 없으리라고는 생각조차 못했다. 1월 27일, 일요일 오전, 목포에서 강진 가는 길은 안개가 짙었고, 간혹 가는 비가 내렸다. 겨울 강진은 젖어 있었다.

악천후를 뚫고 무사히 착륙한 것이 첫 번째 행운이었다면, 두 번째 행운은 강진에서 태어난 김선태 시인이 길라잡이로 나선 것이었다. 국문학을 전공한 김선태 시인은 이태 전, 강진이 왜 남도 답사 일번지인지를 일러 주는 「강진문화답사기」를 펴낸 바 있다. 그 책에는 강진의 풍부한 문화 유산들과 빼어난 풍광 그리고 오랜 세월 가다듬어져 온 음식들이 상세하고도 친절하게 소개돼 있다.

목포에서 강진읍으로 가는 자동차 안에서 김선태 시인이 들려 주는 '강진 강의'를 들었다. 그 중에서도 강진 음식 문화. 강진 말로 물천애라고 불리는 붕어찜과 갈치찜으로 가을을 난 강진 사람들은 매생이데 침(매생이국이라고도 하는데, 물을 적게 넣은 것을 데침이라고 한다)과 함께 겨울을 지낸다. 최근 몇 해 사이, 매생이가 서울까지 진출해, 미식가들 사이에서는 제법 알려져 있지만, 매생이는 여전히 낯선 음식이다.

매생이는 파래와 비슷한 바다 이끼의 일종(갈파래과)으로 아무 데서나 자라지 않는다. 기름지되, 오염이 전혀 안 된 청정 갯벌에서만 자생한다. 성깔이 있는 해조류다. 강진 사람들은 매생이데침이 입에 맞을때, 매생이 맛이 좋다고 하지 않는다. 한번 에둘러 말한다. "야, 그 뻘밭이 참 달다." 갯벌에서 나는 해산물은 개흙에 의해 그 맛이 좌우된다는 것이다. 강진 갯벌은 아직 기름지고, 깨끗한 것이다.

매생이는 십이월에서 이듬해 이월까지 채취하는데, 바닷물이 맑고 따뜻해야 할 뿐만 아니라, 바람이나 물살이 세지 않아야 한다. 장흥군청 홈페이지 기사에 따르면, 한때 매생이는 김 양식장의 '잡초'였다고 한다. 김 양식장에 매생이가 달라붙어, 염산을 뿌려 매생이를 죽였다고 한다. 염산을 '제초제'로 사용한 것이다(옛날 얘기라고 한다). 강진, 장흥, 고흥 일대 갯벌에서 자생하는 매생이는 길이가 15센티미터, 굵기는 2밀리미터에서 5밀리미터 정도. 매생이는 400그램에서 500그램 단위(한 '잭이'라고 한다)로 판매하는데, 성숙한 여인의 치렁치렁한 머릿단 처럼 보인다.

내가 매생이국을 처음 먹어 본 데는 남녘 바닷가가 아니었다. 내륙

한가운데인 원주에서였다. 칠 년 전인가, 문단 선배가 부친상을 당해 원주로 내려갔는데, 생전 처음 보는 국이 나왔다. 파랫국인 줄 알았다. 마침 옆에 있던 선배가 해남에서 문상 온 사람들이 가져온 매생이국이라는 것이었다. 숟가락으로는 떠먹을 수 없을 만큼 흐물흐물했다. 후루룩 마시는 편이 나왔다. 그 뒤로 매생이국은 맛은 기억나지 않고 그 이름만 남아 있었다. 이번 겨울에, 갑자기 매생이국이 떠오른 것은 안도현 시인이 펴낸 산문집 「사람」 때문이었다. 십여 년 전, 강진 백련사에 갔다가 매생이국을 처음 먹어 보았다는 안도현 시인은 그 맛을 이렇게 표현했다. "아, 지금도 잊을 수 없습니다. 그 남도의 싱그러운 내음이, 그 바닷가의 바람이, 그 물결 소리가 거기에 다 담겨 있었던 겁니다." 매생이국을 겨울 강진에서 먹어 본 것은 이번이 처음이었다. 강진 읍내에서 알아주는 한정식집 종가집. 고래등 같은 한옥이었다.

매생이국을 만드는 방법은 간단하다. 잘 씻은 매생이에 물을 적당히 붓고 굴(석화)과 다진 마늘을 넣고 적당히 끓인 다음, 조선 간장이나 소금으로 간을 한다. 너무 오래 끓이면 매생이가 갈색으로 변해, 매생이 특유의 단맛이 사라진다. 매생이는 철분, 칼륨, 요오드 등 각종 무기 염류며 비타민 A와 C 등이 들어 있어, 성장 발육을 돕고 비만을 억제하며 골다공증에도 좋다고 한다. 술안주로 좋을 뿐만 아니라, 술 마신 다음 날 숙취를 없애는 데에도 특효가 있다고 한다.

행운은 또 이어졌다. 종가집에서 매생이국을 먹은 다음, 강진 맨 아래쪽 마량으로 달렸다. '혹시 매생이를 채취하는 모습을 볼 수 있지 않을까.' 김선태 시인은 날씨가 흐려서 일을 나가지 않을 것 같다고 했는데, 마량에서 장흥 대저읍 쪽으로 접어들었더니, 아, 거대한 매생이 양식장이 나타났다. 깊숙하고도 조용한 만 안쪽이 전부 매생이밭이었다.

마량 선착장에서 매생이를 몇 잭이 사 왔다. 아내에게 조리법을 일러주고, 아이들에게 매생이국을 설명했지만, 아이들은 첫술에 "아무런 맛이 없네" 하며 돌아앉았다. 나는 더는 권하지 않았다. '내가 다 먹어 주마!' 매생이는 뜨거울 때 먹어도 좋지만(입천장이 델 수 있으니 조심해야 한다), 냉장고에 넣어 차갑게 식힌 것을 후루룩 마셔도 일품이다.

오늘 아침에도 굴과 다진 마늘을 넣은 매생이국을 먹고 나왔다. 맑고 따뜻하고 조용한 겨울 바다의 머리카락, 매생이. 맑고 깨끗하고 조용한 겨울 바다에서 자랐기 때문일까. 그 부드러운 감촉이 깊은 맛으로 변한다. 겨울 바다의 결이, 고운 모발이 내 몸 안에서 천천히 퍼져나간다. '야, 그 뻘밭 참 달다.'

보리밥 이야기

"오리고기 먹으러 한번 내려오시게." 경기도 화성에서 벼농사를 지으며 시 쓰는 친구가 전화를 걸어 왔다. 난데없이 오리라니? 여름 휴가도 제대로 찾아 먹지 못하고 사무실에 틀어박혀 있던 나는 부아가 치밀었다. 서울에서 월급 받으며 시인 행세하는 것을 못내 부끄러워하는 나에게 시골에서 농사지으며 글을 쓰는 친구들은 콤플렉스를 느끼게 한다. 그들의 삶 또한 나와 다름없이 고단할 것이지만, 그들은 나보다 한발 앞서 미래로 가 있는 것이다. 이른바 '땅에 뿌리박은 삶'을 선택한 그들이 나는 부럽기만 하다.

애기인즉슨, 오리 백숙이 느닷없는 것이 아니었다. 친구는 올해부터 유기농을 시작했다. 지난 해 땅힘을 잔뜩 키워 놓은 다음, 올해부터 비료와 농약을 버렸다. 그러면서 오리 농법도 함께 도입했다. 모내기를 한 뒤에 오리 삼백 마리를 사서 논에다 풀어놓았다. 널리 알려졌듯이, 오리 농법이란 오리들을 김매는 농부로 쓰는 것. 오리를 논에다 풀어놓으면, 이놈들이 풀을 뜯어 먹어, 저절로 김매기가 된다.

그런데 오리 농법에도 문제가 있었다. 백중(음력 칠월 보름)이 지나면 오리를 처리하는 일이 큰 골칫거리였다. 봄에 천오백 원을 주고 산 새끼 오리가 '농사를 다 짓고 나서' 팔려고 내놓으면 한 마리에 천 원밖에 못 받는다는 것이었다. 세상에! 이런 이상한 경제가 다 있었다. 물론, 오리가 김을 매 준 품값을 따진다면 계산이 달라진다.

친구는 오가는 동네 어른들에게 한 마리씩 그냥 들려 준다는데, 어른들이 고마워하는 것만은 아니었다. 한 철 열심히 김을 맨 오리들은 '살'이 없었다. 먹이를 많이 주면 풀을 뜯지 않기 때문에, 늘 배를 곯게 한 데다, 이놈들 노동량이 많아서 살이 붙을 겨를이 없었다. 젊은이들에겐 쫄깃쫄깃한 육질이겠지만, 이가 부실한 노인들에게는 '그림의 떡'이었다.

그러고 보니, 늦여름 제철 음식이 한 가지 늘어난 셈이었다. 김매기를 끝낸 근육질 오리 백숙! 전화기에 대고는, 주말쯤 내려가마, 하고 큰소리를 쳤지만, 이번 여름에는 시간을 내기가 힘들었다. '등이 휘도록 논농사를 지은 오리 요리'는 내년으로 미뤄야 했다.

대신, 검게 탄 얼굴에 구슬땀이 송글송글하게 맺혀 있을 친구 얼굴을 떠올리며 광화문 뒷골목으로 스며들어갔다. 팔월 하순으로 접어드는 서울 한복판의 낮 더위는 불쾌했다. 교보문고에서 제일은행 본점까지 이어지는 '피맛골'은 더 했다. 바깥에 내놓은 에어컨 외부 기기에서 나오는 고약한 열기 탓이었다. 한여름 날, 울화를 터뜨리면서까지 굳이 저 무더운 문명의 뒷골목을 통과하는 까닭은, 거기를 지나지 않고서는 그 음식을 먹을 수가 없기 때문이다. 그렇다고 무슨 진귀한 요리가 아니다. 값비싼 음식도 아니다. 한 그릇에 사천 원짜리 보리밥인데, 우연히 한 번 들렀다가 단박에 반하고 말았다.

대여섯 가지 나물에다 고추장과 참기름, 그리고 보글보글 끓인 청국장을 넣고 비벼 먹는 보리밥도 보리밥이었지만, 실내 분위기와 주인 할아버지도 마음에 쏙 들었다. 오래 된 한옥을 식당으로 개조한 것이어서 낡고 비좁았다. 가구며 장식들은 도무지 '개념'이 없었다. 붉은 잉크로 휘갈겨 쓴 메뉴판 글씨는 가관이었다. 미꾸라지가 꿈틀대는 것 같은 붓글씨였다. 할아버지는 뭔가 모자랄 것 같으면 짐짓 모른 척하며 보리밥이며 나물, 숭늉 따위를 갖다 놓는다. 반드시 달라고 해야 주는 것이 있었으니, 청양 고추와 날된장이었다. 매운 것을 좋아하는 편이지만, 그 고추는 감당하기 힘든 수준이었다. 하지만 어떤 날은 보리밥보다는 그 매운 고추와 저절로 넥타이를 풀어 놓게 되는 분위기가 생각나 피맛골로 접어들곤 한다.

어린 시절, 그러니까 1960년대 중반, 보리밥은 여름철에 많이 먹었다. 보리밥 다음으로 칼국수와 수제비가 자주 밥상에 올랐다. 겨울에는 조밥과 만둣국을 즐겼다. 쌀이 부족할 때였으니, 감자나 고구마가 들어간 밥도 제법 먹었다. 무채를 썰어 넣은 무밥도 있었다, 간장을 넣고 비벼 먹던 무밥!

여름철 보리밥은 바가지나 대나무로 만든 소쿠리에 들어 있었다. 시큼한 냄새가 돈다 싶으면 보리밥을 한 번 더 끓여 내놓았다. 보리쌀 한 톨 버리는 법이 없던 시절이었다. 상추에 싸 먹던 보리밥은 '귀한' 보리밥이었다. 혼자 툇마루에 앉아 보리밥을 찬 물에 말아 먹던 어린 시절이 떠오르면 괜히 코끝이 시큰해진다. 봄부터 늦가을까지, 한낮이면 부모님이 늘 들에 나가 있었으므로 집은 언제나 비어 있었다. 나중에 커서, 혼자 사는 여자들이 밤 늦게 혼자 물에 밥을 말아 먹으며 울곤 한다는 소리를 들었을 때, 나도 모르게 슬퍼졌다.

피맛골에서 매운 고추와 청국장과 함께 입 안에서 따로 노는 보리밥을 우걱우걱 씹어 삼키며(그러고 보니 그 보리밥집에는 늘 혼자 갔다), 내 입 안의 이물감이 곧 내 삶을 은유하는 것이 아닌가 싶어 짠해졌다. 다른 음식처럼 입 안에서 녹지 않고 따로 노는 보리쌀. 저 보리가 갖고 있는 성깔이 내게는 이제 없다. 나는 서울이라는 거대 도시가 요구하는 대로 길들여졌다. 매일 아침 서울로 출근하면서 나는 서울의 입구에서부터 스르르 녹았다. 파블로프의 개처럼.

가을이 가기 전에, 친구네 집에 꼭 한번 들러야겠다. 내 친구는 입 안에서 마지막까지 제 성깔을 버리지 않고 있는 보리밥 같은 사람이다.

'콧등치기'를 아시나요

편식을 하는 딸아이에게 쌀 한 톨, 배추 한 잎이 식탁에 오르기까지 얼마나 많은 은혜와 땀이 필요한지 아느냐며 장광설을 늘어놓으면서도, 왜 조기를 조리면서 풋고추를 썰어 넣지 않았느냐고 아내를 타박할 때가 있다. 나는 아무래도 소인배가 아닐 수 없다.

그렇다고 내가 입맛이 까다롭거나, 어디 맛있는 음식이 있으면 만사 제쳐두고 달려가는 미식가는 결코 아니다. 남도의 쿰쿰한 젓갈에서 경북 내륙 지방의 콩잎쌈까지, 제주도의 자리물회에서 함경도의 가자미 식해에 이르기까지 가리지 않고 잘 먹는다.

제대로 맛을 낸 음식은 사람을 흥분시킨다. 곰삭은 멸치젓이나, 분홍색 알이 가득한 짜지 않은 간장 게장을 마주하면 온몸에 미열이 날 지경이다. 맛있는 음식, 아름다운 풍경 앞에서 누군가를 떠올린다면, 당신은 그 사람을 사랑하고 있는 것이라는 시(졸시 '농담')를 쓴 적이 있는데, 정작 내가 좋은 음식(비싼 음식이 아니고) 앞에서 가족이나 친구, 선배 혹은 후배를 떠올릴 때는, 그릇을 말끔하게 비운 다음일 때가 많다. 나는 아무래도 소인배인 것이다.

식탁에서 맥박이 빨라지는 경우는 흔치 않다. 나에게 향토 음식이나 제철 음식은 언제나 '특별한 사건'일 따름이다. 일터나 집 가까운 곳에 간이 맞는, 조미료를 많이 쓰지 않는 괜찮은 밥집이 있기를 바랄 뿐이다.

음식에 그리 까다롭지 않은 내가 유독 신경이 날카로워지는 메뉴가 하나 있다. 바로 국수다, 국수! 이십대까지만 해도 나는 국수(어릴 적에 어머니는 '밀컷'이라고 했다. 밀가루로 만든 거친 음식이라는 뜻이었다)라면 머리를 가로저었다. 여름날 늦은 오후, 어머니가 툇마루에 앉아 칼국수나 수제비(우리 집에서는 '뜯어국'이라고 불렀다. 반죽을 손으로 뜯어서 끓는 물에 넣기 때문이다)를 준비할 때면 나는 슬그머니 자리를 피하곤 했다. 밀가루 냄새가 그렇게 싫었다.

어릴 적 음식 맛을 찾기 시작하면 늙는다는 증거라고 했던가. 서른 살이 넘은 어느 날, 나는 하루에 한 끼는 밀가루를 먹고 있었다. 속이 출출해지는 오후 다섯시 무렵, 나는 회사 근처 중국집에서 혼자 자장면을 먹었다. 그건 중독에 가까웠다. 먹고 나면 속이 더부룩해진다는 사실을 뻔히 알면서도, 늦은 오후 내 두 발은 중국집으로 향했다(그 중국집 자장면은 일찍이 소설가 이윤기 선생이 '서울에서 세 손가락 안에 드는 자장면'이라고 인정한 바 있다). 이십대 초반에는 하루 세 끼를 라면으로 때운 적도 많았지만, 삼십대 초반의 월급쟁이가 오후 다섯시에 혼자 자장면을 후루룩거리는 모습은 그렇게 아름답지 않았다. 때로 혼자 슬퍼지곤 했다.

자장면 중독에서 벗어난 것은 국수 덕분이었다. 회사에서 조금 멀기는 했지만, 멸치 국물에 말아 내오는 잔치국숫집이 생긴 것이었다. 궁중국시나 안동국시에 거의 중독되어 있을 무렵이었다. 집에 있는 일요일이나 휴일 점심은 내가 직접 국수를 끓였다. 국수가 한 번 끓을 때 찬물 한 컵을 넣고 다시 끓을 때 꺼내 찬물에 헹구는 것인데, 그렇게 해야 면발이 쫄깃쫄깃해진다. 장국은 간편하게 해결한다. 슈퍼마켓에서 사놓은 국시장국을 더운 물에 풀면 된다. 더러 마른 멸치와 다시마를 넣고 끓이기도 한다.

어려서 아버지가 워낙 밀컷을 좋아해서 칼국수며 수제비, 만두는 자주 먹었지만, 콩국수는 그 때만 해도 별미였다. 어쩌다 집에서 콩국수를 하는 날이면, 아버지는 이웃 어른들을 불러 콩국수를 나누어 드셨다. 그 때마다 "여름철에 콩국수 이상 가는 게 있나" 하시며 두어 그릇씩 비우셨다. 아마 그 영향이리라. 체력이 강하지 못한 나는 여름을 두려워하는 편이지만, 콩국수와 메밀국수를 떠올리며 여름을 기다린다. 그런데 번번이 콩국숫집과 메밀국숫집 앞에서 고민을 한다(다들 경험이 있으시겠지만, 자장면과 짬뽕 사이에서 얼마나 깊은 우울에 빠지곤 하는지). 콩국수를 먹고 나면 메밀국수가 생각나고, 메밀국숫집을 나올 때는 콩국수를 먹을 걸, 하며 아쉬워하고. 그런데 놀라워라. 광화문 교보문고 뒤에 있는 메밀국숫집(1952년에 문을 열었다)에서 메밀국수를 콩국에 말아 주는 것 아닌가! 나는 감동했다. (다시 이윤기 선생 이야기인데, 이선생은 혜화동 로터리에 있는 중국집 주인을 존경해 마지않는다. 한번은 그 중국집에서 자장면을 시켰는데, 글쎄, 짬뽕 국물을 함께 내오더라는 것이었다. 그 집은 분명 '떼돈'을 벌었을 것이다.) 언젠가 기회가 있으면 그 집 주인에게 특별한 감사의 표시를 하고 싶다.

국수 때문에 월남으로 이민을 갈까, 하고 생각한 적도 있다(월남에는 사백여 가지의 국수가 있다. 월남 사람들도 평생 그 국수들을 다 먹어 보지 못한다고 한다). 지리산 실상사 앞에 국숫집이 문을 열었다는 소식이 있어서, 이번 여름에 꼭 한번 가려고 했는데, 결국 시간을 내지 못하고 말았다. 서울에 몇 군데 월남국숫집이 생겨서 월남 이민은 포기하고, 실상사 앞 국숫집 답사는 겨울로 미뤄 놓았다.

최근에 새로운 목표가 생겼다. 올 가을에 기필코 '콧등치기'를 맛보겠다는 것이다. 콧등치기는 강원도 정선의 토속 음식이다. 메밀국수를 한 뼘 크기로 잘라 김칫국물에 말아 먹는데, 면발을 후루룩 빨아들일 때, 면발 끝이 콧등을 친다고 해서 붙여진 이름이다. 아, 콧등에 멍이 들 때까지 콧등치기를 먹어 봐야겠다.

벌써부터 콧등이 간지럽다. 미간이 다 시려 온다.

게는 허물을 벗는다

공포였다. 네 살 무렵, 형들을 따라 처음 들어가 본 썰물 진 갯벌은 두려웠다. 무엇보다 발바닥이 조개나 굴 껍질에 베이지 않을까 걱정스러웠다. 무릎까지 빠지는 갯벌도 걷기가 여간 버거운 것이 아니었다. 가장 견디기 힘들었던 것은 곧 들이닥칠 바닷물, 즉 밀물이었다.

게들이 숨어 들어간 구멍이며, 바닷물이 흘러내려가는 갯골을 내려다보고 있는데, 갑자기 "야, 물 들어온다!"라는 소리가 들려왔다. 함께 있던 형들이 방죽으로 뛰어올라갔다. 형들의 잔등을 쳐다보며 나는 기어코 울음을 터뜨리고 말았다. 나 혼자 바닷물에 빠져 죽는구나···. 숨을 헉헉거리며 겨우 방죽으로 올라왔을 때, 형들은 깔깔대며 웃었다. 나를 놀린 것이었다. 그 때만 해도 나는 밀물이 해일처럼 한꺼번에 들어오는 줄 알고 있었다. 나중에 알고 보니, 밀물은 하염없이 느렸다. 그러나 한눈을 팔면 어느 새 무릎까지 차올랐다.

어린 시절을 서해 바다가 가까운 곳에서 자라서 그럴 것이다. 나는 비린 것을 좋아한다. 좋아한다는 표현은 부정확하다. 젓갈이나 어패류, 생선 가운데 어떤 것은 광적으로 탐닉한다. 식당에 들어가서도 '혹시 주방에 감춰 둔 조개젓이나 멸치젓이 없냐'며 종업원을 꼬드길 정도다. 우리 집 냉장고에는 늘 서너 가지의 젓갈이 있다. 아내나 아이들은 냄새가 난다며 얼굴을 돌리지만, 나는 따뜻한 흰밥 한 숟가락 위에 갈치 속젓을 올려놓으며 혼자 씨익 웃는다. 젓갈에 관한 한, 나는 운이 아주 좋다. 직장에 제주도 출신들이 있어서, 그 귀한(요즘은 교통이 발달해서 그렇지도 않지만) 자리젓도 '대어 놓고' 먹는다.

개울을 가로막아 나뭇가지들을 세워 놓고 손전등을 비추며 밤새 잡아 올리던 참게며, 자그마한 인기척에도 그야말로 '게눈 감추 듯' 제 구멍 속으로 들어가 버리던 갯벌의 게들을 나는 기억하고 있다. 어린 시절, 아버지가 지게에서 내려 장독에 부려 놓던 그 게들. 농게며 길게, 칠게, 갈게, 방게, 갯게, 달랑게…. 갯벌에 사는 그 작은 게들은 간장에 저려지거나, 볶아져서 '밥도둑'으로 둔갑하곤 했다.

게에 대한 '항체'가 어린 시절에 형성되어서였을까. 간장으로 담근 게장도 내가 흥분하는 먹을거리 가운데 하나다. 하지만 바닷가에 살았으면서도 꽃게는 맛볼 기회가 흔치 않았다. 오뉴월 암꽃게를 끓인 간장에 서너 번 우려낸 게장 맛을 본 것은 결혼 이후였다. 맏사위가 게장이라면 '게거품'을 무는 것을 목격하신 장모가 일 년에 두어 번씩 간장 게장을 담가 보냈다. 한참 등산을 다닐 때에는 배낭에다가도 간장 게장을 담아 가지고 다닐 만큼 나는 게장 마니아였다.

꽃게잡이는 오월에서 유월까지가 절정이다. 칠팔월은 산란기여서 꽃게를 잡을 수 없다. 십여 년 전, 꽃게 마니아인 한 선배한테서 "꽃게는 사월 초파일에 먹는 것이 최고"라는 소리를 듣고 나서는, 살생을 금하는 부처님께는 송구스러웠지만, 초파일이 가까워지면 꽃게 생각에 설레곤 했다. 수산 시장에 가서 살아 있는 꽃게를 사 와서 찜통 가득 쪄 낸 다음, 식구가 둘러앉아 게살을 파먹는 일은 그야말로 잔치였다. 식탁에는 아무 것도 필요 없다. 꽃게와 가위, 젓가락이면 그만이다.

몇 주 전, 인천에 사는 한 선배에게서 "꽃게잡이배 타러 한번 오너라" 하는 전갈을 받고 달뜬 적이 있다. 이삼 일 짬을 내려고 이 궁리 저 궁리 하다가 그만 때를 놓치고 말았다. 국내 최대의 꽃게 어장인 연평도 근해로 나가, 꽃게가 올라오는 그물을 지켜보고 싶었는데, 다음으로 미뤄야 했다. 꽃게는 통발로도 잡고, 최근에는 낚시로도 잡는다. 막 잡아 올린 꽃게는 갑판에서 회로도 먹는다. 살아 있는 꽃게를 반으로 뚝 잘라서 그대로 입에 넣어 본 적이 있는 선배에게서 들었는데, 아, 꽃게회가 그렇게 달디달다고 한다.

지난 봄에는 이런 소리도 들었다. 강화도에서는 살아 있는 꽃게를 큰 장독에 집어 넣고는, 그 안에다 산 닭을 한 마리 집어 넣은 뒤에, 닭을 다 파 먹어 살이 통통해진 게들을 꺼내 장을 담그는 것이다. 전주에서는 게가 가득한 독 안에다 쇠고기 몇 점을 넣어 준다고 한다. 게들의 왕성한 육식성이라니. 아니, 인간의 영악함이라니. 미식가를 위한 메뉴는 대개 재료를 혹사시킨다(송아지 고기나 원숭이골 요리 같은 것 말이다).

게장을 맛 때문에만 좋아하는 것은 아니다. 게는 달과 호흡하는 생물이다. 음력 보름에는 살이 내리고, 그믐에는 살이 오른다. 게는 달을 먹고 자라는 모양이다. 또 있다. 게는 껍데기가 자라지 않아서 허물벗기를 거듭하며 자라는데, 벗어 버린 껍질을 자기가 먹어치운다고 한다. 아, 게장을 좋아하는 나는, 그 동안 몇 번이나 허물을 벗어 보았는가. 그리고 그 벗어버린 허물은 또 어디에다 내팽개쳤는가. 아, 내가 버린 수많은 붉은 꽃게 껍질들이여⋯.

매콤쌉싸름한 봄나물의 여왕

두릅 사냥꾼들은 뒷목이 뻐근하다. 산수유가 묽은 꽃을 피우고, 신갈나무가 새끼손톱만 한 여린 싹을 내밀 때, 두릅나무는 가지 끝에 새순, 즉 두릅을 밀어 올린다. 다 자란 두릅나무의 키는 보통 3, 4미터. 고개를 뒤로 젖혀야 잡목 숲 속에서 두릅을 찾아 낼 수 있다. 두릅은 봄 하늘을 배경으로 아주 연한 녹색을 띠고 있다.

지난 4월 7일 일요일, 경기도 광릉수목원 근처의 야산에 올랐다. 데친 두릅을 초고추장에 찍어 먹는 날을 '입춘'이라고 여겨 왔지만, 두릅순을 직접 따 보기는 이번이 처음이었다. 진접읍에서 유기농 포도를 재배하는 류기봉 시인이 앞장섰다. 태어난 곳에서 농사를 짓는 시인에게 광릉 일대 산과 들은 손바닥처럼 훤했다. 올 봄에는 이상 고온 현상이 유난해서, 두릅이 예년에 견주어 열흘 정도 먼저 순을 내밀었다고 한다.

류시인에 따르면, 두릅은 한번 얼굴을 내밀면 하루에 한 뼘씩 자란다. 순이 나오기 시작해서 일 주일 정도가 채취하기에 적당하다.

두릅나무는 가시를 달고 있는데, 식물학자들에 따르면 싹을 보호하기 위해서라고 한다. 하지만, 인간은 악착같아서, 사월이 오면, 수시로 가까운 산을 오르며 두릅 순을 잘라낸다. 경북대 박상진 교수의 '나무 이야기'에는 이런 대목이 있다.

두릅나무 새순은 초식동물들도 좋아해서 순이 붙은 가지마다 날카로운 가지를 촘촘히 세워 방어벽을 쳐 왔지만, 인간이 나타나면서 속수무책으로 당하고 있다. 그 인간들은 불로초를 찾아 온 산을 헤집고 다니는 '진시황의 특사'들이다. 싹을 내밀자마자 펼쳐 볼 틈도 없이 싹둑싹둑 잘려 나간다. 두릅나무는 저장했던 영양분을 빨아들여 다시 한번 싹을 내밀지만, 진시황의 모진 특사들은 다시 산에 올라 자루를 그득 채운다.

풀숲에서 영지버섯을 발견한 류기봉 시인은 "사람들이 갈수록 악착같아진다"라고 말했다. 근처에 아파트가 들어서면서부터, 두릅나무가 겪는 수난이 날로 극심해진다는 것이다. 십여 년 전까지만 해도, 장갑을 끼고 두릅나무를 잡아당겨 순을 땄는데, 몇 해 전부터는 낫을 들고 오는 사람들이 부쩍 늘었다고 한다. 아예 두릅나무 가지를 잘라 버린다는 것이다.

가시를 조심하면서 가지를 끌어당겨, 두릅을 땄다. 두릅이 두릅나무의 손톱이나 발톱 같으면 얼마나 좋았을까. 그랬다면 조금 덜 미안했을 것이다. 한 그루에서 하나만 따기로 했다. 그러면서 제발 낫을 들고 올라오는 두릅 사냥꾼들에게 발견되지 않기를 빌었다. 내가 손을 댄 몇 그루 두릅나무의 여름과 가을이 온전하기를 염원했다. 내가 따낸 순이 풍성한 여름을 위한 '가지치기'이기를 바라 마지않았다.

집에 돌아와 두릅을 식탁에 올려놓았다. 두릅나무가 뿌리에서 빨아올렸을 자양분들을 떠올렸다. 두릅나무는 얼마나 숨차했을 것인가. 새순을 도난당한 나뭇가지는 또 얼마나 슬퍼했을 것인가. 아내가 두릅을 데쳐 하얀 접시에 올려놓았을 때, 나는 이른바 풍류로부터 멀어져 있었다. 제철 음식을 즐긴다는 것이 이제는 무슨 범죄처럼 여겨지는 것이었다. 차라리 온상에서 키운 땅두릅을 먹어야겠다는 생각까지 들었다. 야생에서 자생하는 생명은 함부로 손을 대는 것이 아니었다. 그러나 이왕 가져온 것을 어쩌랴.

산에서 따 온 두릅은 향이 진하고 오래 간다. 재배한 두릅 가운데 어떤 것들은 역한 냄새가 난다. 또 어떤 것은 억세어서 잘 씹히지 않는다. 하지만 자연산은 입에 넣으면 부드럽게 혀에 감긴다. 작은 가시가 있지만 날카롭지 않다. 약간 쌉쌀한 맛이 초고추장의 매콤하고 새콤한 맛과 어울려 입 안에 진한 향기를 남긴다.

예부터 두릅은 봄나물(산채)의 여왕으로 꼽혀 왔다. 그렇다면 두릅나무에게도 '잘못'이 있다. 인간의 몸에 좋은 성분이 없었다면, 두릅나무는 울울창창했으리라. 노자가 말한 대로, 구부러진 나무가 잘려 나가지 않고 제 생을 다 구가하듯이 말이다. 「두산세계대백과」에 의하면, 두릅에는 단백질이 많을 뿐만 아니라 지방, 당질, 섬유질, 인, 칼슘, 철분, 비타민 B1·B2·C, 사포닌이 들어 있어서, 혈당을 내리고 혈중 지질을 낮추어 준다. 그래서 당뇨병, 신장병, 위장병에 좋다. 두릅나무는 순뿐만 아니라 뿌리와 나무 껍질까지 약재로 쓰인다.

　두릅회를 초고추장에 찍어 먹으면서 봄의 문턱을 넘어설 때, 나는 늘 혼자가 아니었다. 몇 해 전부터, 두릅회 잔치를 열어 왔거니와, 가까운 친구들을 불러 모아 '입춘'을 함께 맞이하곤 했다. 이번 봄에도, 회사 가까운 단골 식당에 두릅을 갖다 놓고 친구며 동료, 선후배들과 무릎을 맞댔다.

　　앞산에 비가 개니 살찐 향채 캐오리라
　　삽주, 두릅, 고사리며 고비, 도라지, 으아리를
　　절반은 엮어 달고 나머지는 무쳐 먹세
　　떨어진 꽃 쓸고 앉아 술로 즐길 적에
　　산채를 준비한 것 좋은 안주 이뿐이다

　'농가월령가' 오월령 중에서

　옛 어른들의 풍류에는 결코 미치지 못하지만, 황사를 뚫고 모인 지인들은 내가 따온 두릅 앞에서 감격해 마지않았다. 그리하여 올해에도 봄 문턱 안으로 한 걸음 들어선 것인데, 미안하다, 두릅나무들아. 이 봄, 꽃 피우고 잎을 펼치는 나무들처럼 치열하게 살아 보자.

커피, 와인, 녹차

요즘은 커피를 즐기는 편이 아니지만, 지난 해까지만 해도 하루에 두 잔 이상 마셨다. 일이 몰릴 때면, 나도 모르게 자동 판매기로 향했다. 자판기 커피 자체를 좋아했던 것은 아니었다. 오래 된 버릇이었다. 회사 근처에 테이크 아웃 커피점들이 들어서면서, 커피 마시는 양이 부쩍 늘었다. 원두 커피 맛을 알게 되자, 자판기에는 눈도 주기 싫었고, 어느 집이 제대로 맛을 내는지도 알게 되었다.

선배가 "이거 쌀 한 가마니 값이야"라며 녹차 한 봉지를 건네주지 않았다면, 나는 아마 지금도 커피를 마시고 있을 것이다. 선배가 선물한 녹차는, 이틀 만에 입에 맞았다. 녹차에 관한 한 박사급인 선배는 녹차를 대어 놓고 마셨다. 지리산에서 직접 차농사를 짓는 선배의 후배가 정기적으로 보내 준다는 것이었다.

선배 덕분에 커피를 끊었지만, 더러 사람들을 만날 때에는 하는 수 없이 커피를 시킬 때가 있는데, 그 때마다 지금은 세상에 없는 선생님이 한 분 떠올랐다. 소설을 쓰시는 분이었는데, 그분과 찻집에서 커피를 마실 때였다. 커피가 나오자마자, 나는 무심결에 크림과 설탕을 집어 넣고, 찻숟가락으로 휘휘 저었다. 그러자 선생님께서 "그래 가지고 무슨 글을 쓴다고" 하시는 것이었다. 내가 당혹스러운 표정을 짓자, 선생님께서 이렇게 말씀하시는 것이었다. "크림과 설탕을 넣지 말라는 게 아니야. 크림과 설탕을 넣기 전에 커피를 한 모금 마셔 봐. 그게 커피에 대한 예의가 아닐까. 크림과 설탕이 들어가지 않은 커피 그 자체를 맛보라는 말이야."

아마 나는 얼굴이 붉어졌을 것이다. 커피에 대한 예의. 그러고 보니 나는 커피의 '입장'을 생각해 본 적이 없었다. 여기저기 글로, 또 말로 '작은 것이 아름답다'라며 알은체를 해 온 내가 부끄러웠다. 커피의 입장으로 돌아가 보고, 크림이나 설탕 같은 '불순물'을 넣기 전에 커피만의 맛을 음미할 수 있다면, 세상의 모든 하찮고, 사소하고, 어리고, 여린 것들의 속내를 헤아릴 수 있지 않겠느냐, 그것이 진정한 시인의 자세가 아니겠느냐고 선생님은 넌지시 꾸짖으신 것이었다.

와인도 마찬가지였다. 독한 술을 마시지 못하는 나는 줄곧 맥주를 마셔 왔다. 양주나 중국 술은 도수도 도수지만 향기를 감당하기 힘들었다. 십여 년 전 프랑스로 가는 비행기 안에서 와인 마시는 법을 배웠다. 그 때는 비행기 안에서 담배를 피울 수 있었는데, 흡연석은 뒷자리였다. 담배를 피우기 위해 후미 쪽으로 가는 내 손에는 마침 기내에서 주는 작은 와인 병이 들려 있었다. 먼저 자리에 앉아 담배를 피우던 한 한국인 청년이 나를 보더니 "와인 드실 줄 아세요?" 하고 묻는 것이었다.

물론 힐난조는 아니었다. 이야기를 들어 보니, 그 청년은 프랑스에 와인을 공부하러 간다는 것이었다. 청년은 "와인은요, 지저분하게 마시는 거예요" 하면서 직접 와인을 한 모금 입에 물었다. 그러더니 양치를 하듯이 양 볼을 들쑥날쑥 하는가 하면 위아래 잇몸으로 혀를 돌려 대는 것이었다. 눈으로 마시고, 코로 마시고, 귀로도 마시는 것이 와인이라는 말을 들었지만, 청년의 '시범'을 보는 순간, 충격을 받지 않을 수 없었다.

와인 유학을 가는 청년의 설명에 따르면, 그렇게 마셔야 입 안 전체가 와인 맛을 느낄 수 있다는 것이었다. 한번 따라 해 보았더니, 정말 입 안 곳곳에서 와인 맛을 맛볼 수 있었다. 잇몸 쪽에서는 따끔거리기도 했다. 하지만 청년이 권해 준 '과격한 방법'은 까맣게 잊어버렸다. 포도주 마실 일이 거의 없었던 것이다.

최근 신문에 실린 칼럼을 읽다가 다시 와인 생각이 났다. 그 칼럼에 따르면, 와인은 병을 따고 나서 삼십 분 정도 지나야 제 맛이 난다는 것이었다. 삼십 분 동안 와인이 공기 중의 산소와 만나 숙성된다는 것이었다. 나는 무릎을 쳤다. 와인의 매력은 바로 저 삼십 분에 있었다. 와인이 익기를 기다리는 저 삼십 분이란 시간은 곧 발효의 시간이었다. 삼십 분 사이에 와인만 변하는 것은 아니리라. 와인을 함께 마실 사람들 사이도, 그 사이에 익어 가는 것이다.

커피가 나왔을 때, 크림과 설탕을 잠시 물리고, 커피 자체의 맛을 한 모금 음미하는 행위가 바로 와인이 숙성하기를 기다리는 삼십 분과 같은 의미였다. 녹차에도 바로 그런 시간이 있다. 끓는 물이 적당히 식기를 기다리는 시간이 있고, 또 차가 우러나기를 기다리는 시간이 있으며, 상대방이 찻잔을 비우기를 기다리는 시간이 있다.

와인이 숙성되고, 녹차가 우러나기를 기다리는 동안, 한여름 내내 포도를 키운 먼 곳의 농부를 떠올릴 수 있다. 비탈에서 녹차를 따는 아낙네의 깊은 눈망울을 그려 볼 수도 있다. 포도를 영글게 하고, 녹차 잎을 틔워 내는 데에 참여한 우주 전체가 고마울 수도 있다. 그러다 보면, 자리를 함께 한 사람들과 이야기의 동심원이 그려진다. 하나하나 동심원을 그려 나가는 대화, 내 말을 하는 것이 아니라 상대방의 말을 듣는 대화. 와인을 마시는 자리가 폭탄주를 마시는 자리와 결코 같을 수 없다. 녹차를 마시는 자리가 시끌벅적할 수는 없다.

와인과 녹차를 가까이할 수 있다면, 이미 '슬로 푸드slow food'에 한 발 들여놓은 것이다. 공장에서 생산되어 상점에서 판매되는 패스트 푸드에는 기다림이 없다. 패스트 푸드fast food는 기다림을 제거한다. 어디 패스트 푸드뿐이랴. 가축은 더는 생명체가 아니다. 가축은 농장이라는 공장에서 생산되는 '공산품'이다. 비닐 하우스에서 나오는 채소나 과일, 대규모로 재배되는 밀이나 옥수수도 마찬가지다. 거의 모든 먹을거리가 '컨베이어 벨트'에서 생산돼, 유통된다. 현대인은 음식을 먹는 것이 아니다. 하루 세 끼, 공장에서 만들어진 제품을 '소비'하는 것이다.

녹차의 은은한 색깔과 그윽한 향기를 온몸으로 느끼며, 아, 그 많던 '느린 음식'들의 이름을 불러 본다. 사이다와 아지노모도, 당원, 이스트, 콜라가 들어오기 전에 먹던 음식들. 조밥, 굴밥, 호박국, 광어국, 장아찌, 동치미, 시래기국, 썩은 감자 조림, 김치 만두, 조개전….

녹차 마시기

다관, 즉, 차 주전자에 에로스가 담겨 있다니, 처음 듣는 이야기였다. 충북 단양의 한 도자기 가마에서, 그것도 결혼도 하지 않은 이십대 초반의 여성 도예가가 전해 주는 '다관의 관능'은 흥미롭기 그지없었다. 다관의 손잡이는 남성 성기이고, 다관 뚜껑은 여성의 유방이며, 다관 몸통은 여성의 둔부를 의미한다는 것이었다. 다관은 음과 양이 만나는, 풍요로운 생산의 상징이었다. 조금 민망했지만, 젊은 여성 도예가 앞에서 다시 어루만져 본 두툼한 손잡이와 다관 뚜껑 그리고 몸통은 새삼 따뜻했다.

녹차를 마신 지 십여 년 되었지만, 다기를 갖추어 놓고, 다도를 따르는 편은 아니다. 집에 있는 시간보다 사무실에서 지내는 시간이 많아서, 주로 일회용 녹차를 마신다. 처음에는 욕심을 부렸다. 인사동에서 모양이 참한 일인용 다기를 사다가, 지리산에서 보내 온 야생 녹차를 넣어 '사치'를 부리곤 했는데, 다기 씻기가 만만치 않았다. 며칠 출장이라도 다녀오면, 다기가 말이 아니었다. 다행히 녹차에는 천연 방부제 성분이 있어, 곰팡이가 끼지는 않지만, 찻잎이 바짝 말라 있는 다기는 볼썽사나웠다. 뚜껑이 있는 일인용 다기 말고, 유리로 된 일인용 다기도 써 보았다. 하지만 그것도 오래가지 못했다.

최근에 단어를 하나 만들었다. '느리미.' 도우미에서 힌트를 얻은 신조어인데, 느림의 미학을 즐길 수 있게 해 주는 생활 용품을 느리미라고 명명했다. 녹차, 파이프 담배, 만년필, 부채, 자전거, 도보 여행(또는 산책), 슬로 푸드 따위가 느리미들이다. 느리미는 속도와 편의를 추구하는 디지털 시대에 면면히 살아 있는 아날로그다. 다시 말해 '오래된 미래'다. 그런데 이 느리미들을 좋아하는 것과 실제로 누리는 것과는 엄청난 차이가 있다. 좋아하면 누릴 수 있는 확률이 훨씬 높아지지만, 좋아한다고 해서 바로 누릴 수 있는 것은 아니기 때문이다.

녹차를 알기 전에, 파이프 담배를 가까이한 적이 있다. 그런데 이 파이프 담배 역시 오래 사귀지 못했다. 남대문 시장에 가서 마음에 드는 파이프를 몇 개 구해야지(등산용 파이프까지 있다), 담배 사러 가야지, 담배 배합해야지, 담배가 건조하지 않게끔 잘 간수해야지, 한 번 피우고 나면 파이프 소제해야지, 담배 피운 자리 깨끗하게 치워야지…. 나는 실패했다. 파이프 담배와 결별하면서 '이건 종을 거느린 귀족이나 비서가 있는 사장에게나 적합한 물건'이라고 중얼거린 적이 있다.

파이프 담배와 멀어진 진짜 이유는 시간 때문이었다. 번거롭고 지저분하기도 하지만 파이프 담배는 시간이 없으면 피우기 힘들다. 필터 담배와 달리, 파이프 담배는 숙련 과정이 필요하다. 담배를 잘 쟁여 넣어야 불이 제대로 붙고, 연기도 많이 난다. 그리고 한번 불을 붙이면 꽤 오랜 시간 파이프를 만지고 있어야 한다(물론 그냥 놓아 두면 꺼지고, 다시 불을 붙이면 되지만). 바쁜 직장인이 사무실에서 피우기에는 여간 버거운 물건이 아니다(하기야 요즘은 죄다 금연 빌딩이어서 엄두를 내기도 어렵다). 파이프 담배는 그야말로 귀족이 아니면, 느림의 미학을 실천하는 선각자가 아니면 가까이하기 어렵다.

진정한 선배, 혹은 진정한 친구는 상대방을 새로운 세계로 인도할 수 있어야 한다. 나는 좋은 선배나 친구인 적은 거의 없지만, 좋은 선배나 친구를 몇 두고 있다. 선배나 친구가 없었다면 나는 아직도 등산이며 녹차와 만나지 못했을 것이다. 이십대 후반, 친구 손에 이끌려 북한산에 올라 본 뒤로는 혼자 산을 찾기 시작했고, 삼십대 초반, 한 선배가 건네준 지리산 야생 녹차 덕에 지금도 녹차와 절친하다.

녹차는 단순한 기호품이 아니었다(옛날에는 약으로도 쓰였다고 한다). 맛이나 향기 이전에, 건강을 돕는 식품이기 이전에, 녹차는 마음을 다스려 주는 '경전'이었다. 다기를 꺼내는 순간부터, 물을 끓이는 순간부터, 아니, 차를 마셔야겠다고 마음먹는 순간부터 몸가짐이 달라졌다. 마음을 가다듬게 했다. 목이 마르다며 차를 큰 컵에 따라 벌컥벌컥 마시는 어린이를 나는 본 적이 없다. 화가 잔뜩 난 얼굴로 차를 끓이는 청년을 나는 아직 알지 못한다. 찻잔을 가운데 놓고 말다툼을 하는 부부가 있다는 소리를 나는 듣지 못했다.

차에는 기다림이 있다. 이 기다림이 마음을 다스린다. 둘러보면, 눈부신 속도로 일상의 곳곳을 점령하고 있는 디지털 문명은 기다림을 제거하는 문명이다. 속도 지상주의가 기다림을 추방해 버렸다. 속도가 세상을 지배한다. 빠른 것이 선이고 목표다. 느린 것은 부도덕한 것이라고 낙인찍힌다. 컴퓨터 모니터의 커서, 초고속 인터넷 망은 물론이고 엘리베이터 표시등, 패스트 푸드, 신호 대기 시간, 고속철도…. 속도에는 면역이 없다. 무한 경쟁은 무한 속도이다.

녹차 마시기에는 기다림이 있다. 물이 끓는 동안 기다려야 하고, 또 물이 식기를 기다려야 한다. 다관에 물을 넣고 차가 우러나는 동안 또 기다려야 한다. 이렇게 기다리는 동안 마음은 고요해진다. 향이 그윽하고 맛이 깊은 녹차를 마시는 것은 몸이 아니라, 흔들리지 않는 마음이다.

세 가지 조건이 갖춰지지 않으면 차가 아니라는 말이 있다. 좋은 차, 좋은 다기 그리고 좋은 사람. 이 가운데 가장 중요한 요소가 좋은 사람이다. 아무리 귀한 차나 다기가 있다 하더라도 같이 즐길 수 있는 벗이 없다면 무슨 소용이랴. 비싼 차나 다기가 목표일 수는 없다. 차와 다기는 수단이나 매개일 뿐이다.

여행을 같이 다니거나 바둑을 둬 보면 상대방이 어떤 사람인지 알 수 있다. 녹차도 마찬가지다. 녹차를 끓이는 모습은 사람마다 다 다르다. 통이 크면서도 다급한 기질을 갖고 있는 선배 문인 댁에 갔다가 놀란 적이 있다. 백자 다관이었는데, 크기가 물주전자만 했다. 손님이 많이 찾아와 아예 큰 것을 구했다고 했는데, 다관에 넣는 차의 양도 이만저만이 아니었다. 과연 통이 큰 분이었다. 그런데, 다관에 물을 넣은 지 십 초도 되지 않았는데, 차를 따라 주는 것이었다. 과연 급한 성질이었다. 그분의 차에는 기다림이 없었다. 기다림이 없어서 그분의 차는 차가 아니었다. 비싼 음료였다.

내가 만난 사람 중에 진짜 차를 즐기는 분은 지리산에 계시는 스님이다. 스님은 야생 녹차나 중국차를 골라 마시지 않는다. 절 주위에 있는 야생초를 뽑아 말렸다가 그것을 우려 마신다. 민들레차도 있고 질경이차도 있었다. 차에 대해, 다기에 대해, 다도에 대해 무심해져 있었다. 배고프면 밥 먹고, 졸리면 잠 자고, 목마르면 물 마시듯, 차에 대해 스스럼이 없었다. 소박한 모양의 다기에는 스님의 손때가 묻어 빛났다. 스님의 삶 속에 차가 녹아 들어가 있었다.

지금까지 내가 마셔 본 차 중에 가장 매혹적인 차는 매화차다. 몇 해전, 서울 생활을 훌훌 털어 버리고 지리산으로 들어간 시인이 내놓은 차였는데, 마시기가 아까울 정도였다. 작은 찻잔에 적당한 온도의 물을 넣고 매화 한 송이를 띄우는데, 찻잔 속에서 매화가 피는 것이었다. 은은한 향기도 함께 피어올랐다. 찻잔에서 매화가 열리는 모습이 하얀 치마를 입고 바닷물에 뛰어드는 여인 같기도 했다. 매화차는 그만큼 치명적이었다. 매화차는 매화가 피는 늦겨울뿐 아니라, 한여름에도 즐길 수 있다. 막 벙그는 매화를 따, 작은 비닐 봉투에 한 송이씩 넣어 냉동실에 보관하면 일 년 내내 마실 수 있다.

'조금 더 느리게, 조금 더 단순하게'를 삶의 지표로 삼고 있지만, 거대 도시에서 살아가는 월급쟁이에게는 이루기 힘든 꿈이 아닐 수 없다. 독서가 중요한 까닭은 책을 통해 새로운 세계와 새로운 사유를 만나기 때문이기도 하지만, 책을 읽는 동안만큼은 다른 일을 하지 않기 때문이다. 우리가 하는 대부분의 '다른 일'은 우리가 그 일의 주인이 아닐 때가 많다. 나 자신을 위한 일은 그리 많지 않다. 녹차를 달여 마시는 것도 그렇다. 물이 끓기를 기다리는 동안, 녹차가 우러나기를 기다리는 동안, 우리는 이 도시 문명이 요구하는 잡다한 업무로부터 벗어날 수 있다. 걷기가 그런 것처럼, 휴대 전화 전원을 꺼 놓는 것이 그런 것처럼, 녹차 마시기는 자발적 망명이다.

　종이컵에 티백도 좋다. 사무실 한쪽이나 복도에서 나는 우두커니 서 있을 때가 있다. 종이컵에서 녹차가 우러나는 모양을 물끄러미 바라본다. 그 몇 분 동안, 나는 나의 것이 아닐 때가 훨씬 더 많은 일상의 삶에 작은 틈을 내고 있는 것이다. 하루가 다르게 업그레이드하지 않으면 도태되고 마는, 속도가 지배하는 세상. 당장 느린 삶, 단순한 삶의 주인이 될 수 없다면, 다른 수가 없다. 하루에 몇 번이라도, 종이컵을 들고 수시로 멈춰 서는 것이다. 밖으로, 멀리 갈 필요가 없다. 녹차를 마시는 것이다. 녹차를 마시는 동안만큼은 이 거대 도시 안에서, 거대 도시를 벗어나 나 자신으로 돌아가 있는 것이다. 도시 안에서, 일상 안에서, 내 안으로 망명할 수 있는 것이다.